DIE TOTEN VOM LIMES

Tessy Haslauer, in Niederbayern geboren und aufgewachsen, lebt und arbeitet als Projektbetreuerin in Neustadt an der Donau. Neben dem Schreiben, Lesen und der Naturfotografie wandert sie in ihrer Freizeit am liebsten gemeinsam mit Ehemann und Hund durch den Bayerischen Wald, dem sie seit ihrer Kindheit eng verbunden ist.

Peter Barth, Jahrgang 1955, ist in Bad Gögging aufgewachsen. Er war als LVS-Sachgebietsleiter im Flugzeugbau tätig und als Hobbymusiker im In- und Ausland unterwegs. Seit seinem Ruhestand vertreibt er sich die Zeit mit Musikspielen, Krippenbau, Holzschnitzen und Malen. Er ist verheiratet und wird von seinen Kindern und Enkeln zu vielen Krimi-Ideen inspiriert.

TESSY HASLAUER/PETER BARTH

DIE TOTEN VOM LIMES

Niederbayern Krimi

emons:

Bibliografische Information der Deutschen Nationalbibliothek
Die Deutsche Nationalbibliothek verzeichnet diese Publikation
in der Deutschen Nationalbibliografie; detaillierte bibliografische
Daten sind im Internet über http://dnb.d-nb.de abrufbar.

© Emons Verlag GmbH
Alle Rechte vorbehalten
Umschlagmotiv: shutterstock.com/Dmitry Naumov
Umschlaggestaltung: Nina Schäfer, nach einem Konzept
von Leonardo Magrelli und Nina Schäfer
Umsetzung: Tobias Doetsch
Gestaltung Innenteil: DÜDE Satz und Grafik, Odenthal
Lektorat: Christiane Geldmacher, Textsyndikat Bremberg
Druck und Bindung: CPI – Clausen & Bosse, Leck
Printed in Germany 2024
ISBN 978-3-7408-2072-5
Niederbayern Krimi
Originalausgabe

Unser Newsletter informiert Sie
regelmäßig über Neues von emons:
Kostenlos bestellen unter
www.emons-verlag.de

Meinen ersten Krimi widme ich meiner Frau Erika
und meinen Kindern, die ich von Herzen liebe.

Peter Barth

Für Ha-Jü. Er weiß, warum.

Tessy Haslauer

Qui fodit foveam, incidet in eam.
Wer anderen eine Grube gräbt, fällt selbst hinein.

Die Bibel, Sprüche, Kap. 26, Vers 27

Prolog

Im Herbst Anno Domini 85

»*Die ad pugnam!*« Die herrische Stimme des Centurios Gaius Stultus schallte über feuchte Wiesen hinweg, wurde allerdings von dicken Nebelschwaden gedämpft, die von den westlich gelegenen Donauauen heranwaberten.

Viele der fast hundert Mann starken Einheit hatten den Ruf ihres Chefs nicht mal ansatzweise gehört, und diejenigen, die ihn vernommen hatten, tippten sich an die behelmte Stirn.

»Ein Tag zum Kämpfen!«, kam ein leises Knurren aus den Reihen. »Der spinnt wohl! Sollen wir uns gegenseitig abstechen in dieser Nebelsuppe? Bisher ist uns noch kein einziger Germane über den Weg gelaufen! Außerdem wird es schon dunkel, da zieh ich mich lieber ins Lager zurück, solang ich noch etwas Orientierung habe!«

Zustimmendes Gemurmel aus der Nähe verstärkte den Entschluss des einfachen Soldaten, der in ausgelatschten Sandalen, Kettenhemd und einer Tunika, die ihm nicht mal bis zu den Kniekehlen reichte, vor Kälte schlotterte.

»Das Maul stopfen sollte man dem Deppen!«, erklang es beipflichtend neben ihm. »Scheucht uns durch die Gegend wegen nichts und wieder nichts. Hauen wir ab, solang der Stultus da vorne herumplärrt und nichts davon mitbekommt.«

Sogleich wurde dieser Vorschlag flüsternd weitergetragen, es erfolgte ein ziemlich ungeordneter Rückzug, die Legionäre stolperten mehr über den moorigen Untergrund, als dass sie aufrechten, stolzen Fußes dahingeschritten wären.

Ihr Lager, das die Vorhut auf ihrem Weg von Regensburg nach Günzburg bereits errichtet hatte, lag nicht weit entfernt. Die Aussicht auf ein wärmendes Feuer und Essen trieb die Mannen von dannen.

Ihr Anführer Gaius Stultus indes war keineswegs so siegessicher, wie sein lautes Gebrüll vermuten ließ. Ihm war bewusst, dass ihre römische Linie auf verlorenem Posten stand. Die Germanen erwiesen sich als zäher, als er erwartet hatte, auch wenn sie sich am heutigen Tag noch nicht hatten blicken lassen.

Trotzdem, er musste ein Vorbild sein, schmetterte weiterhin seine Kampftiraden und stapfte dabei durch die beginnende Dunkelheit vorwärts, ohne eigentlich zu wissen, in welche Richtung er gehen musste. Dieser verdammte Nebel, diese verhasste Donau! Alles hier in der römischen Provinz Raetia (darin war das heutzutage Niederbayern genannte Gebiet inbegriffen) war ihm zuwider, doch er durfte nicht aufgeben, er hatte einen Ruf zu verlieren. Der Kaiser verließ sich schließlich auf ihn! Eine Beförderung zum Decurio würde er jedenfalls nicht abschlagen, dann hätte er zumindest ein Pferd unter dem Hintern, das sich in diesem Moment sicher besser zurechtfinden würde als er.

Erneut blieb er im Morast stecken. Beim Versuch, den rechten Fuß freizubekommen, verlor er das Gleichgewicht und fiel kopfüber in eine tiefe Sumpfgrube. Lauthals schrie er um Hilfe, gleich darauf vernahm er näher kommende Stimmen.

»Hierher, so helft mir doch endlich!«, röchelte er, wobei er durch sein Herumstrampeln noch tiefer versank.

Im Nebel zeichneten sich dunkle Schatten ab. »*Abisus abisum invocat*«, sagte der eine, ein zweiter Mann lachte. »Genau! Ein Abgrund ruft nach dem anderen, und unser guter Gaius hat ihn anscheinend gefunden!«

»Was? Was?«, gurgelte Gaius, den Kopf, vom verzierten Bronzehelm beschwert, schon beinahe unter Wasser. Mehrere Hände bemächtigten sich seiner, doch er wurde nicht nach oben gezogen, wie er gehofft hatte. Im Gegenteil, das stinkende, modrige Wasser blubberte gleich darauf in seiner Nase und in seinen Ohren, schlug über seinem Helm zusammen. Er öffnete den Mund zu einem Schrei, der zugleich im Morast und ihm im Hals stecken blieb. Ein wenig Zappeln, ein wenig Um-sich-Schlagen, dann war er still.

»Wie heißt das so schön? *Alea iacta est!* Ja, mein Freund, die Würfel sind wohl auch für dich gefallen!« Lautes Lachen entfernte sich, doch davon bekam Gaius nichts mehr mit. Aus war's mit ihm, der gestrenge römische Feldherr hatte seinen letzten Schnaufer getan. Er blieb, wo er war, keiner suchte nach ihm, niemand fand ihn und nahm seine Leiche mit nach Rom, um ihn in allen Ehren bestatten zu können. Versunken und vergessen lag Gaius Stultus für lange Zeit, so um die zweitausend Jahre, in einem moorigen, anonymen Grab …

EINS

Dienstag, 30. Mai 2023

Die große, von den gröbsten Unebenheiten befreite Fläche war mit Nivelliergeräten vermaßt und akribisch ausgesteckt worden. Die Vermessungsleute waren endlich fertig und hatten das Baugebiet der Firma WGM überlassen, sprich der Hoch- und Tiefbau Walter Geldmacher GmbH, sesshaft in Minzing.

Walter war dieses Logo mit den drei großen Buchstaben, in auffallend grellen Lettern auf einem Schild präsentiert, eines Nachts im Traum erschienen. Seine Initialen plus Wohnort, das würde doch unbedingt modern und nach etwas Größerem klingen, als seine Baufirma tatsächlich hermachte. Immerhin, »Geschäftsführer und Bauleiter Walter Geldmacher« klang in seinen Ohren damals ganz prima.

Und ebenjener Bauunternehmer sah sich jetzt zufrieden um. Ein Bagger und ein Kieskutscher, also ein Lkw mit Muldenauflieger, standen noch da, doch auch diese Leute würden bald Feierabend machen wollen. Walter hatte nichts dagegen, der Tag war lang und hektisch gewesen, und ab morgen würde es noch stressiger werden. Alle Unterlagen zur Freigabe des Neubaus eines zweiten Wellnesshotels, das die Besitztümer von Hotelier Konrad Blattl immens vergrößern würde, lagen säuberlich geordnet in seinem Containerbüro, dem Aushub der Baugrube stand endlich nichts mehr im Wege.

Er hob die Hand und winkte dem Baggerfahrer zu. Es war Manfred Schuster, ein langjähriger Freund und Wegbegleiter. »He, Mani, Schluss für heut!«

Der Arbeiter lehnte sich aus dem Fenster des Fahrzeugs. »Ist doch no hell, Walter! Lass mich wenigstens anfangen und die ersten Reihen Humus abtragen, dann können die andern morgen früh glei weitermachen!«

Der Fahrer des Muldenkippers zog rückwärts eine Kurve

und parkte passend zur erwarteten Schneise des Baggers. Walter fand es durchaus erfreulich, so motivierte Mitarbeiter zu haben. Mit schnellen Schritten stapfte er hinüber zu seinem Freund Mani.

»Von mir aus, dann mach noch ein paar Reihen, bis der Laster voll ist und Sepp zum Lager fahren kann. Aber dann machst Schluss! Mit den Nachbarn haben wir eh Probleme genug, die wollen uns am liebsten hier gar ned sehen. Das sind halt die Nachteile bei einem so heiklen Projekt, ohne Lärm und Dreck geht's ned.«

Walter wies mit einer ausholenden Handbewegung auf die Wohnhäuser neben dem Baugebiet. »Und die Einwände, dass der Neubau den Anwohnern viel Sonne nehmen und mehr Verkehr bringen wird, haben uns für die Genehmigung lang genug aufgehalten. Jetzt dürfen wir endlich loslegen, aber wir sollten trotzdem versuchen, so rücksichtsvoll wie möglich zu sein. Zumindest in der Nacht muss Ruh sein, kapiert?«

»Kein Problem, Chef, bevor's zu dunkel wird, hören wir eh auf.«

Walter Geldmacher nickte zustimmend, drehte sich um und ging zurück zu seinem Bürocontainer. Schnaufend öffnete er die Tür, die ein wenig klemmte, mit einem heftigen Ruck. Mal wieder eine Diät würde ihm nicht schaden, dachte er dabei, zwar waren hundertdreißig Kilo auf eine Größe von hundertfünfundneunzig Zentimetern verteilt, was seiner Fitness trotzdem, oder gerade deshalb, nicht förderlich war.

Am Schreibtisch sitzend grübelte er vor sich hin. Die Abendsonne blinzelte durch das kleine Fenster herein, warf rötliche Schatten über die Bauzeichnungen, die an den Innenwänden des Blechcontainers mit Klebestreifen befestigt waren.

Wenn das Wetter so schön bliebe, würden sie mit dem Erdaushub besser vorankommen als gedacht. Er überlegte, welche Schwierigkeiten bei dieser Baustelle wohl auf ihn zukommen könnten. Dass es nicht ohne ablaufen würde, war klar, das war er ja von früheren Arbeiten gewohnt. Seine langjährige Erfahrung hatte ihn aber meistens für alle Probleme eine Lösung finden lassen, auch wenn diese vielleicht nicht immer als ganz astrein anzuschauen waren.

Von draußen hörte er das Brummen des Baggers, der von Mani Schuster gekonnt bedient wurde. An den Geräuschen konnte Walter unterscheiden, ob eine volle Schaufel Erde im Laster landete oder ob gerade die Zähne der Baggerschaufel den Boden mit brachialer Gewalt aufrissen. Fleißig waren sie, seine Mitarbeiter, kein Zweifel.

Zufrieden schwang er den Drehstuhl herum und nahm einen dicken Aktenordner aus dem Regal hinter ihm, schlug ihn auf und vertiefte sich einmal mehr in die Vorgaben dieses Groß-projektes.

»Neubau eines Hotelgebäudes mit dreißig Schlaf- und Bade-zimmern sowie Spa-Bereich«, war die Überschrift.

Der Bauherr Konrad Blattl besaß bereits ein sehr florierendes Hotel in der Nähe, keinen Kilometer Luftlinie von der neuen Baugrube entfernt. Doch der Platz dort reichte für den Zulauf anscheinend nicht mehr aus, die plötzlich frei gewordene und zum Verkauf stehende Fläche hatte sich daher angeboten, das bestehende Hotel zu erweitern.

Ein dicker Auftrag war Walter Geldmacher damit ins Netz gegangen, das konnte er nicht leugnen. Geld verdienen war seine Devise, egal, wie und zu welchem Preis.

Zu seinem Glück waren irgendwann die Römer in dieser Ge-gend gewesen. Sie hatten hier ihren Grenzwall Limes aufgebaut, dabei Zeltstädte und Lager errichtet und sich das vorgefundene Thermalwasser zur Reinigung und Entspannung zunutze ge-macht. Davon zeugte das Museum mit den römischen Badean-lagen unter der alten Kirche.

Genau diese Thermalquellen, zum Teil mit natürlichem Schwe-fel angereichert, sicherten bis heute dem aufstrebenden Kurort Bad Gögging seine Einnahmen. Einige findige Leute hatten früh das Potenzial erkannt, bauten in den zwanziger Jahren Kurhäuser. In den Fünfzigern und später kamen, dem Stil bekannter Orte wie Baden-Baden nacheifernd, Kurhotels und Rehakliniken hinzu. Danach boomte das neue Schlagwort »Wellness«, die Nachfrage nach dauerhaften Wohnungen, vor allem für die Arbeitskräfte, ebenso. Die Bauanträge wurden immer mehr, und Walter hängte sich mit seiner Firma voll in die Eisen, kalkulierte knapp, biederte sich an. Ein Bauprojekt nach dem anderen, besser konnte es nicht laufen. Einige konnte er ergattern, andere leider nicht. Aber nun diese Hotelvergrößerung war ein weiterer Schritt, dem hoffentlich noch viele folgen würden.

Baggerfahrer Mani Schuster hatte schon ein breites Stück des markierten Areals abgegraben und kam bei dieser monotonen Arbeit ins Träumen. Das Baugelände ist wirklich ein schönes Fleckerl Erde, dachte er sich, direkt neben einem kleinen Wäldchen mit hohen Föhren und Eichen, die von vielen Vogelstimmen erfüllt sind und bei Wind säuseln und rauschen, als würden sie sich unterhalten. Hier könnt ich mir mit meiner Hilde einen ausgedehnten Wellnessurlaub auch gut vorstellen, allerdings, bei meinem mickrigen Lohn als Baggerfahrer wird das wohl ein Traum bleiben. Einen Lottogewinn würd's brauchen, ach, was soll's, sinnierte er weiter, eigentlich war und bin ich mit meinem Leben zufrieden.

Konzentriert nahm er seine Arbeit wieder auf. Schaufel um Schaufel landete der abgetragene Humus im Kipper, der bald darauf voll war und von Sepp, dem Fahrer, nun zum Lagerplatz außerhalb des Ortes gebracht wurde. Sepp winkte Mani noch kurz zum Abschied zu und machte sich auf den Weg. Morgen konnten sie dann an den steinigeren Untergrund gehen, nur noch ein paar Meter Humus hatte Mani vor sich, die er zu einem Haufen auf der Seite zu schieben gedachte, dann musste er aufhören, das hatte er seinem Chef Walter ja versprochen.

Im Containerbüro musste Walter Geldmacher inzwischen eine kleine Schreibtischlampe anknipsen, um die Akten besser lesen zu können. Er war müde, wollte aber unbedingt abwarten, ob seine Leute wirklich pünktlich Schluss machten, daher zapfte er sich an der Kaffeemaschine eine Tasse Espresso, drei Löffel Zucker, ansonsten schwarz wie die Nacht, so mochte er ihn am liebsten.

Plötzlich hämmerte es mit Wucht an die Tür des Containers.

Jäh aus seinen Gedanken gerissen, entkam ihm erschrocken nur ein kurzes: »Herein, verdammt!«

Mani riss die Tür auf, aufgeregt und völlig außer Atem von dem Spurt, den er quer über die Baustelle hingelegt hatte, japste er: »Chef, Chef, du musst sofort mitkommen! Du glaubst ned, was ich grad ausgebuddelt hab! Des musst dir anschaun! Da drüben beim Waldrand, wo mein Bagger steht!«

So aufgelöst kannte Walter seinen Freund gar nicht, irgendwas musste passiert sein, und ohne lang nachzufragen, folgte der groß gewachsene stämmige Bauunternehmer dem um einiges kleineren, dafür jedoch um vieles flinkeren Baggerfahrer.

Im Laufen berichtete dieser hektisch: »Ich dacht ja zuerst, da läge ein Blechdeckel von einer Konservendose, als ich eine der letzten Schaufeln Humus ausg'hoben hab, aber beim zweiten Hub kam dann etwas Rundes in der Form von einem verbeulten Eimer zum Vorschein. Irgendwie kam mir des spanisch vor, deswegen hab ich vorsichtshalber abg'stellt, mir a Sandschaufel g'schnappt und bin zu dem Loch, um mir des näher anzuschauen.«

Zwischenzeitlich an der gut einen halben Meter tiefen Grube angekommen, beugten sich beide gleichzeitig nach vorn. Mit zitternden Fingern deutete Mani nach unten, wo die achtlos zur Seite geworfene Schaufel neben einem länglichen, unförmigen dunklen Etwas lag. Klar zu erkennen war jedoch ein Helm, der im letzten Abendlicht stellenweise matt schimmerte. Ein römischer Helm, eindeutig.

Mani stöhnte: »Mein Gott, Walter, da unten liegt a Leich! A tote Leich! Ich hab mich so erschrocken, dass ich mir fast in die Hosen gepieselt hätt! Was mach ma denn jetzt bloß?«

Walter Geldmacher hatte schon vieles gesehen auf den Baustellen, aber beim Anblick dieses schaurigen Dings überkam ihn Panik. Es hätte schon gereicht, einen römischen Helm auszugraben, musste da jetzt auch noch der dazugehörige Mensch dranhängen?

Kurz entschlossen richtete er sich auf. »Mani, hol mir ein paar Handschuhe und eine Taschenlampe, das will ich mir genauer anschauen!«

Während der andere zurück zum Baucontainer hastete, ließ sich Walter hinunter in die Grube gleiten, sorgfältig darauf bedacht, ganz am Rand zu bleiben. Dem alten Römer aus Versehen auf ein Körperteil zu treten hätte ihm gerade noch gefehlt.

Gleich darauf reichte ihm Mani die Lampe und die Handschuhe nach. »Da. Und, was siehst jetzt?«

Der Lichtkegel machte das ganze Dilemma deutlich sichtbar. Vorsichtig ging Walter in die Hocke und begann, mit den behandschuhten Händen die verbliebene, zum Teil ziemlich harte Erde abzukratzen. Langsam bekam der Tote Form, ein stumpf glänzender Brustpanzer kam zum Vorschein, dann dünne Arme, an denen noch zerfledderte Lederreste hingen, zum Schluss die angezogenen Beine, die in ebenfalls metallisch blinkenden, kurzen Schienbeinschonern steckten. Dunkel und leicht verschrumpelt war die Haut, aber eindeutig gut erhalten für jemand, der seit zwei Jahrtausenden hier gelegen haben musste.

»Ja verreck, des is ja a Moorleich!« Mani staunte nicht schlecht.

Stumm nickte Walter und grub behutsam weiter. Als er den runzligen Körper so weit frei hatte, drehte er, zwar mit Grausen, aber es musste sein, den Toten vorsichtig um.

Der Baggerfahrer hatte anscheinend den ersten Schock überwunden, interessiert beugte er sich näher. »Greißlich, gell? Irgendwie erinnert mich der an den Ötzi, weißt scho, die Gletschermumie. Die wachslederne, faltige Haut, die leeren Augenhöhlen, als ob der uns eiskalt anschaut! Hat fast Ähnlichkeit mit meiner Schwiegermutter, wenn sie grantig ist. Das Kinn und die Hakennase san geradezu identisch, vielleicht ist es sogar ein Vorfahre von ihr.«

Ärgerlich sah Walter zu ihm auf und wischte sich mit dem Unterarm über die tropfnasse Stirn. »Hör mir bloß mit dem Schmarrn auf, Mani!«, fuhr er seinen Freund leise an. »Du weißt schon, dass wir jetzt ein riesiges Problem ham, oder? Wenn bekannt wird, dass der da rumliegt, dann stellen sie uns die Baustelle ein! Bis die Archäologen alles ausgebuddelt ham, was sie finden wollen, wird's Weihnachten, und unser Zeitplan wäre völlig im Arsch!«

Es trieb ihm eiskalte Schauer über den Körper, wenn er an die Konsequenzen dachte. Er hatte schließlich mit dem Hotelier und Bauherrn Konrad Blattl einen Vertrag, den es zu erfüllen galt. Außerdem konnte er keinesfalls so lange auf den kalkulierten und bereits verplanten Verdienst warten.

»Ja, hast scho recht«, gab Mani nach, gleich darauf aber seinen Senf dazu: »Aber du, der da ist doch einen Haufen Geld wert, oder? Der Helm, die Rüstung, und schau, dahinten sieht man sogar no das Schwert rausschauen, des ist doch alles wertvoll, meinst ned? Von dem Schwiegermutter-Verschnitt gar ned zu reden, mit dem könnten wir uns doch dumm und dämlich verdienen!«

»*Wir* bestimmt nicht, Mani, der Grund gehört doch dem Blattl, dann wird der depperte Römer auch dem Blattl gehören.«

»Dann frag doch den, was ma damit machen sollen«, schlug der Baggerfahrer angesäuert vor.

Der Bauunternehmer ließ sich von Mani aus der Grube helfen und zog die Handschuhe aus. »Ja, das werde ich wohl müssen. Du besorgst uns in der Zwischenzeit ein paar Planen oder Plastiksäcke, der Römer muss auf jeden Fall da weg, bevor ihn irgendjemand anderes findet. Ich ruf den Blattl an.«

Mit dem Smartphone in der Hand trat Walter einige Schritte zur Seite und tippte auf die Nummer in der Kontaktliste.

Murrend machte sich Mani ein weiteres Mal auf den Rückweg, diesmal zum Container, der als Materiallager diente.

Mir bleibt wirklich nix erspart! Ich Depp, warum bloß musst ich noch als Einziger weiterarbeiten! Aber hilft ja jetzt alles nix, das Kind ist bereits in den Brunnen g'fallen beziehungsweis der Römer ins Loch.

Trotz allem musste Mani grinsen. Ein Abenteuer war das Ganze ja schon, und er war gespannt, wie sich sein Chef diesmal wieder aus dem Schlamassel herauswinden würde …

❉❉❉

Der Auftraggeber und Bauherr Konrad Blattl saß mit seiner Ehefrau beim Abendessen, als sein Smartphone vibrierte und das Display Walters Anruf verkündete. Entschuldigend warf er Hedwig einen Blick zu, ignorierte ihre steile Stirnfalte und wischte mit der Serviette über den Mund, bevor er aufstand und an sein Handy ging. »Walter? Wir sind grad beim Essen! Was ist denn?«

»Ja, entschuldige schon, aber es ist ein Problem auf der Baustelle aufgetaucht, im wahrsten Sinne des Wortes. Du musst unbedingt rüberkommen, sofort bitte!«

»Was ist denn so dringend, dass es ned bis morgen früh warten kann?«

»Das will ich dir am Telefon nicht sagen, Konrad. Aber vor allem muss ich dir was zeigen, Herrschaft, es ist wirklich wichtig!«

»Darf ich wenigstens noch zu Ende essen?«

»Nix da, hock dich in dein Auto und komm, es pressiert!«

Als Konrad Blattl mit seinem schweren Geländewagen bei der Baustelle eintraf, erwartete ihn Walter Geldmacher schon an der Einfahrt und lotste ihn seitwärts an den Bürocontainer. Der gut sechzigjährige Hotelier kletterte etwas umständlich aus dem großen Auto. »Servus, Walter. Um Gottes willen, was ist denn passiert?«

»Komm erst mal rein«, entgegnete Walter Geldmacher sichtlich aufgeregt, bot ihm einen Stuhl an und hockte sich ihm gegenüber am Schreibtisch nieder. »Ich bin fix und fertig, Konrad. Stell dir vor, einer meiner Arbeiter hat beim Abgraben vom Humus hinten am Waldrand eine Leiche g'funden. Genauer g'sagt eine Moorleiche, dem Ausschauen nach. Da war doch ganz früher, bevor der Grundwasserpegel wegen der Thermalbrunnen abgesenkt wurde, dieses Moorgebiet, das sogenannte Heiligenstädter Moos, stimmt's?«

Blattl nickte, kam aber nicht zu Wort, denn Walter setzte stotternd hinzu: »Was wir g'funden haben, ist, also, es ist … keine normale Leich, sondern eine … äh, eine mit Helm, Schwert und, und … was halt sonst noch alles zu einem alten Römer dazug'hört.«

»Was sagst? Ihr habt einen Römer ausgebaggert?« Der Hotelbesitzer war bei Walters Eröffnung zuerst blass geworden, nun zeigten sich schnell hektische rote Flecken in seinem Gesicht. »Ja, gibt's des, ha? Ich glaub's wirklich ned, du verarschst mich doch!«

»Ich wollt, das wäre so, Konrad. Aber es stimmt schon. Und die Frage ist jetzt, was wir mit dem Kerl machen? Wenn wir die Polizei oder das Landratsamt verständigen, dann ist's aus mit unseren Plänen!«

Die Tür ging auf, und Baggerfahrer Mani Schuster kam abgekämpft herein. »Habe die Ehre, Herr Blattl! Jetzt ham wir den Dreck im Schachterl, oder was sagen Sie dazu? Bis jetzt ist's ja nur *eine* Leich, und hoffentlich bleibt's auch so, ned dass von dem noch die ganze Verwandtschaft auftaucht. Noch mehr Aufregung könnt i nimmer verkraften!«

Konrad Blattl schüttelte ungläubig den Kopf. »Ja, da legst dich nieder. Ein echter Römer. Es ist doch ein echter, oder, Walter? Ned dass der Tote bloß vom letzten Römerfest übrig geblieben ist und nur so angezogen war!«

Mani klopfte ihm respektlos von hinten beruhigend auf die Schulter. »Keine Sorge, Herr Blattl, der is garantiert echt. So gut erhalten kann man nur sein, wenn man mindestens zweitausend Jahr in a Moorpackung eing'legt war.«

An Walter gewandt sagte er: »Ich hab ihn und seine Kriegsausrüstung in zwei Plastiksäcke verstaut und derweil unter einer Plane in der oberen Baubude versteckt.«

Nach Luft ringend stand Blattl auf. »Das kann doch ned wahr sein! Ich will den Römer sehen, den muss ich mir unbedingt mit eigenen Augen anschauen!«

»Okay, dann bitte mitkommen.« Mani sprang aus dem Bürocontainer und hielt zuvorkommend Konrad Blattl und Walter die Tür auf. »In der Baubude haben wir wenigstens Licht, und von außen sehen kann uns dadrin auch niemand.«

Gleich darauf stiegen die drei in besagten Bauwagen, der eigentlich den Arbeitern als Pausenraum diente. Mani knipste die Beleuchtung an, während Konrad Blattl und Walter Geldmacher sich suchend umsahen, doch von einer Moorleiche oder deren Verpackung war nichts zu sehen.

Rechts der Tür stand neben einem hüfthohen Kühlschrank ein Schränkchen, mit Gaskochplatte und einer Mikrowelle darauf, ein kleines Spülbecken mit Wasserhahn schloss sich ums Eck herum an. In der Mitte des Raumes lud eine einfache Bierbank zum Sitzen ein, quer dahinter versperrte eine meterhohe Spanplattenwand den Einblick zum hinteren Ende. Üblicherweise verstauten die Arbeiter dort ihre privaten Dinge, dementsprechend stapelten sich viele Beutel, Kleidungsstücke und Schuhe hinter der Absperrung. Von ganz unten, nachdem Mani die Spanplatte beiseitegehoben und ein wenig gekramt hatte, kamen die hellblauen Abfalltüten unter einer schwarzen Folie, die er zur Seite schob, zum Vorschein. Ein Ruck, und er hatte die beiden Säcke neben der Bierbank ins Licht gezogen.

Andächtig schweigend standen die drei darum herum. Schließlich stieß Walter seinen Freund mit dem Ellbogen an. »Mani, pack endlich aus, der Konrad will schließlich was sehen!«

Gesagt, getan, gleich darauf zeigten sich der verschrumpelte Römer mit Brustpanzer und Beinschutz von der einen, seine Kampfutensilien Helm und Schwert aus der anderen Tüte befreit in voller Pracht.

»Ein echter Römer, ich glaub's ned.« Ehrfürchtig beugte sich Blattl über den Toten, zauderte und zog die Hand zurück, mit der er ihn eigentlich hatte berühren wollen.

Plötzlich kam von ihm ein verträumter Seufzer. »Caligula ...«

»Hä?«, wandte sich Walter verständnislos an den Bauherrn.

Blattl blinzelte. »Caligula, ein römischer Feldherr und späterer Kaiser! Mei, ein bisserl mehr Bildung hätt ich von dir schon erwartet, Walter.«

»Woher willst jetzt du wissen, dass das ausgerechnet der ... na, der Caligula ist?«, wandte der Bauunternehmer scharf ein.

Blattl zuckte die Schultern. »Ist doch völlig wurscht, ob er das wirklich ist oder nicht. Sollte mir doch irgendjemand das Gegenteil beweisen! Jedenfalls wird sich, hinter Glas freilich, im Foyer vom neuen Hotelbau gut ausmachen, so mit voller

Montur und Schwert und allem. Stellts euch vor, eine berühmte Moorleiche, noch dazu ein Römer, und grade bei uns in Bad Gögging!«

Vor Aufregung musste der nicht gerade schlanke Blattl laut schnaufen und knöpfte sogar seinen Hemdkragen auf, ehe er hinzufügte: »Das hebt doch unser Prädikat UNESCO-Welterbe DONAULIMES noch mehr hervor! Ich seh schon die ganzen Schlagzeilen vor mir, das Fernsehen wird kommen, mit Kameras und Reportern, und ich werde haufenweise Interviews geben müssen. Was für eine unbezahlbare Werbung für mein neues Hotel! Und für unseren Kurort allgemein freilich auch!«

Die linke Hand auf die Brust gelegt, blickte er dabei mit einem verklärten Blick wie Erzengel Gabriel persönlich nach oben. »Herrlich wird das, ganz einfach gigantisch! Alle anderen Hotels werden weinen vor Neid, das sag ich euch!«

Walter musste trocken schlucken. »Dann kannst genauso gut gleich eine Pressemeldung rausgeben, dass wir den Römer gefunden haben. Konrad, spinnst du jetzt komplett? Was meinst du, was dann los ist? Wahrscheinlich hätten wir den Fund gesetzlich an Ort und Stelle lassen und das Landratsamt verständigen müssen, aber so … das kannst du echt nicht bringen, Konrad!«

»Muss ja keiner wissen, dass wir den Calli jetzt schon haben.« Blattls Stimme klang beinahe zärtlich, als er dem alten Römer bereits einen Spitznamen verpasste.

Walter stöhnte innerlich.

»Du baust einfach weiter«, fuhr der Hotelier ungerührt fort, »und irgendwann lassen wir den Caligula dann auftauchen, durch Zufall frisch ausgegraben, das wird die Sensation! Und bis dahin müssts ihr«, fast drohend schaute er zwischen Walter und Mani hin und her, »ihn einfach verschwinden lassen. Irgendwo, wo bestimmt keiner hinkommt, gut verstecken.«

»Du redest dich leicht, Konrad!« Walter raufte sich die blonden Haare. »Wie sollen wir das denn anstellen?«

Blattl wischte sich mit einem Ärmel seiner Trachtenweste den Schweiß von der Stirn, denn im Bauwagen war es außerordentlich warm. »Ihr machts das schon. Hierbleiben kann er jedenfalls ned, viel zu heiß hier drin, der verkommt uns sonst! Und dass den Calli jemand anderes findet, können wir auch ned riskieren.«

Mit einem letzten Blick auf die verkrümmte, halb unter dem metallenen Brustpanzer verborgene Moorleiche, einem allerletzten auf den matt schimmernden Helm und das Schwert, drehte er sich um.

»Ich will, dass der im neuen Hotel ausgestellt wird, und zwar genau so, wie er jetzt da vor uns liegt!«

Mit dem Zeigefinger stieß er Walter heftig vor die Brust. »*Du* hast den ausgegraben und damit gegen das Gesetz verstoßen! Dann sorg auch dafür, dass wir was davon haben! Euer Schaden soll's ned sein«, er rieb Daumen und Zeigefinger bedeutungsvoll aneinander, »also, überlegt euch was! Ich verlass mich auf dich, Walter!«

Mit diesen nachdrücklichen Worten machte er die Tür auf, stieg die kleine Treppe hinab und eilte zurück zum Geländewagen.

Kopfschüttelnd blieben Walter und Mani zurück.

»Der spinnt doch komplett!«, wiederholte Walter und kratzte sich am Kopf. »Ich weiß ned, Mani, wohl ist mir bei der Sache gar ned! Wenn was rauskommt, wandern wir alle vielleicht in den Knast!« Zweifelnd schaute der Geschäftsführer von WGM zu Mani hinüber, der nachdenklich nickte.

»Ja, wenn … Ich denk, wir sollten es trotzdem probieren, Chef. Wer zahlt, schafft an, oder? Denk doch mal an die Kohle nebenbei, das Geld könnt ich schon gut gebrauchen.«

Ein beinahe gieriges Flackern schlich sich in Manis Augen. Der ersehnte Lottogewinn, da wäre er, zwar in anderer Form, aber immerhin! Und von Walter wollte er sich diese Gelegenheit bestimmt nicht kaputtmachen lassen!

Schweigend wartete Mani auf eine Antwort seines Chefs.

Nach einer Weile stimmte Walter widerwillig zu. »Okay, von mir aus.« Er sah auf seinen Spezl hinunter. »Jetzt brauchen wir also einen Plan.«

Aufgedreht schlug Mani vor: »Wie wäre es, wenn ich die Säcke mit dem Gulla – nein, wie hod der Blattl g'sagt? – die

Säcke mit dem Caligula in Eining im Römerkastell deponiere? Ich kenn das Gelände von den Römerfesten ziemlich genau, hab dort sogar beim Auf- und Abbau manchmal ausg'holfen. Und superguad trifft's z'samm, dass es heuer keines gibt, weil es nur alle zwei Jahr stattfindet! Du, Walter, dort gibt's eine Zisterne mit Deckel, da wäre der alte Römer fürs Erste gut aufgehoben. Führungen im Kastell sind wegen Krankheit eh grad keine, hab ich in der Zeitung g'lesen. Was meinst du?«

»Wann willst du denn Caligulas«, er ahmte Manis eifrige Stimme übertrieben nach, »nein, wie hod der Blattl g'sagt? Wann willst den Umzug vom Calli denn machen?«

Mani grinste. »Ist mir doch völlig wurscht, wie der hoaßt. Caligula oder Calli, ist doch g'hupft wie g'hechtelt. Aber auf jeden Fall heut Nacht noch, und du brauchst mir gar ned dagegenreden, Walter. Du bist zwar mein Chef, aber bei *der* Sache, da hob ich genauso viel mitzuschnobeln wie du. Wir machen des, was der Blattl uns ang'schafft hod, einverstanden?«

Und nach kurzem Zögern gab Walter sein Einverständnis, nicht ahnend, was damit alles auf ihn zukam …

✳✳✳

Zuerst fühlte sich Hotelier Konrad Blattl noch euphorisch, als er von der Baustelle zurück nach Hause fuhr. Im Geiste sah er bereits die Ausstellungsvitrine im Foyer des neuen Hotels vor sich, mit rotem Samt ausgelegt, darauf der Caligula in voller Kampfmontur, die nach einer gründlichen Reinigung bestimmt glänzen würde wie die goldene Dachkugel des Hundertwasser-Turms von Abensberg. Freilich, eine Entlüftung und Kühlung müsste auch eingebaut werden, und es müsste Glas mit UV-Schutz sein, das war klar. Oder müsste etwa die Vitrine komplett luftdicht sein? Nun, der anfallende Bedarf für Callis Wohlbefinden würde sich zu gegebener Zeit klären lassen.

Doch je länger er darüber nachdachte, umso unsicherer wurde er. War der Römer denn tatsächlich sein Eigentum, bloß weil er auf seinem Grundstück gefunden worden war? Von der rechtlichen Seite dieser Geschichte hatte Konrad keinen blassen Schimmer.

Normalerweise hätte er sich mit solchen Problemen an seinen Sohn Klaus gewandt, der war so gescheit, und was Klaus nicht wusste, recherchierte er einfach im Internet, oder er kannte jemand, bei dem er sich erkundigen konnte. Doch in diesem Fall würde sich Konrad lieber die Zunge abbeißen, als Klaus um Rat zu fragen.

Noch zu präsent war der Streit, der zwischen ihnen beiden wegen des Neubaus entbrannt war. Klaus hätte nämlich andere Pläne mit dem Grundstück gehabt. Er hätte anstelle des Hotels viel lieber einen großen Supermarkt ins Auge gefasst. So etwas fehlte ehrlicherweise tatsächlich in Bad Gögging, damit hatte sein Sohn nicht ganz unrecht. Doch aus sicherer Quelle wusste Konrad, dass bereits anderweitige Planungen dafür liefen, auf dem Gelände eines der anderen großen Hotels, und deshalb wollte sich Konrad diesbezüglich keinen Konkurrenten zulegen. Bekanntlich hackte eine Krähe der anderen kein Auge aus, auch andere Hoteliers sollten schließlich von etwas leben können.

Klaus hatte diese Meinung nicht geteilt, er stand eher für das Motto »Wer zuerst kommt, mahlt zuerst«. Wären die Blattls mit dem Verbrauchermarkt früher dran gewesen, hätte der andere Unternehmer eben das Nachsehen gehabt.

Und so kam, was kommen musste, wenn zwei Dickschädel aufeinanderprallten: ein handfester Streit, bei dem die Fetzen richtig geflogen waren. Zuletzt hatten Vater und Sohn sich dermaßen angebrüllt, dass man es bis vor die Bürotür gehört hatte. Einige Mitarbeiter in der Nähe konnten wegen der Lautstärke natürlich jedes Wort mitbekommen.

»Kommst mir jetzt schon wieder mit dem Supermarkt? Ja, bist du denn ganz deppert!« Dass der Seniorchef so laut wurde, war ziemlich ungewöhnlich. Deshalb hatten die Angestellten, die zufällig Zeugen des Streits wurden, ihre Lauscher besonders hoch aufgestellt. »Zum allerletzten Mal und jetzt ganz deutlich, damit sogar du es kapierst: Das kommt überhaupt nicht in Frage! Du weißt genau, deine Mutter und ich haben fertige Pläne für dieses Grundstück! Es wird die Erweiterung unseres Hotels, ein noch exklusiveres Angebot für Wellness und Spa, und sonst nix anderes! Basta!«

»Zum Teufel noch mal! Jedes Argument, und sei es noch so gut, wird sofort von dir im Keim erstickt, wenn es dir nicht in den Kram passt! Egal, was ich dir vorschlage, du akzeptierst nicht ein einziges Mal meine Meinung! Nur das, was du sagst, ist immer richtig!«, hatte Klaus zurückgeschrien.

Konrad hatte die Arme verschränkt, sein Blick unter buschigen Augenbrauen wirkte beinahe angsteinflößend.

Mit erzwungener Ruhe sagte er: »Merk dir eins, mein Junge, das alles hier hab *ich* aufgebaut, und das Geld kommt auch von *mir*. Wenn ich mal nimmer bin und du selbst was erreicht hast, kannst du tun und lassen, was du willst. Aber bis dahin … Ende der Debatte! Jetzt lass mich weiterarbeiten, ich hab keine Zeit für diesen Schmarrn. Schleich dich!« Konrad hatte mit einer abwertenden Handbewegung seinem Sohn den Rücken zugedreht.

»Manchmal könnte ich dich glatt umbringen!« Damit war Klaus wutentbrannt aus dem Zimmer gestürmt und hatte die Tür hinter sich zugeschmissen, dass die Wände wackelten.

Oh mei, da waren schon harte Worte gefallen, gestand sich Konrad ein. Beide hatten sich zwei Tage später entschuldigt, doch ihr sonst so vertrautes Verhältnis hatte einen gehörigen Knacks bekommen.

Und genau deshalb musste Konrad nun sein Calli-Problem allein in den Griff kriegen. Aber dazu war ja noch Zeit, denn der Bauunternehmer Walter Geldmacher und dessen Freund Mani würden mit ihrer Versteck-Aktion hoffentlich einen erheblichen Aufschub erwirken.

Zurück am alten Kurhotel stieg Konrad aus. Die frühsommerlich warme Luft hatte sich nur wenig abgekühlt, eine leichte Brise strich von dem vorbeifließenden schmalen Fluss Abens herüber. Und mit ihr kamen Horden von Mücken. Dieses Problem war seit Jahren bekannt, die geografische Nähe zu Donau und Abens sorgte regelmäßig für eine Plage dieser Insekten.

Um den Gästen im Restaurant, Biergarten und Hotel dieses

sommerliche Übel zu erleichtern, hatten sich die Blattls einige sündteure Mückenfallen zugelegt, die großzügig im gesamten Areal verteilt standen. Sie halfen immerhin ein bisschen, doch sobald die CO_2-Behälter oder die Lockstoffpatronen leer waren, verloren sie ihre Wirkung. Konrad hatte es sich zur Gewohnheit gemacht, jeden Abend vor dem Schlafengehen eine Runde zu drehen und alle Fallen zu prüfen. Diese nächtlichen Spaziergänge halfen ihm zudem, mit dem Stress und Ärger des Tages abschließen zu können, diese halbe Stunde Bewegung an der frischen Luft tat ihm gut und ließ ihn meistens zufrieden und müde ins Bett fallen. Die leeren Behälter würde er sich merken, noch in der Nacht Nachschub holen und anschließend eine Extrarunde drehen, um sie auszutauschen.

Da es eh schon auf Mitternacht zuging und er bald ins Bett wollte, machte er sich umgehend an die Arbeit.

ZWEI

Mittwoch, 31. Mai 2023

Warm und sonnig sollte es laut Wetterbericht werden, was Hans Moser, seines Zeichens Kriminalhauptkommissar a. D., nicht anzweifelte. Zumindest zeigte sich kein Zwicken und Stechen in seinen zahlreichen arthritischen Gelenken, ein gutes Zeichen für einen schönen Tag. Immerhin zählte er schon zweiundsiebzig Lenze, da gehörten kleine, manchmal auch größere Zipperlein dazu.

Heute jedoch war alles perfekt, er war früh aufgewacht, die Morgendämmerung tauchte seine kleine Einbauküche in hellgraue Schatten. Schnell ließ er eine Tasse Kaffee aus der Maschine. Die brauchte er immer, bevor er sich bereit fühlte, dem Tag gegenüberzutreten. Und selbstverständlich musste er einen Blick in die Zeitung werfen, besser gesagt in mehrere Zeitungen.

Sein Sohn hatte ihm beim Umzug nach Bad Gögging zum Glück ein Tablet aufgeschwatzt, denn mit dem Online-Zugang konnte er sämtliche Medien abrufen, die ihn interessierten. Am Anfang natürlich die FLZ, die Fränkische Landeszeitung, so konnte er die Nachrichten aus seiner alten Heimat erhalten. Der Münchner Merkur stand ebenfalls für das allgemeine Weltgeschehen auf seiner Liste und zum Schluss die Mittelbayerische, die örtliche Tageszeitung, um sich über die aktuellen Themen rund um seine neue Heimat, im Speziellen Bad Gögging, auf dem Laufenden zu halten. Er vermisste zwar seitdem das Knistern des Papiers zwischen den Fingern, doch das Tablet hatte den Vorteil, dass er die Schrift mit einem Zwei-Finger-Wischer vergrößern konnte. Bei der Papierzeitung früher ging das nicht …

Nach der ersten Tasse Kaffee und dem Überfliegen aller Schlagzeilen war Hans der Meinung, ein Spaziergang vor dem eigentlichen Frühstück wäre eine hervorragende Idee.

Wie oft waren er und Emilie, seine verstorbene Frau, früher

schon losgewandert, noch ehe der kleine Kurort Bad Gögging aus seiner Verschlafenheit aufgetaucht und es lebendig auf den Straßen geworden war. Dreißig Jahre lang waren sie regelmäßig im Sommer aus Franken angereist, hatten jedes Mal die gleiche Pension bewohnt, ließen sich zwei Wochen lang von den Strapazen des Alltags und den Belastungen seines Berufes ablenken.

»Warum gerade immer wieder Bad Gögging?«, hatte Emilie ihn einmal spaßeshalber gefragt, das mochte vielleicht nach dem zwölften oder fünfzehnten Jahr gewesen sein, das sie hier verbracht hatten.

Hans hatte schmunzeln müssen. »Abgesehen von den wohltuenden Rheumabädern und Massagen? Keine Ahnung, sag du's mir.«

Sie hatte überlegt und dann die Schultern gezuckt. »Auch keine Ahnung. Aber, abgesehen davon, dass dir die Bäder und Massagen wohltun«, ein Augenzwinkern folgte, »bist du hier einfach wieder Mensch, Hans, lässt all die schlimmen Sachen als Polizist hinter dir und kannst entspannen. Weißt du noch, damals unser Urlaub in Österreich? Da hast du gesagt, die Berge erdrücken dich und die vielen Menschen dort auch. Aber hier in der Hallertau bist du immer ausgeglichen und kannst dich gut erholen. Und ich auch, weil kein Meckern von dir kommt. Also, hier hast du deine Gründe für Bad Gögging.«

Hans hatte noch breiter gegrinst. »Muss wohl am Hopfen liegen. Der beruhigt die Nerven, heißt es ja.«

Auch Emilie hatte gelacht. »Genau deswegen gehen wir hier so gern zu Fuß, mein Lieber. Es gibt ja nicht gerade wenige Gastwirtschaften, wo man einkehren kann, und der Hopfensaft kann es ganz schön in sich haben!«

Hans' Blick wanderte hinüber zum Bücherbord über dem Flachbildfernseher, auf dem ein Foto seiner Frau stand. Sie hatte ja so recht gehabt.

Nachdem Emilie vor gut einem Jahr ganz plötzlich an einem Herzinfarkt gestorben war, stand er vor der Frage: Was machst du mit dem Rest deines Lebens, Hans? Zu Hause in Ansbach hatten sie eine kleine Stadtwohnung und einen noch kleineren

Hinterhofgarten besessen. Unter Emilies Hand war der allerdings sehr aufgeblüht, nun aber verkümmerten alle Pflanzen, denn Hans hatte dafür einfach zwei linke grüne Daumen.

Er hatte sich an die schönen gemeinsamen Zeiten in Bad Gögging erinnert – und eben genau an ihre Worte: »Hier bist du einfach wieder Mensch, Hans.«

Die Wohnung samt Garten wurde kurzerhand verkauft, und seit zwei Monaten hatte er nun ein Zwei-Zimmer-Apartment in einer der neu gebauten Wohnanlagen bezogen (wohlgemerkt betreutes Wohnen, falls es erforderlich werden würde). Hier in Bad Gögging waren Emilie und er so glücklich gewesen, nun wollte er versuchen, es auch ohne sie zu schaffen.

Ja, Emilie würde es an einem solch schönen Morgen ebenfalls nach draußen ziehen, daher machte sich Hans schnell im Bad fertig. Als er sich im Schlafzimmer angezogen hatte, prüfte er vor dem Schrankspiegel mit einem flüchtigen Blick sein Erscheinungsbild.

Sein Name war Programm, dem bekannten österreichischen Schauspieler Hans Moser war er tatsächlich ziemlich ähnlich, zumindest in Aussehen und Figur: klein und rundlich. Charakterlich unterschied er sich aber deutlich, soweit es die meist hektisch agierende Filmfigur Moser betraf. Denn dieser Hans Moser war eher introvertiert, ruhig und gemütlich. Vielmehr ein guter Beobachter und Zuhörer als ein wortstarker Gschaftlhuber.

Die aufgehende Sonne färbte die Wolken im Osten rötlich, langsam wurde es hell zwischen den Baumwipfeln, als Hans zu einer ausgedehnten Runde um Bad Gögging aufbrach.

Mit flotten Schritten marschierte er Richtung Dorfmitte, dann kürzte er über die Waldstraße ab, um zum westlichen Ortsausgang mit Blick auf Neustadt zu kommen. Linker Hand konnte er zwischen den Häuserlücken erkennen, dass hinter den alten Bestandsbauten anscheinend eine neue Baustelle errichtet worden war, mehrere Bauwagen, Containerbuden und ein Bagger standen dort, der erste Erdaushub schien bereits stattgefunden zu haben.

Ganz früher, konnte sich Hans erinnern, als Emilie und er die ersten Male in Bad Gögging Urlaub machten, war an dieser Stelle eine Baufirma beheimatet gewesen, doch nachdem diese ohne Führung gewesen war, hatten die Erben anscheinend die Lagergebäude abgerissen und die frei gewordene Fläche verkauft. Was hier nun gebaut werden sollte, wusste Hans jedoch nicht. Neue Wohnblöcke, Rehakliniken und auch Hotels waren die letzten Jahrzehnte wie Pilze aus dem Boden geschossen, vermutlich kam etwas in dieser Richtung erneut hinzu.

Er überquerte die Staatsstraße und spazierte ein Stück auf dem befestigten Damm neben dem Flüsschen Abens weiter, ehe er rechts abbog, an der gepflegten Gartenanlage eines großen Hotels vorbeikam und kurz an der kleinen Kapelle Rast machte, die der Hotelbesitzer vor Jahren hier hatte errichten lassen. Dann folgte er dem schmalen Fußweg, der zu einem etwa zweihundert Meter entfernten Tretbecken führte. Bald schon stieg ihm ein unangenehmer Duft in die Nase, verfaulten Eiern recht ähnlich, ein Geruch, der an vielen Stellen Bad Göggings auffiel, zeugte er doch von den gesundheitsfördernden Schwefelwasserquellen.

Auf einem Schild vor dem kleinen Häuschen, in dem man sich aus einem schmalen Rohr dieses Schwefelwasser abfüllen konnte, stand geschrieben:

Bereits der Römer kam zur Stelle,
wo aus der Erde fließt die Quelle.
Trinkt, Leute … und sie soll euch geben
Gesundheit und ein langes Leben.

Dass dies aber nicht immer galt, stellte Hans gleich darauf fest. Neben dem Tretbecken befand sich, auf einem runden Sockel stehend, eine steinerne ovale Wanne, mit stinkendem Schwefelwasser gefüllt, wohl dafür gedacht, hier heilende Armbäder nehmen zu können.

Über dem Rand dieses kleinen Beckens lag eine Person, die Füße auf dem Boden stehend, die Arme seitlich über die Breitseiten hängend, der Kopf befand sich, mit dem Gesicht nach unten, halb im Wasser.

»Na, Sie nehmen's aber sehr genau mit der Trinkwasserkur!«, sprach Hans ihn beim Näherkommen an.

Erst dann bemerkte er, dass sich der Mann kein bisschen bewegte, rannte die letzten Schritte auf ihn zu und blieb abrupt stehen. Dass er vor einem Toten stand, musste niemand dem pensionierten Kommissar erklären, er erkannte es auf den ersten Blick. Und so was um sechs Uhr morgens auf fast nüchternen Magen!

Hans' Herzschlag ging schneller, vorsichtig streckte er eine Hand aus und befühlte das rechte Handgelenk des Mannes. Eiskalt waren die Gliedmaßen, ein Puls nicht mehr zu spüren.

Seufzend trat Hans einen Schritt zurück, sah sich um, ob er von herannahenden weiteren Spaziergängern Hilfe erhoffen konnte, doch er stand ganz allein unter den Bäumen, lediglich Vogelgezwitscher leistete ihm Gesellschaft.

Unterhalb seines Standortes, von einer großen Wiese abgegrenzt, lag das Hotel. Sollte er dorthin gehen und Hilfe holen? Doch Hilfe für was, für wen? Dem armen Mann war nicht mehr zu helfen, und Hans wusste schließlich selbst ganz genau, was zu tun war.

Er holte das Handy aus der Tasche seiner leichten Sommerjacke und wählte 110. Die Leitstelle meldete sich umgehend, und so sachlich wie möglich nannte Hans seinen Namen, wobei er geflissentlich erwähnte, dass er Kriminalhauptkommissar gewesen war, beschrieb die vorgefundene Situation und seinen ersten Eindruck.

»Ich weiß schon, dass Sie einen Sanka und einen Notarzt schicken müssen, auch wenn ich denke, dass das nix mehr bringt. Aber Sie sollten, meiner Meinung nach, zusätzlich noch die Kripo verständigen.«

»Das müssen Sie schon uns überlassen, Herr Moser. Ich gebe jedenfalls sofort die Meldung an die Rettungskräfte raus und informiere die Kollegen aus der Inspektion Kelheim. Bitte fassen Sie nichts an, bis die da sind, und versuchen Sie auch bitte, andere

Leute von der Stelle fernzuhalten.« Die Stimme am Telefon klang kühl und bestimmend – und ziemlich jung. Hans musste sich ein Grinsen verkneifen. Als ob so ein Frischling ihm erklären müsste, wie er sich zu verhalten hätte!

»Sie können sich darauf verlassen. Ich bleibe hier und warte.«

»Sehr gut, danke schön. Ihre Mobilnummer habe ich notiert. Falls es Probleme gibt, melde ich mich nochmals bei Ihnen. Auf Wiederhören.«

»Ja, servus.« Auch Hans legte auf.

Prüfend warf er erneut einen Blick in die Runde, doch weitere Personen waren um diese Zeit tatsächlich nicht unterwegs. Daraufhin drehte er sich zu dem Toten um. »So, und was machen wir zwei jetzt?«

Verständlicherweise kam keine Antwort.

Behutsam trat Hans näher heran, beugte sich vor und musterte die Leiche von unten nach oben.

Die Beine bekleidete eine dunkelblaue Jeans, den Oberkörper, der so breit war, dass er gerade noch in der Wanne Platz fand, eine beige Trachtenstrickjacke, wie Hans an den Hirschhornknöpfen am Ärmel erkennen konnte. Das ehemals wohl dichte, jetzt mehr lichte graue Haar wallte im Wasser sanft um den Kopf, der so weit vorn am schmäleren Wannenrand lag, dass die Stirn an der steinernen Einfassung zwangsläufig anschlagen musste.

Am Kopf des Toten sah Hans genauer hin. Bei einer Stelle am Hinterkopf schimmerte es rötlich durch, eine Platzwunde war erkennbar, die jedoch anscheinend nicht so stark geblutet hatte, dass sich das Wasser oder der Wannenrand erkennbar verfärbt hätten. Nochmals blickte er prüfend hinunter zu den Füßen, die in leichten braunen Halbschuhen steckten.

War es möglich, dass der Mann ausgerutscht war, sich den Kopf angeschlagen hatte und dann im Becken ertrunken war?

Dagegen sprach, dass beide Füße offenbar fest mit ganzer Sohle auf dem gepflasterten Sockel standen. Wäre er ausgerutscht und gestrauchelt, würden die Beine in einem anderen Winkel herabhängen. Zudem befand sich die sichtbare Verletzung am Hinterkopf, was ebenfalls nicht dazu passte.

Also kein natürlicher Tod, stellte Hans für sich fest. Eigentlich ging es ihn ja nichts an, schließlich war er im Ruhestand, aber es kribbelte ihn in den Fingerspitzen, den Mann umzudrehen, damit er das Gesicht erkennen konnte. Vielleicht war er ihm ja bekannt?

Natürlich tat er es nicht, sondern wartete geduldig ab, bis sich einige Minuten später, mit Blaulicht und Martinshorn, der Krankenwagen und dahinter der BMW des Notarztes näherten. Sie kannten sich anscheinend aus, parkten oberhalb des Tatortes an einer Straße, die zu einem Neubaugebiet gehörte, und liefen, bepackt mit den Notfallkoffern, über die leicht abschüssige Grasfläche hinunter zu Hans.

»Guten Morgen«, erwiderte er den schnellen Gruß der Rettungskräfte und trat zur Seite, um Platz zu machen. Einer der Sanitäter griff, wie Hans zuvor, ans Handgelenk des Toten, um ebenso schnell festzustellen, dass wohl keine Hilfe nötig war. Mit einem Kopfschütteln blickte er zum Notarzt. »Kein Puls und schon eiskalt.«

Der Doktor befühlte vorsichtig den herabhängenden Arm, versuchte, die Finger des Toten zu beugen, was sich als fast nicht möglich erwies. »*Rigor Mortis* im ausgeprägten Stadium«, murmelte er. Dann beugte er sich über die Wanne, besah sich den Körper genauer und entdeckte schließlich die Wunde am Hinterkopf. Als er sich aufrichtete, streifte sein Blick hinüber zu Hans. »Sie haben ihn so gefunden? Haben Sie ihn bewegt?«

»Bestimmt nicht.« Mit einem Nicken in Richtung der Leiche fügte er ruhig hinzu: »Bis zur Pensionierung war ich Kriminalkommissar. Als ich ihn gefunden hab, war mir schon klar, dass hier am Tatort nix verändert werden darf.«

Der Arzt nickte. »Ganz recht. Das hier ist eindeutig ein Fall für die Rechtsmedizin. Jungs«, meinte er an die Krankenwagenbesatzung gewandt, »ihr könnt zurückfahren. Ich muss allerdings warten, bis die Polizei da ist, ich melde mich dann bei euch. Also vorerst bitte keine vermeidbaren Einsätze für mich, okay?«

Die beiden Männer nickten, packten die Koffer und stiegen den Weg zurück, den sie gekommen waren.

»Dr. Kracherl«, stellte sich der grauhaarige Arzt bei Hans vor, nachdem er die Handschuhe ausgezogen hatte.

»Moser, grüß Gott.« Die beiden schüttelten sich die Hände. Nachdenklich fuhr sich der Arzt durch den Vollbart. »Furchtbare Sache. Ausgerechnet der Blattl …«

Hans stutzte. »Sie kennen den Toten?«

»Ja, klar, der Hotelbesitzer von dort drüben …«, er deutete auf den gelben Gebäudekomplex, »wer kennt ihn nicht? Ein Mann der ersten Stunde im Kurwesen von Bad Gögging. Ohne ihn wären der Tourismus und der Ort allgemein nie so weit, wie sie jetzt sind. Ein Visionär, aber kein Träumer, ein harter Geschäftsmann vielleicht, aber ein großer Arbeitgeber in der Region. Lange Jahre war ich sein Hausarzt, für die ganze Familie Blattl übrigens.«

Plötzlich dämmerte es Hans, der Name schien ihm was zu sagen. »Konrad Blattl? Ja, freilich, den hab ich auch gekannt! Kann es sein, dass er meine Frau und mich mal für die langjährigen Besuche in Bad Gögging geehrt hat? Als Vorstand von … von welchem Verein gleich wieder?«

»Tourismusverband. Ja, die machen solche Ehrungen, stimmt, und da war er lange Jahre Vorstand davon. Wie gesagt, eine treibende Kraft im Ort.«

»Und woher kennen *Sie* ihn so gut, dass Sie ihn nur am Hinterkopf identifizieren können?«, wollte Hans unbedingt wissen.

Der Arzt lächelte schwach. »Er war mein Patient, wie ich schon sagte. Im Übrigen wohne ich seit langer Zeit in Bad Gögging, da sieht man sich öfter und bekommt viele Dinge mit.«

Eine Weile unterhielten sie sich noch, bis der Doktor plötzlich abbrach: »Aber … ach, schauen Sie, die Polizei kommt.«

Damit deutete er hinüber zum Hotel, wo zwei Streifenwagen vorgefahren waren. Sie hatten nicht den Weg über das Neubaugebiet genommen wie die Rettungskräfte vorher, sondern parkten hinter dem Hotel. Von dort aus war es zwar nicht kürzer, aber so konnten sie fast eben bis zum Tatort laufen und mussten nicht den Hügel hinab.

Dr. Kracherl trat ein paar Schritte unter den Bäumen hervor und winkte den Beamten über die Wiese zu. »Hierher!«

Damit begann der routinierte Ablauf, den Hans Moser die letzten Jahre fast vermisst hatte. Schon nach wenigen Minuten war den eingetroffenen Polizisten die Sachlage klar, die Leichenfundstelle am Schwefelwasserbrunnen wurde großzügig mit Bändern abgesperrt, die Kriminalpolizei aus Landshut informiert, die Spurensicherung angefordert.

Dr. Kracherls Aussage wurde ebenfalls umgehend von den Beamten aufgenommen, dann durfte er gehen.

Freundlich verabschiedete er sich von Hans. »Vielleicht treffen wir uns ja mal wieder, Herr Moser, nachdem Sie jetzt auch ein Gögginger geworden sind.« Mit einem Zwinkern ging er zurück zum Auto und fuhr davon.

Inzwischen taten Hans vom Herumstehen die Füße weh, der Magen knurrte und verlangte nach einem Frühstück. Wenn nur endlich die Kommissare aus Landshut eintreffen würden! Schon in Versuchung, sich auf die steinerne Bank in dem kleinen römischen Pavillon, der neben dem Tretbecken und der Wanne mit dem Toten stand, zu setzen, kam der Erkennungsdienst an und scheuchte ihn energisch aus dem abgesperrten Bereich. Mit einem Seufzen ging Hans einige Meter den Fußpfad zurück und hockte sich dann einfach in die blühende Wiese am Wegrand.

Ohne dass er es wollte, hatte sich sein Ermittlergehirn eingeschaltet, er resümierte noch einmal alles Gesehene und das Gespräch mit Dr. Kracherl. Ihm war schon klar, dass er als ausgedienter Kommissar nichts zu melden hatte, doch völlig unbeteiligt wollte und konnte er nicht bleiben. Immerhin war er der Auffindungszeuge, zumindest *ein* Gespräch mit den ermittelnden Kripobeamten stand ihm bevor. Und darauf brannte er ganz besonders …

DREI

Mani Schuster lag im Ehebett, schaute auf den Funkwecker, der kurz nach vier Uhr früh anzeigte, drehte sich von der einen auf die andere Seite. Durch die oberen Schlitze des nicht komplett heruntergelassenen Rollos fiel etwas Licht der Straßenlampe ins Zimmer, zeichnete an die gegenüberliegende Wand ein grobes helles Muster.

Der Atem seiner tief schlafenden Frau neben ihm erzeugte einen mehr oder weniger starken Windhauch, der ihm beruhigend über das Gesicht strich. Nein, sie hatte von seinem nächtlichen Ausflug Gott sei Dank nichts mitbekommen.

Nun, von allen Lasten befreit, konnte Mani über ihre nebenbei ausgestoßenen Geräusche sogar innerlich lachen. Ausgerechnet sie, die sich immer über sein lautes Schnarchen beschwerte, stieß Töne aus, die auch nicht von schlechten Eltern waren. Damit könnte man locker einen Großteil des Hienheimer Forstes absägen. Bisher war ihm das gar nicht so extrem aufgefallen, beide hatten sich wohl im Laufe der Jahre an die nächtliche Geräuschkulisse des jeweils anderen gewöhnt.

Egal. Wichtig war nur, dass er unbeschadet und unbemerkt seinen Auftrag hatte erledigen können.

Wie immer waren sie gemeinsam gegen elf schlafen gegangen, und als Mani sicher sein konnte, dass sein Hausdrache fest schlief, war er leise aus dem Bett gestiegen. Auf dem Weg ins Bad, wo er die Arbeitsklamotten vom Vortag nochmals überstreifte, und bis zur Haustür stieß er sich mindestens fünfmal im Dunkeln die Zehen und Knie an, doch das spielte keine Rolle. Die spontanen Flüche konnte er zumindest so weit unterdrücken, dass sie es nicht hörte.

Durch den Kellerabgang schlich er zur Garage, manövrierte das Auto mit wenig Gas hinaus zur Straße, um zur drei Kilometer entfernten Baustelle zu fahren.

Ein E-Auto würde niemand hören können, hatte er dabei gedacht, da könnte ich, ohne aufzufallen, an allen nachtschlafenden Häusern einfach vorbeirollen. Ob Blattls versprochene Belohnung für ihre Mühen wohl so viel wert war, dass ein E-Auto dabei rausspringen würde? Oder, falls nicht, könnte ich dann Callis Leiche zusammen mit Helm und Schwert einfach ohne den Blattl verscherbeln?

Immerhin gab es bisher nur Konrad Blattl und seinen Chef Walter Geldmacher als Mitwisser, und Walter würde er schon auf seine Seite ziehen können, da war er sich sicher.

Bad Gögging schien um diese Zeit wie ausgestorben. An der Baustelle angekommen, tauschte Mani sein privates Auto gegen den Pick-up der Firma, einen Ford Ranger mit großer Ladefläche und einem schützenden Hardtop darüber.

So schlau war er zumindest, dass er eventuelle Spuren der vertrockneten Leiche nicht im eigenen Wagen haben wollte.

Gut, dass er an die alten Betttücher gedacht hatte, die noch vom Umzug seiner Tochter im Abstellraum gelegen hatten und die er in weiser Voraussicht mitgenommen hatte. Ihm war nämlich eingefallen, dass Callis Brustpanzer, Beinschoner und die metallenen Kampfutensilien ganz schön geklappert hatten, als er sie beim ersten Mal in Säcke verpackt und zu Blattls Betrachtung wieder hervorgeholt hatte. Mit diesem Geschepper auf der Ladefläche kann ich auf keinen Fall nach Eining fahren, damit weck ich ja noch das ganze Dorf auf, hatte er sich gedacht. Also packte er in der Baubude ihren geheimen Fund vorsichtig wieder aus, wickelte in die mitgebrachten Laken zuerst den alten Römer ein, dann Helm und Schwert jeweils separat, ehe er alle Teile zurück in die beiden Abfallsäcke schob.

Bevor er Callis Überbleibsel auflud, verschloss er die Öffnungen der beiden Säcke sorgfältig mit einer langen, schmalen Kordel. Zusätzlich sicherte er alles noch mit seinem Spezialknoten, der eine lange Schlaufe bildete, sich jedoch nicht so einfach öffnen ließ. Damit war immerhin gewährleistet, dass sich der Inhalt während des Transports nicht aus den Tüten verselbstständigen konnte.

Das Verladen der Fracht unter dem Hardtop des Ford Rangers erwies sich schwieriger als angenommen. Calli selbst wog wahrscheinlich recht wenig, die Diät von knapp zweitausend Jahren hatte sein Volumen beträchtlich schwinden lassen, doch seine Militärausrüstung hatte ein anständiges Gewicht. Allein Helm und Schwert wogen nach Manis Schätzung rund zehn Kilo, die angetrocknete Uniform sicher gut einen halben Zentner. Kaum zu glauben, dass die alten Römer damit tagein, tagaus umherlaufen mussten. Kein Wunder, dass der Calli dabei so klein geworden war.

Endlich hatte Mani beide Säcke verstaut, die schwarze Plane noch schnell darübergezogen, Ladeklappe zu, er machte sich auf den Weg nach Eining, was etwa vier Kilometer von der Baustelle entfernt lag.

Vor dem Ortsbeginn des kleinen Dorfes lag linker Hand das historische Römerkastell auf einem Plateau hoch über den Donauauen. Vom Besucherparkplatz aus war das Gelände frei zugänglich, aber das war Mani zu riskant, lag dieser doch nah neben der öffentlichen Straße.

Das restliche Gelände rund um das Kastell wurde abgegrenzt durch einen Drahtzaun, doch Mani wusste, dass es einen weiteren Eingang an der Südseite zu dem Areal gab, dessen Türschloss seit Langem kaputt war. Also ließ er noch vor dem Kastell den Pick-up mit ausgeschaltetem Licht über eine Wiese rollen und bremste gleich darauf neben dem defekten Tor. Als er ausstieg, horchte Mani in die Dunkelheit, sah sich vorsichtig um, warf auch einen Blick über die Donau in Richtung des gegenüberliegenden Dorfes Hienheim, wo der Beginn des sogenannten Limes lag, die römische Grenzbefestigung gegen das damalige germanische Gebiet.

Alle von seinem Standpunkt aus erkennbaren Straßen schienen unbefahren, um zwei Uhr früh war kaum ein Mensch unterwegs. Das Gleiche erhoffte er sich insbesondere für die Straße am Kastell.

Eine gespenstische Atmosphäre hüllte ihn ein, Nebelschwaden schlichen den Abhang herauf, das fahle Mondlicht erzeugte ein Gefühl von Unbehagen. Trotzdem, er ließ sich nicht beirren.

Die Stelle zum Entladen war perfekt, kaum von der Straße aus einsehbar und vor allem vom kaputten Tor kein langer Weg zum geplanten Versteck. Ein Flügel des Stahltores stand offen, stellte er erleichtert fest, anscheinend machte sich niemand die Mühe, es zumindest alibimäßig hinter sich zu schließen. Er stapfte zurück zum Auto, setzte sich die mitgebrachte Stirnlampe auf, schaltete sie ein, öffnete die Ladeklappe und zog den ersten Sack zu sich heran. Na dann, auf geht's, Calli, mein teurer Freund! Willkommen zu Hause!

Mit großem Schwung bugsierte er sich den einen Abfallsack über die linke Schulter, den zweiten nahm er in die rechte Hand, der sich durch seinen Spezialknoten mit der daran befindlichen Schlaufe leicht hinter sich herziehen ließ. Um keinen Preis wollte er ein zweites Mal gehen müssen, lieber plagte er sich doppelt. Nur schnellstens wieder weg von hier!

Vorbei an den Überresten der Steinmauern tappte er keuchend vorwärts, die Stirnlampe bot einen kleinen Überblick. Das gesamte Gelände war knapp zwei Hektar groß, die Zisterne, die als Versteck dienen sollte, lag etwa in der Mitte des Areals. Eine Stele aus weißem Kalkstein mit Darstellungen aus der römischen Zeit markierte die Stelle. Dort angekommen ließ Mani die beiden Säcke sanft zu Boden gleiten, griff sich das Abdeckgitter des vertrockneten Brunnens und zerrte daran. Die eingewachsenen Grasbüschel am Rand machten es ihm nicht leicht, doch schließlich konnte er das runde Stahlgeflecht so weit heben, dass er es einen halben Meter zur Seite schieben konnte. Das Licht der Stirnlampe ließ einen Schacht erkennen, etwa einen Meter im Durchmesser, schätzungsweise zwei bis zweieinhalb Meter tief. Ursprünglich hatte die Zisterne wohl tiefer nach unten gereicht, doch im Laufe der Zeit war vermutlich Erde aufgefüllt worden, um die Stabilität der römischen Grundstruktur zu gewährleisten. Mani war sogar froh darüber, denn ein bisserl Bedenken hatte er schon gehabt, den Calli einfach in unbekannte Tiefen fallen zu lassen. So konnte er langsam und vorsichtig die beiden Säcke an den Verschlusskordeln hinabgleiten lassen, und siehe da, genau mit dem zugebundenen Ende der zweiten Tüte war die Obergrenze beinahe erreicht.

»Glück muss der Mensch haben!«, brummte Mani zufrieden. Die schwarze Abdeckplane ließ er leicht zusammengeknüllt über die Säcke sinken, damit jeglicher blaue Schimmer darunter abgedeckt war, dann setzte er schwer atmend den Zisternendeckel wieder an seinen angestammten Platz. Er machte sich sogar die Mühe, rundum die zerrupften Grasbüschel wieder in Form zu schieben. Ein prüfender Blick, alles sah so unauffällig aus wie vorher.

Beflügelt machte er sich, diesmal ohne Licht der Stirnlampe, auf den Rückweg zum Auto. »Das wäre fürs Erste geschafft«, murmelte er dabei erleichtert.

Schon fast am Tor angelangt, war plötzlich ein Rascheln neben ihm zu hören, gefolgt von einem lauten, wie metallisch klingenden Schrei, der Mani das Blut in den Adern gefrieren ließ. Hilfe, der Geist eines alten Römers! Instinktiv warf er sich neben einer Steinmauer zu Boden und hielt sich beide Hände schützend über den Kopf. Ein weiterer Schrei, oh mei, jetzt holen sie mich! Zu Tode erschrocken presste er sich auf die nebelfeuchte Erde, die Augen fest zusammengekniffen. Himmel, hilf, ich hab doch nix Böses g'macht!

Ein lautes Flattern erklang direkt vor ihm. Bereit dazu, aufzuspringen und zu kämpfen, gegen wen oder was auch immer, riss er die Augen auf und erkannte plötzlich, dass ein großer Vogel kurz vor ihm schimpfend hochstieg, flügelschlagend einige Meter davonhüpfte und hinter einem Grashügel verschwand.

Nach ein paar Sekunden richtete sich Mani zitternd auf. Ein Fasan! Und ich Depp hab gemeint … Zefix, einen Herzschlag hätt ich kriegen können! Damischer Vogel, du!

Langsam beruhigte sich sein Puls, das Zittern seiner Knie und Hände hörte jedoch erst auf, als er sich, in der Sicherheit des Autos, auf der Straße zurück nach Bad Gögging befand.

Der Blattl mit seiner verrückten Idee! Der kann sich warm anziehen, eine gesalzene Gefahrenzulage muss da auf jeden Fall rausspringen!

Am liebsten wäre Mani gleich noch bei dem Hotelier vorbeigefahren, um ihm gründlich seine Meinung zu geigen …

So war er nach dem abenteuerlichen Ausflug erfolgreich zu Hause im Bett gelandet. Noch ein paar Stunden Schlaf waren ihm vergönnt, ehe es um sieben wieder auf die Baustelle ging. Vom gleichmäßigen Schnarchen seiner Frau Hilde eingelullt, schlief er nach wenigen Minuten tief und fest.

※

Eine Stunde vor Schichtwechsel traf die Meldung des Leichenfundes im Kommissariat Landshut ein. Kriminalhauptkommissar Olaf Preiss, der zusammen mit seiner jungen Kollegin Silvana Kasbauer den Nachtdienst versah, erhob sich missmutig vom Drehstuhl seines Schreibtisches. »Braucht es das jetzt wirklich?«

Das Licht der Neonröhren spiegelte sich in seiner Brille, fast hatte Silvana den Eindruck, als würde er sie anklagend mit Blitzen bombardieren, als sie zu ihm hinüberschaute.

Auch sie stand auf, nahm die Jeansjacke von der Stuhllehne und schlüpfte hinein. »Hilft ja nix, Herr Preiss, noch haben wir eine gute Stunde bis Dienstschluss, und die Nacht war doch Gott sei Dank recht ruhig.«

Unterwegs im zivilen Dienstwagen von Landshut nach Bad Gögging erzählte Silvana ein wenig darüber, was ihr über Land und Leute dort bekannt war.

»Mit meinen Eltern hab ich als Kind oft Ausflüge in diese Richtung gemacht. Kloster Weltenburg, Befreiungshalle Kelheim, dazwischen der weltberühmte Donaudurchbruch, schöne Gegend. Übrigens, wissen Sie, dass die Hallertau das größte zusammenhängende Hopfenanbaugebiet der Welt ist und dass Bad Gögging sogar den bekannten Abensberger Spargel liefert?«

Kommissar Preiss auf dem Fahrersitz murrte ungnädig. »Nur weil ich in Hamburg geboren bin, heißt das nicht, dass ich blöd bin, Frau Kasbauer. Im Übrigen habe ich um diese Uhrzeit echt keine Lust auf Erdkundeunterricht!«

Silvana antwortete leicht schnippisch: »Das heißt heutzutage nicht mehr Erdkunde, sondern Geografie.«

Nach dieser besserwisserischen Bemerkung hielt es der Kommissar für angebracht, eine längere Konversationspause einzulegen. Mittlerweile am Ortsausgang von Neustadt an der Donau angekommen, kurz nachdem die beiden den Kreisverkehr in Richtung Bad Gögging verlassen hatten, wurden sie prompt geblitzt.

Silvana konnte sich ein schadenfrohes Grinsen nicht verkneifen. »Na, wie schnell waren wir denn dran?«

Preiss ärgerte sich. »Ach je, ein wenig zu schnell eben. So ein Mist, steht doch glatt mitten in der Pampa ein Blitzer.«

»Strafzettel müssen privat bezahlt werden«, erinnerte Silvana ihn sanft, erntete dafür einen wütenden Seitenblick und ein kurzes »Pah, ist doch mir egal«.

In Bad Gögging folgten sie dem Navi bis zu einem breiten Hotelkomplex, an dessen Vorderfront das Bild eines grünen Ahornblatts mit dem Schriftzug »Kurhotel Blattl« prangte. Ein Streifenpolizist wies sie an, rechts am Gebäude vorbeizufahren, bis sie an einem gekiesten Garagenvorplatz angekommen waren. Hier parkten bereits einige zivile Fahrzeuge, drei Streifenwagen und der Kleinbus der Spurensicherung. Etwa fünfzig Meter hinter einer blühenden Wiese, unter einer Baumgruppe fast verborgen, konnten sie die in weißen Schutzanzügen steckenden Kollegen mühelos erkennen. Nach dem Aussteigen deutete Preiss dorthin und fragte einen der Polizisten: »Vermutlich müssen wir auch da rüber?«

»Auch Ihnen einen guten Morgen.« Der uniformierte Kollege runzelte die Stirn ob der mangelnden Begrüßung des Kommissars. »Stimmt. Dr. Metzger ist auch schon da.«

Wie der Pathologe es geschafft hatte, noch vor ihnen am Tatort einzutreffen, war Silvana schleierhaft. Hatte sich ihr Kollege bereits ein Strafmandat eingehandelt, wollte sie gar nicht wissen, wie viele Dr. Franz Metzger auf der Fahrt hierher gesammelt hatte. Vermutlich kein einziges, dank Blaulicht.

»Guten Morgen, vielen Dank.« Sie lächelte den uniformierten

Polizisten an und nickte dann zu Olaf Preiss hinüber. »Dann wollen wir mal.«

Nebeneinander stiefelten sie durch das taufeuchte Gras, schlüpften unter dem Absperrband hindurch und standen gleich darauf neben Dr. Metzger, der vor dem Toten kniete, den man inzwischen aus dem Becken gehoben und daneben auf eine Plane gelegt hatte. Ein strenger Geruch nach faulen Eiern, der aus der nassen Kleidung aufstieg, ließ Preiss die Hand vor Mund und Nase halten und einen Schritt zurückweichen. »Was stinkt denn hier so?«

»Gesundes Schwefelwasser, Sie Unwissender«, kam die lapidare Antwort des Pathologen, der nicht einmal hochschaute.

»Äh, ja, aha. Moin, Doktor, was können Sie uns schon sagen?« Preiss warf ihm einen schnellen Blick zu, dann sah er hinunter auf die Leiche.

»Guten Morgen, Herr Preiss, Frau Kasbauer«, nickte Dr. Metzger kurz, »es handelt sich um einen zweiundsechzigjährigen Mann, Konrad Blattl, der Hotelbesitzer von dort drüben. Der Notarzt hatte Zweifel, dass es sich um einen natürlichen Tod handelt, daher wurden wir verständigt. Und wie ich erfahren habe, hat der Zeuge, der das Opfer gefunden hat, dies ebenfalls vermutet. Übrigens ein ehemaliger Kollege, Kommissar a. D. Hans Moser, der müsste hier noch irgendwo anzutreffen sein. Jedenfalls, beide hatten anscheinend recht, wie ich aus der ersten oberflächlichen Untersuchung erkennen kann. Der Mann ist zwar ertrunken, darauf weisen die Einblutungen in den Augen und Schleimhäuten hin, aber zuvor wurde er vermutlich von hinten niedergeschlagen, dann über diese Wanne gezerrt und an Kopf und Schultern so lange nach unten gedrückt, bis es aus war. Die Hämatome hier auf der Kopfhaut«, er deutete unbestimmt herum, »und hier auch und noch einige an Nacken und Schultern, die ich so im bekleideten Zustand sehen kann, lassen auf diesen Vorgang schließen.«

Silvana hatte den üblen Geruch nach Schwefel bereits beim Überqueren der Wiese wahrgenommen, aber da sie sich, im Gegensatz zu ihrem Vorgesetzten Preiss, in dieser Gegend auskannte, wusste sie, was den Kurort Bad Gögging ausmachte: seine drei Heilmittel Naturmoor, Schwefel- und Thermalwasser. Zwar war ihr in ihrer kriminalistischen Laufbahn noch keine so stinkende Leiche untergekommen, doch zumindest konnte sie nicht ebenso als »Unwissende« tituliert werden, daher tat sie schleunigst Olaf Preiss – zugegeben ein wenig überheblich – ihre Kenntnisse darüber kund.

»Ist ja schon recht«, knurrte dieser, entfernte sich noch einen weiteren Schritt und murmelte leise: »Sie neunmalkluger Grünschnabel.«

Silvana ärgerte sich nicht darüber, denn solche Bemerkungen von ihm war sie inzwischen gewöhnt. Vielmehr spöttelte sie grinsend zurück: »Das habe ich gehört!«

Der Pathologe erhob sich aus der Hocke und richtete sich auf. Ihm war das Geplänkel der beiden Kriminaler nicht entgangen, und er grinste ebenfalls.

»Handy und Geldbörse steckten in den Westentaschen, beides leider völlig durchnässt. Die KTU muss sich darum kümmern, die werden hoffentlich das Telefon wieder flottkriegen.«

Zwei Männer mit einer Leichenwanne kamen auf sie zu. Dr. Metzger ging zur Seite und zog Silvana mit sich. »Wir nehmen ihn dann mit«, bemerkte er leise.

»Moment, Dr. Metzger«, hielt Silvana ihn auf, »können Sie schon etwas zum Todeszeitpunkt sagen?«

»Nur ungefähr. Das kalte Wasser hat die Körpertemperatur schnell heruntergekühlt und die Totenstarre früher einsetzen lassen, aber ich denke, es muss irgendwann heute zwischen Mitternacht und drei Uhr früh passiert sein. Wenn ich ihn bei mir auf dem Tisch hab, lässt sich das genauer bestimmen. Wir melden uns dann.« Er zog die Handschuhe aus und zwinkerte Silvana zu. »Tschüss, Frau Kasbauer.«

Olaf Preiss, der sich mittlerweile bis zum kleinen Häuschen mit der verrohrten Schwefelwasserquelle zurückgezogen hatte, schenkte er keinen weiteren Blick und keinen Gruß. Was deutlich zeigte, wie beliebt der Hauptkommissar aus Landshut allgemein war. Nämlich gar nicht.

Silvana bekam mit halbem Ohr mit, dass ihr Chef einige Beamte damit beauftragte, die wenigen vor den Absperrbändern versammelten Neugierigen und die Anwohner in der Nachbarschaft, die allerdings ziemlich weit entfernt wohnten, zu befragen, ob jemand etwas gehört oder gesehen hatte.

Typisch, der Hauptkommissar musste wieder vorpreschen und Anweisungen geben, dabei war sie sich ziemlich sicher, dass er die Angaben Dr. Metzgers zum Todeszeitpunkt gar nicht gehört hatte. Wonach genau also sollten die Kollegen dann fragen?

Freundlich verabschiedete Silvana den Pathologen, dann trat sie zu einem der Streifenpolizisten, die den Tatort abgesperrt hielten. »Wissen Sie, wo wir den Zeugen Hans Moser finden, der den Toten gefunden hat?«

»Dort vorne, den Fußweg lang bis hinter die Bäume, dann sehen Sie ihn bestimmt schon am Wegrand hocken, glaube ich.«

»Okay, danke. Hallo, Herr Preiss, kommen Sie mit? Den Auffindungszeugen befragen?« Sie winkte ihrem Chef zu.

»Sicher doch.« Preiss trabte hinter Silvana her, holte sie ein und rief schon von Weitem wichtigtuerisch nach Hans Moser.

VIER

Als er seinen Namen hörte, erhob sich Hans Moser ein wenig schwerfällig, das Sitzen am feuchten Wiesengrund schien seinen alten Knochen nicht besonders zuträglich gewesen zu sein.

Vor ihm stand ein mittelgroßer dunkelhaariger Mann um die fünfzig, in Anzug und Krawatte, die Brille mit einer Fingerspitze hochschiebend. Daneben eine kesse Blondine, Anfang dreißig, vermutete Hans, ihre blauen Augen strahlten ihn freundlich an.

Sie war es dann auch, die ihn direkt ansprach. »Herr Moser? Grüß Gott, vielen Dank, dass Sie so lange auf uns gewartet haben.«

Noch während sie ihren Dienstausweis aus der Jackentasche popelte, wohl um sich vorschriftsmäßig vorzustellen, polterte der andere dazwischen: »Kriminalpolizei Landshut, Hauptkommissar Preiss, und das ist meine Kollegin, Oberkommissarin Kasbauer.« Er hatte seine polizeiliche Kennkarte bereits in der Hand und hielt sie Hans demonstrativ unter die Nase.

Aha, Hauptkommissar hier … Oberkommissarin da … mit der Erfahrung seiner langen Dienstjahre hatte Hans gleich erkannt, worum es hier eigentlich ging, sah sekundenschnell von einem zum anderen, dann hatte er sein Urteil gefällt: Oberkommissarin Kasbauer – brauchbar, Hauptkommissar Preiss – ein Depp.

»Guten Morgen.« Er nickte höflich zuerst in Richtung Silvana Kasbauer, dann zu Olaf Preiss. »Sehr erfreut, Ihre Bekanntschaft zu machen, Herr Preiss. Sie wissen sicher schon, dass ich –«

»Jaja.« Ohne Hans' freundlichen Gruß zu erwidern, unterbrach Preiss ihn rüde. »Ich habe schon mitbekommen, dass Sie auch einmal Mitglied unseres Vereins waren. Aber das tut nun gar nichts zur Sache, Herr Moser, damit wir uns richtig verstehen!«

Er schob die Brille erneut hoch, fuchtelte ein wenig mit ausgebreiteten Armen herum. »Das alles hier geht Sie nichts an, verstanden? Sie machen Ihre Zeugenaussage, und damit hat es sich, klar?«

Um den ersten Kontakt mit den zuständigen Ermittlern nicht ganz im Keller landen zu lassen, schob Hans seinen Argwohn beiseite und lächelte ihm unverbindlich zu. »Völlig klar, Herr Preiss. Nichts läge mir ferner, als mich in Ihre Ermittlungen einzumischen.«

»Gut, sehr gut, ich sehe, wir haben uns verstanden. Ihre Personalien haben die Kollegen aufgenommen? Ja, okay, dann erzählen Sie uns doch mal, wie Sie in diese Situation gekommen sind. Frau Kasbauer, Sie schreiben mit?«

Die schlanke Frau mit dem blonden Pferdeschwanz nickte gehorsam und zückte einen Notizblock. Doch Hans konnte ein spitzbübisches Aufblitzen in ihren Augen erkennen, sie zwinkerte ihm schnell zu, wodurch er sich sofort besser fühlte. Er vermutete sogar, dass sie, egal, was er jetzt offiziell zu Protokoll gäbe, nochmals allein mit ihm reden wollen würde. Wobei Hans zugeben musste, dass er einem Gespräch mit ihr – ohne Kriminalhauptkommissar Preiss – keineswegs abgeneigt war.

Also beschrieb er mit gleichbleibend monotoner Stimme den Ablauf seines Morgens, die Umstände des Leichenfundes, die Ankunft Dr. Kracherls, wie sie beide gemeinsam zu der Erkenntnis gekommen waren, dass es kein natürlicher Tod sein konnte. Nicht mit der Wunde am Hinterkopf, nicht mit der unnatürlichen Fußstellung des Toten. Seinen Bericht schloss Hans mit einem gleichmütigen Achselzucken. »Dann sind ja schon Ihre Leute angekommen, und ich habe mich extra so weit als möglich vom Tatort entfernt, um keine Ermittlungen zu behindern.«

Nach dieser detaillierten Auskunft konnte Olaf Preiss sich eine bissige Bemerkung nicht verkneifen. »Oh, ich sehe schon, Sie sind immer noch ein Spezialist, dann haben wir den Fall ja schnellstens gelöst.«

Darauf fiel Hans auf die Schnelle keine passende Antwort ein, doch er fühlte sich in seinem ersten Eindruck bestätigt: Dieser Hauptkommissar war ein Depp.

Hatte er nicht vorhin vehement darauf hingewiesen, dass Hans sich aus den Ermittlungen herauszuhalten hatte? Wie konnte er nun behaupten, mit ihm zusammen wäre der Fall schnell gelöst? Selbst als nicht ernst gemeinte Ironie fand Hans diese Aussage ziemlich daneben, schließlich hatte er es doch nur gut gemeint.

Um das peinliche Schweigen zu unterbrechen, blinzelte Silvana ihm zu. »Danke, Herr Moser, das war sehr ausführlich. Übrigens, kennen Sie den Toten?«

»Nur flüchtig. Vor Jahren hatte ich, also meine Frau und ich, das Vergnügen, von ihm für unsere vielen Urlaubsaufenthalte hier in Bad Gögging geehrt zu werden. Aber näher, oder gar privat, kannte ich ihn nicht, nein.«

»Gut, dann können Sie jetzt gehen. Da Sie hier wohnen, brauche ich wohl nicht extra darauf hinzuweisen, dass Sie sich weiterhin zur Verfügung halten und Bad Gögging nicht verlassen sollten.«

»Ich lauf Ihnen schon nicht weg, keine Angst, und …«, provokativ blickte Hans zu Olaf Preiss hinüber, »wenn ich helfen kann, mache ich das gern.«

Ohne eine weitere Antwort abzuwarten, nickte er den beiden grüßend zu und verließ nach einem kurz angebundenen »Auf Wiederschauen« schnellen Schrittes den Platz.

»Ein komischer Vogel ist das, der wird uns noch viel Freude machen«, knurrte Hauptkommissar Preiss ihm nach.

»Ich finde ihn ganz sympathisch und interessant«, wandte Silvana Kasbauer ein und drehte sich zu ihm um. »Und er sitzt doch sozusagen hier in Bad Gögging an der Quelle, mit seiner Hilfe könnten wir viel leichter an Informationen herankommen als ohne ihn.«

»Kommt ja gar nicht in Frage!«, widersprach Olaf Preiss energisch. »Ein Besserwisser im Ermittlerteam reicht mir schon, da werde ich mir ganz sicher nicht noch einen ausrangierten Kommissar aufhalsen, der womöglich im Übereifer alles kaputtmacht. Der soll bloß die Finger aus unserem Fall lassen!«

Das klang so entschieden, dass Silvana nicht zu widersprechen wagte.

»Gut, wenn Sie meinen. Also, dann werden wir mal zur Ehefrau des Opfers gehen. Ich denke, dass sie über ihren geänderten Familienstatus noch gar nicht informiert wurde.«

»Hm, stimmt wohl. Es erstaunt mich sowieso, dass noch niemand vom Hotel aufgetaucht ist, um nachzufragen, was hier los ist. Sie müssten sich doch langsam darüber wundern, weshalb so viel Polizeiaufgebot beim Hotel parkt.« Preiss schob nachdenklich seine Brille nach oben. »Ob die wohl doch schon Bescheid wissen, weil eventuell der Täter in der Familie zu finden ist? Kommt deswegen keiner her, um sich nicht verdächtig zu machen? Dem Sprichwort wohlweislich entgegentretend, dass der Täter immer zum Tatort zurückkommt?«

»Bitte keine voreiligen Schlüsse, Herr Kollege.« Silvana steckte den Notizblock ein und maß ihren Chef mit einem vorwurfsvollen Blick. »Sie müssen bedenken, dass es ja noch früher Vormittag ist, zur Frühstückszeit gibt es in einem Hotel wahrscheinlich so viel zu tun, dass das Fehlen des Hausherrn vielleicht noch gar nicht aufgefallen ist.«

»Das lässt sich leicht feststellen.« Mit dieser abschließenden Bemerkung schritt Preiss los, zurück über die Wiese in Richtung Hotel, wobei er seine Hosenbeine diesmal mit beiden Händen hochgezogen hielt, um die Säume nicht noch nasser werden zu lassen.

Kopfschüttelnd folgte Silvana, nicht weit entfernt vom Fremdschämen. Was war ihr Chef doch manchmal für ein aufgeblasener Gockel.

Es war erst Viertel nach acht Uhr, als Kriminalhauptkommissar Preiss und Kriminaloberkommissarin Kasbauer das Foyer des Kurhotels betraten.

Eine hübsche Brünette in der einheitlichen Livree des Hotels wandte sich ihnen freundlich zu. »Guten Morgen. Wie darf ich Ihnen helfen?«

Wieder war es Preiss, der zuerst seinen Dienstausweis zückte, ihr diesen vor die Augen hielt und gezielt nach Frau Blattl fragte.

Die junge Dame an der Rezeption war gut geschult, gelassen wollte sie wissen, um was es ging.

»Mit Sicherheit nicht um verbilligte Zimmer!«, schnauzte Preiss sie an. »Wir müssen mit Ihrer Chefin reden, es geht um … äh, es ist eine dienstliche Angelegenheit, die absolut dringend ist. Könnten Sie ihr also …« Ihre hochgezogenen Augenbrauen veranlassten ihn immerhin zu dem Zusatz: »… bitte, Bescheid geben?«

Ein kurzer, einvernehmlicher Blickwechsel mit Silvana Kasbauer ließ ihre Mundwinkel zucken. »Selbstverständlich, Herr Preiss. Ich werde versuchen, Frau Blattl zu erreichen. Wenn Sie vielleicht dort drüben warten möchten?« Einladend wies sie auf die gemütlichen Sitzgruppen im Foyer.

Perplex darüber, dass sie sich seinen Namen auf dem Dienstausweis so schnell eingeprägt hatte, nickte er nur.

Silvana hingegen schmunzelte. »Sehr freundlich von Ihnen, danke.«

Ohne Preiss zu beachten, drehte sie sich um und steuerte einen Tisch an, der von einem Zweiersofa und drei Stühlen flankiert wurde. Das Foyer war so gut wie leer um diese Zeit, klar, die überwiegende Zahl der Gäste schlief noch oder saß beim Frühstück, Neuankömmlinge würden vermutlich erst zu späterer Uhrzeit einchecken.

Die nette Angestellte hatte zum Telefon gegriffen, sprach ein paar Worte, kam dann mit einem Lächeln zu ihnen an den Tisch.

»Frau Blattl hat einen Fußpflegetermin, den sie schwerlich unterbrechen kann. Dürfte ich Sie daher bitten, sich eine Viertelstunde zu gedulden?«

Olaf Preiss machte seinem schlechten Ruf weiterhin alle Ehre, indem er blaffte: »Die Fußnägel Ihrer Chefin interessieren uns gerade überhaupt nicht. Entweder sie kommt her, oder …«

Die junge Dame in der Livree ließ sich nicht aus der Ruhe bringen. »Bitte, Herr Preiss, das ist ein Missverständnis. Es geht nicht um die Nägel von Frau Blattl, sie *vollbringt* die Fußpflege!«

Geplättet von dieser Nachricht wusste Hauptkommissar Olaf Preiss im ersten Moment nichts zu erwidern.

»Darf ich Ihnen in der Zwischenzeit etwas anbieten? Eine Tasse Kaffee, Saft oder etwas anderes?«

Silvana Kasbauer verneinte. »Vielen Dank, für mich bitte nix. Und Sie, Herr Preiss?«

Da er eben so unhöflich gewesen war, hatte er tatsächlich genug Anstand, gleichfalls abzulehnen.

So saßen die beiden Ermittler nun im Foyer und warteten auf die Chefin des Hauses.

»Ja, wie, sie macht Fußpflege? Und das als Chefin?« Grübelnd starrte Preiss auf eine hohe Birkenfeige, die als Deko und wohl auch als Sichtschutz neben ihrem Sofa stand.

»Warum auch nicht?«, gab Silvana gelassen zurück. »Das Hotel scheint zwar sehr groß zu sein, aber es wirkt durchaus familiär und gemütlich.«

»Hm, ja, das schon«, musste er zugeben.

Silvana senkte die Stimme und erzählte ihm von der vorsichtigen Schätzung des Gerichtsmediziners Dr. Metzger. »Er meint, der Todeszeitpunkt läge irgendwo zwischen Mitternacht und drei Uhr früh. Mich würde als Erstes besonders interessieren, ob Frau Blattl die Abwesenheit ihres Gatten bemerkt hat. Und wenn nicht, warum.«

»Für diesen Zeitraum müssen wir sie sowieso zum Alibi befragen«, gab er ebenfalls flüsternd zurück. »Aber vielleicht können wir ihr schon vorher belastende Geständnisse entlocken, wenn wir –«

Mit einem lauten Seufzer wurde er von Silvana unterbrochen, genervt sah er auf. »Was stört Sie denn jetzt schon wieder?«

»Herr Preiss, vermutlich weiß sie noch gar nicht, dass ihr Mann tot ist, also bitte, ich denke, ein bisserl mehr Feingefühl wäre schon angebracht, zumindest am Anfang«, setzte sie, einen Kompromiss anbietend, hinzu.

»Jaja, wir werden sehen, wie es läuft.«

Die Hotelangestellte hatte nicht zu viel versprochen, kurze Zeit darauf betrat eine schlanke Frau Mitte fünfzig das Foyer, sah sich suchend um und kam direkt auf die beiden Kommissare zu. Sie trug eine dunkelgrüne Baumwollhose und eine blassgrüne Bluse, dazu weiße Sneakers und ein weißes Haarband, das ihre dunkelbraunen, mit einigen grauen Strähnen durchzogenen Locken aus dem Gesicht hielt. Anscheinend folgte die Bekleidung der Pflegemannschaft dem grünen Ahornblatt des Logos, grün in grün machte sich in dieser Umgebung ganz gut, fand Silvana.

Die Hausherrin nickte ihnen zu. »Grüß Gott, sind Sie die Herrschaften von der Polizei? Sie wollten mich sprechen?«

Noch bevor Preiss oder Silvana darauf antworten konnten, reichte sie zuerst der jungen Frau die Hand. »Hedwig Blattl. Und Sie sind?«

»Kommissarin Silvana Kasbauer von der Kripo Landshut. Mein Kollege Kommissar Olaf Preiss.« Sie wies hinüber zu ihrem Chef, der aufgestanden war, die dargebotene Hand ebenfalls ergriff und es diesmal sogar unterließ, mit seinem Dienstausweis herumzufuchteln.

»*Kriminalhauptkommissar* Preiss«, stellte er trotzdem richtig, »guten Tag, Frau Blattl. Bitte, setzen Sie sich doch.« Mit einem kurzen Rundumblick hatte er registriert, dass ihnen das Foyer immer noch allein gehörte, daher beschloss er, nicht auf den Wechsel in einen privateren Bereich zu bestehen.

Hedwig Blattl kam seiner Aufforderung nach und setzte sich den beiden gegenüber. »Um was geht es? Ist etwas passiert? Eigentlich kommt die Polizei bei uns recht selten ins Haus ...«

Preiss atmete einmal durch, schob die Brille hoch und nickte ihr ernst zu. »Frau Blattl, wir müssen Ihnen bedauerlicherweise eine schlimme Mitteilung machen. Heute Morgen wurde Ihr Mann Konrad tot aufgefunden, und ...« Weiter kam er nicht, denn sie keuchte entsetzt auf.

»Was? Nein, das ... das kann nicht sein, der war doch noch ...«

Sie riss die Augen auf, schüttelte den Kopf, dann hatte sich die Nachricht in ihrem Gehirn festgesetzt, und die Augen füllten sich mit Tränen. »Nein, das kann nicht sein«, wiederholte sie leise, »doch nicht mein Konrad ...«

»Frau Blattl.« Mitfühlend legte Silvana eine Hand auf ihren Arm. »Leider stimmt es, es gibt keinen Zweifel daran, dass der Tote Ihr Mann Konrad ist. Ihr Hausarzt Dr. Kracherl war vor Ort, er hat ihn eindeutig identifiziert.«

Unterdrücktes stoßweises Schluchzen hinderte sie am Antworten, es dauerte aber nur wenige Minuten, bis sie sich gefasst, die Nase geschnäuzt und die Tränen weggetupft hatte.

»Was sagen Sie da? Wo vor Ort? Wo ist der Konrad denn jetzt?«

»Auf dem Weg zur Gerichtsmedizin, Frau Blattl.« Trotz Silvanas Bitte fiel der Hauptkommissar gleich mit der Tür ins Haus. »Er wurde heute am frühen Morgen nicht weit von hier in einem fürchterlich stinkenden Behälter gefunden. Und nach Herzinfarkt schaut es leider nicht aus. Wir vermuten einen gewaltsamen Tod, Frau Blattl.«

Verschleiert sah sie ihn an. »Stinkender Behälter? Im Schwefelwasser-Tretbecken etwa?«

»Nein, eine komische kleine Badewanne daneben.«

»Das Ärmelbad. Aber was macht er denn da?« Sie fuhr sich erneut mit einem Taschentuch über die Augen, dann warf sie einen schnellen Blick zur Rezeption. Das nette Mädel dahinter hatte nicht verstehen können, über was sie sprachen, doch Tränen ihrer Chefin waren ihr anscheinend neu, denn sie schaute immer wieder verstohlen neugierig zu ihnen hinüber.

Die Hotelchefin drehte sich zum Hauptkommissar um. »Und wie meinen Sie das, gewaltsamer Tod? Wollen Sie damit sagen, dass Konrad von jemandem umgebracht worden ist? Das glauben Sie doch selbst nicht!«

Kein bisschen einfühlsam antwortete Preiss: »Was wir glauben oder nicht, spielt keine Rolle, wir halten uns an Tatsachen. Die erste Einschätzung des Pathologen war ein nicht natürlicher Tod, weitere Details erfahren wir nach der Obduktion.«

Sie wurde noch bleicher und hob eine Hand vor den Mund, wohl um den leisen Aufschrei zu dämpfen. »Obduktion? Sie wollen Konrad aufschneiden? Das lass ich nicht zu!« Sie wollte aufspringen, doch Silvana griff nochmals beherzt an ihre Schulter und drückte sie zurück auf den Stuhl. »Frau Blattl, von ›wollen‹ kann keine Rede sein. Das ist Vorschrift, ich meine, es ist bei unklaren Todesfällen gesetzlich so geregelt. Und wenn es uns dabei hilft, die Todesumstände näher zu klären und dem Täter auf die Spur zu kommen, können Sie doch nichts dagegen haben, oder?«

Fahrig knüllte Hedwig Blattl das Papiertaschentuch zwischen den Händen zusammen, sah von Silvana zu Preiss, weiter zur Rezeptionistin, dann nickte sie. »Ja, Sie haben recht. Freilich will ich, dass alles aufgeklärt wird, wenn es stimmt, was Sie sagen. Aber, entschuldigen Sie, ich kann einfach nicht mehr, ich bin so durcheinander, und vor allem muss ich unserem Sohn Bescheid geben, der muss es doch auch wissen, dass …« Sie sprach nicht weiter, schluckte erneut und wischte sich über die Augen.

»Selbstverständlich, Frau Blattl.« Silvana zog ihre Hand zurück und warf Preiss einen bedeutsamen Blick zu. Der Hauptkommissar schien jedoch nicht damit einverstanden zu sein, die Befragung bereits zu beenden. In einem ruppigen Ton fragte er: »Hat Ihr Sohn auch etwas mit dem Hotel zu tun? Ist er da, wäre er zu sprechen?«

Am liebsten wäre Silvana ihm an die Gurgel gesprungen. Schneidend warf sie ein: »Herr Preiss, das alles hat doch noch Zeit, finden Sie nicht?«

Entgeistert starrte er sie an, ihr kühler Blick ermahnte ihn allerdings und ließ ihn zur gebotenen Höflichkeit zurückkehren.

»Nein, äh, entschuldigen Sie, Frau Blattl, ja, natürlich hat das noch Zeit. Aber nicht zu lange! Wäre es in Ordnung, wenn wir uns in einer Stunde hier noch mal treffen könnten? Wir sollten dann nämlich auch langsam zurück zur Dienststelle nach Landshut, wissen Sie?« Er hatte hinzufügen wollen, dass sein Dienst nach der Nachtschicht eigentlich schon längst beendet gewesen wäre, doch er sprach es nicht aus.

Hedwig Blattls Blick, als sie aufstand, war nicht zu deuten. »Mein Sohn Klaus ist Geschäftsführer dieses Hotels, Herr

Preiss. Ich weiß nicht, wo er sich im Moment aufhält, aber ich werde ihn suchen. In einer Stunde kann ich wieder hier sein, egal, ob mit ihm oder ohne ihn. Und jetzt entschuldigen Sie mich bitte.«

Ohne einen weiteren Gruß verließ sie die Eingangshalle durch eine Nebentür. Kaum war sie verschwunden, stand schon die junge Angestellte neben ihnen. »Darf ich Ihnen nicht doch etwas bringen? Freilich auf Kosten des Hauses. Oder möchten Sie lieber hinten auf der Terrasse sitzen? Unser Frühstücksbüfett lässt keine Wünsche offen!«

»Da bin ich mir sicher«, knurrte Preiss, stand auf und schob sie kurzerhand beiseite. »Nein danke, wir warten draußen, bis Ihre Chefin wiederkommt.«

Entschuldigend hob Silvana die Schultern, als sie ihrem Chef folgte. »Ein andermal bestimmt gern, vielen Dank.«

Gleich darauf standen die beiden Ermittler vor dem Hotel. Frühsommerliche Luft empfing sie, Silvana zog die Jeansjacke aus und legte sie über den linken Unterarm.

Betont gleichmütig stellte sie fest: »So, da wären wir also. In einem lauschigen Kurort, zu einem erstklassigen Frühstück eingeladen, aber wir stehen uns die Füße in den leeren Bauch, bloß weil mein Chef ein hanseatischer Sturschädel ist.«

Damit hatte sie einen Nerv getroffen, wütend fuhr Preiss sie an: »Schon mal was von Vorteilsnahme und Bestechung gehört, Frau Kollegin? Auf keinen Fall werden wir hier irgendwas zu uns nehmen, lieber verhungere ich!« Was sein unüberhörbares Magenknurren in dieser Sekunde deutlich unterstrich.

Silvana musste lachen. »Schon klar. Ich habe bei der Herfahrt eine Tankstelle gesehen, liegt ein paar hundert Meter weg. Also besser dorthin gehen und uns einen Kaffee to go holen, Herr Preiss? Oder befürchten Sie, dass die Tankstellenbesitzer auch etwas mit unserem Fall zu tun haben könnten?«

»Tun Sie doch, was Sie nicht lassen können.« Entschlossen stiefelte er hinüber zum Dienstwagen und hockte sich bei geöffneter Tür hinter das Lenkrad.

»Du mich auch«, kommentierte Silvana leise seinen Abgang,

wandte sich ihrerseits in die entgegengesetzte Richtung. Lieber wollte sie ein Stück an der Abens entlangspazieren, als weiterhin die gereizte Gesellschaft ihres Chefs genießen zu müssen.

⁂

Baggerfahrer Manfred Schuster saß zusammen mit den Arbeitskollegen in der Baubude und machte Brotzeit. Seine Frau hatte ihm am Morgen zwei Scheiben Brot, ein Stück Hartwurst und ein Eckchen Käse eingepackt, dazu Essiggurken und einige Schnitze roten Paprikas. Für ein zweites Frühstück leicht ausreichend, mit Appetit stopfte Mani das Essen hinein, während er nebenbei die aktuelle Ausgabe der örtlichen Tageszeitung vor sich liegen hatte.

Der nächste Bissen blieb ihm fast im Hals stecken, als er auf der Regionalseite der Mittelbayerischen Zeitung las:

Bayerisches Landesamt für Denkmalpflege führt Ausbesserungsarbeiten im Römerkastell Eining durch.

Das darf doch nicht wahr sein, ich glaub, ich spinn! Das angebissene Brot zur Seite legend, überflog er schnell weiter:

Da derzeit keine Führungen stattfinden, soll die Gelegenheit genutzt werden, das gesamte Areal voraussichtlich für die Dauer von zwei Wochen komplett für Besucher zu sperren. Wie ein Verantwortlicher der Denkmalschutzbehörde mitteilte, seien einige Sanierungsarbeiten und Ausbesserungen an den Strukturen der römischen Anlagen unabdingbar. Auch müssen an der Umzäunung einige Reparaturen durchgeführt werden.

Leichenblass schob Mani ein letztes Stück Salami in den Mund. In seinem Gehirn ratterte es. So ein verdammter Schei… benhonig! Kaum drin, muss der Calli da schon wieder raus. Ned auszudenken, falls jemand unsere beiden Säcke findet! Und außerdem, wenn das hintere Tor repariert wird, dann komm ich nimmer so einfach rein. Ich muss unbedingt sofort dem Walter Bescheid geben.

Mani wurde abrupt aus seinen Gedanken gerissen, als Sepp sagte: »Auf geht's, pack ma's wieder, Brotzeit is vorbei.« Auch

Mani konnte sich dem allgemeinen Aufbruch nicht entziehen, mit schweren Schritten trottete er nachdenklich hinüber zu seinem Baufahrzeug.

Glücklicherweise lief er gleich darauf schnurstracks seinem Chef Walter Geldmacher in die Arme, der anscheinend nach ihm gesucht hatte.

Der Bauunternehmer packte ihn am Oberarm. »Mani, hat mit dem – du weißt schon, wer – alles geklappt? Warum hast dich nimmer gemeldet? Die ganze Nacht hab ich deswegen ned g'scheit schlafen können, verdammt!«

»Guad, dass du da bist, Chef!« Mani atmete erleichtert auf. »Es hat schon alles geklappt, aber des is jetzt eh wurscht, weil, der Calli muss schon wieder umziehen!«

»Spinnst du? Warum?«

Mani erzählte von dem Artikel in der Zeitung. »Hoffentlich fangen die ned gleich heut schon damit an, sonst ham wir keine Chance, den Calli da wieder rauszuholen. Kannst du das rausfinden, Walter? Wir müssen unbedingt heut Nacht wieder hin und die beiden Säcke wegbringen!«

Sein Chef verlor deutlich an Gesichtsfarbe. »Ja, um Gottes willen, was mach ma denn jetzt?«, fragte Walter ratlos. »Oh mei, oh mei, ich hab mir gleich dacht, dass die Idee vom Blattl mit dem Verstecken vom – weißt schon – ein voller Schmarrn ist.«

Da konnte Mani nur beipflichten. »Stimmt schon, aber es ist eigentlich ganz einfach, ein anderes Versteck muss bloß her, und mir is auch scho was eing'fallen«, entgegnete er tröstend dem verstört dreinschauenden Bauunternehmer. »Und zwar das Römermuseum unter der alten Pfarrkirche. Ich war da mal bei einer Führung dabei, deshalb weiß ich ungefähr, wie es dadrin ausschaut. Bei der Ausgrabung der alten Badeanlagen wurde das komplette Kirchengestühl rausgerissen und der Boden geöffnet. Jetzt liegen alle steinernen Becken und Wannen frei, und die Zuleitungen von der damaligen römischen Bodenheizung sind auch teilweise zugänglich. Da würde der Calli scho reinpassen und der Helm und das Schwert sowieso.« Jetzt, da er seine Sorgen geteilt wusste, konnte Mani schon wieder grinsen. »Vom Thema her wär's auch passend. Ein vertrockneter Römer geht baden, damit er seine Falten wieder rauskriegt.«

»Depp!« Walter hingegen zog eine ernste Grimasse. »Du mit deinen Witzen allerweil, mir ist grad gar ned zum Lachen! Überhaupt, wie soll der Calli baden gehen, wenn die Anlagen alle trocken sind, ha? Aber bestimmt ist's dort schön kühl, zumindest würde er sich eine Zeit lang gut halten.«

Schlagartig wurde Mani sachlich. »Hast recht. Aber eins sog i dir: Allein mach i den Umzug vom Calli ned noch mal. Wenn du wüsstest, was i heut Nacht alles mitg'macht hob! Beinah hätt mich ein Herzschlag 'troffen, also, na, ganz bestimmt fahr i nimmer allein mit dem alten Römer spazieren, host mi?«

Walter erkannte an der gerunzelten Stirn seines Freundes, dass es ihm damit bitterernst war. »Ist doch nicht alles so gut gelaufen letzte Nacht? Was ist denn passiert, Mani?«

Von geisternden Römern, die sich letztlich als Fasan entpuppt hatten, wollte er lieber nichts erzählen, daher winkte Mani schnell ab. »Nix, passt schon. Aber du bist heut Nacht auf jeden Fall dabei, oder ich streik!«

»Also gut«, ging Walter Geldmacher auf die Forderung seines Spezls ein, ihm dabei zu helfen, den Calli ein zweites Mal umzulagern. »Aber eigentlich hab ich gar keine Zeit dafür.«

»Ist mir doch wurscht«, entgegnete Mani aufsässig, »schließlich hängen wir bei der Sach beide drin, und wenn wir tatsächlich irgendwann auffliegen, bin i wenigstens ned allein am Arsch. Schließlich heißt es: Mitgehangen, mitgefangen!«

»Hab's ja schon kapiert, Mani. Aber es ist echt furchtbar mit dir, manchmal stellst du dich an wie der Ochs vorm Berg«, kritisierte Walter. »Gut, wenn du mich unbedingt dabeihaben musst … Aber wir machen's nicht heute Nacht, sondern früher. Mit unserer Baukleidung fallen wir doch gar ned auf, wenn wir schon am späten Nachmittag ins Römerkastell gehen. Dass Bauarbeiten da stattfinden sollen, ist doch bekannt, stand ja in der Zeitung, hast du g'sagt. Ich schau vorher, ob ich rausbekomm, wann die Leute vom Denkmalschutz dort anfangen wollen.

Wenn du nix mehr von mir hörst, dann machen wir das gleich heut noch.«

Hocherfreut darüber, nicht wieder in stockfinsterer Nacht allein dort hantieren zu müssen, nickte Mani nur. »Okay. Und vor der Abendmesse in Bad Gögging ist eh wenig Verkehr am Kirchplatz, da könn ma ungestört schauen, wie wir ins Römermuseum reinkommen.«

»Guter Plan. Also, wenn du vorher nix mehr von mir hörst, treffen wir uns um fünf hier auf der Baustelle, ich hol dich dann ab.«

FÜNF

Als Silvana Kasbauer um die Ecke des Hotelrestaurants bog, landete sie in einem Biergarten, der von hohen Ahornbäumen beschattet war. Diese altehrwürdigen Bäume dienten wohl auch als Vorlage des Hotel-Logos. Inzwischen fand Silvana das durchgängig grüne Konzept sehr ansprechend und durchdacht.

Die Tische waren alle unbesetzt, bis auf einen, an dem ein älterer Herr saß, einen Becher Kaffee und ein beinah halb gegessenes Croissant vor sich.

Überrascht trat Silvana auf ihn zu. »Herr Moser, das ist ja ein Zufall, dass wir uns gleich so schnell wiedertreffen!«

Wesentlich weniger erstaunt stand Hans auf und nickte ihr lächelnd zu. »Frau Kasbauer, wie nett. Setzen Sie sich doch zu mir.«

Auffordernd deutete er auf den Stuhl neben sich. »Leider kann ich Ihnen kein Frühstück versprechen, das Restaurant hat noch zu. Ich war so frei und hab mich an der Tankstelle bedient.«

Grinsend sank Silvana auf den angebotenen Platz. »Zwei Seelen, ein Gedanke. Aber weshalb sitzen Sie hier und frühstücken nicht in Ihrem Wohnheim?«

Hans schmunzelte. »Das fragen Sie doch jetzt nicht im Ernst, oder? Erstens ist es ein gaaanz weiter Fußmarsch zurück«, übertrieb er absichtlich, »und mich hat eh schon so gehungert, und zum Zweiten … na ja, ein mutmaßliches Tötungsdelikt, sozusagen in nächster Nachbarschaft, das bringt meine vernachlässigten Gehirnwindungen endlich wieder in Schwung. Ich wollte mich hier einfach ein bisserl entspannen und dabei …«

»Und dabei ein bisserl ermitteln«, vervollständigte Silvana und ermahnte ihn mit dem Zeigefinger. »Herr Moser, Herr Moser! Wenn das mein Chef mitbekommt!«

»Mit dem ist wohl nicht gut Kirschen essen, wie?«

Silvana lehnte sich zurück und streckte die Beine aus. »Na ja, schwierig ist es mit ihm schon, sein norddeutscher Humor passt mit unserem niederbayerischen halt gar nicht zusammen. Und nach einer Nachtschicht ist er ständig so unentspannt, das dürfen Sie nicht persönlich nehmen.«

»Sehr loyal gesprochen, Frau Kasbauer, mein Respekt. Aber im Ernst, ich will mich tatsächlich nicht in Ihre Ermittlungen drängen. Ich finde nur, da ich nun schon mal vor Ort bin und mich unverfänglich umsehen und mit Leuten reden könnte, wäre es doch pure Verschwendung, diese Möglichkeit nicht auszunutzen.« Hans hob den Kaffeebecher und trank einen Schluck. Dann brach er das angebissene Stück seines Croissants ab und fragte: »Hätten Sie gern das restliche Teil? Ein wenig Platz für mein richtiges Frühstück daheim sollte ich schon noch lassen …«

Er schob sich das letzte Stückchen der zweiten Hälfte in den Mund und spülte nochmals mit Kaffee nach.

Lachend zog Silvana die Serviette, auf der das Gebäck abgelegt war, zu sich heran. »Sehr gern, Herr Moser, vielen Dank. Ich bin auch fast am Verhungern, aber Kollege Preiss wollte partout nicht, dass wir uns vom Hotel etwas kredenzen lassen. Stichwort Vorteilsnahme und Bestechung.«

»Also ein Erbsenzähler wie aus dem Buche. Oh, Verzeihung, Frau Kasbauer, das hätte ich wohl ned sagen sollen.«

»Die Wahrheit darf man immer sagen, Herr Moser«, mümmelte sie zwischen zwei Bissen hervor. Ein einvernehmliches Schweigen breitete sich zwischen ihnen aus, bis Silvana den letzten Rest verputzt hatte.

»Herr Moser, Sie sagten, Sie hätten den Toten gekannt. Wie war er denn so?«

»Kennen wäre zu viel gesagt.« Hans lehnte sich zurück und drehte das Gesicht zur Sonne. »Persönlich hatte ich nur ein einziges Mal mit ihm zu tun, bei dieser Ehrung, ich erzählte es Ihnen ja schon. Mit meiner Frau war ich hier im Restaurant des Öfteren essen, übrigens eine sehr gute Küche, und da ging er manchmal durch die Reihen und fragte, ob alles gepasst hat und so. Sehr freundlich, sehr liebenswürdig. Vom Notarzt Dr. Kracherl weiß ich, dass er wohl ein harter und energischer, aber ein guter Geschäftsmann gewesen sein soll. Der hiesige Tourismus und der Kurort selbst sollen ihm sehr am Herzen gelegen haben. Und natürlich habe ich durch unsere Ferien hier in den letzten dreißig Jahren mitbekommen, dass immer mehr Hotels und Rehakliniken auf sein Konto gehen. Darüber wird geredet, und es stand auch einiges in der Zeitung.«

In diesem Zusammenhang fiel Hans ein Gespräch ein, dass er vor einigen Tagen mit einem Pfleger seines Seniorenheims geführt hatte. Cosmo Sommer hieß er, ein noch recht junger Bursche von etwa dreiundzwanzig, lange dunkle Haare, die er meist zu einem Pferdeschwanz band, und ein durchaus ansehnlicher Vollbart. Am Wäldchen hinter dem Heim hatte es sich Cosmo auf einer schattigen Bank gemütlich gemacht, und Hans hatte höflich gefragt, ob er sich zu ihm setzen dürfe.

»Klar doch. Ich habe gerade meine Pause«, begann Cosmo beinahe entschuldigend die Unterhaltung, weil er nichts tuend auf der Bank saß. Er drehte sich eine Zigarette aus einem Tabak, der sich Schwarzer Krauser nannte. Nachdem er sich den Glimmstängel angezündet und die ersten Züge des Rauches genussvoll inhaliert hatte, blinzelte er zu ihm hinüber.

»Schön ist unsere Natur, Herr Moser, finden Sie nicht auch? Hören Sie nur die vielen Vögel, das Summen der Insekten, und allein schon, wie viele Grüntöne der Gräser und Bäume es gibt! Und all das wird systematisch kaputt gemacht. Immer mehr wird vernichtet, wertvolle Flächen durch Infrastruktur versiegelt, es ist furchtbar. Ohne Rücksicht auf die kommenden Generationen wird immer mehr zugepflastert, ein Bauprojekt nach dem anderen aus dem Boden gestampft, und keiner macht was dagegen.« Mit einem tiefen Seufzer saugte Cosmo an seiner Selbstgedrehten.

Hans Moser nickte zustimmend. »Stimmt schon. Aber die Neubauten, wie unser betreutes Wohnheim, bringen doch auch Arbeitsplätze. Ich glaube, Sie sind gern hier und profitieren also auch davon, oder etwa nicht?«

»Ja, klar, ich wollte nie etwas anderes machen als einen sozialen Beruf. Und in der Pflege wird man immer gebraucht, ein krisensicherer Job.« Er grinste. »Trotzdem, mir geht es gegen den Strich, wenn nur zum Vergnügen für einige geldige Leute immer mehr Hotels gebaut werden. Spa und Wellness, so ein Quatsch! Braucht doch kein vernünftiger Mensch, der ein bisserl Grips in der Birne hat. Die sollen sich eine Sprudelmatte in die Badewanne legen, Treppen statt Aufzug benutzen und mehr radeln als Auto fahren, das würde es genauso tun.«

Okay, so ganz unrecht hatte der Pfleger damit vielleicht nicht, musste Hans schmunzelnd eingestehen. »Tja, aber auch dieser Bereich schafft Arbeitsplätze, Cosmo. Was soll man also machen? Geld regiert nun mal die Welt. Viele Möglichkeiten gibt es nicht. Entweder man lässt es laufen und akzeptiert, dass der Nachfrage gefolgt wird, oder man regt sich darüber auf und macht sich damit seine Nerven kaputt, oder man –«

»… tut etwas dagegen!«, unterbrach Cosmo wirsch seinen Nebenmann. »Ich habe so eine Wut auf diese Profitgeier! Zum Beispiel bei uns in Bad Gögging auf den Konrad Blattl. Der will schon wieder ein neues Hotel am Ortseingang bauen. Noch eine weitere Bettenburg, noch mehr Leute, noch mehr Verkehr und, und, und! Das ist doch Wahnsinn! Den halben Wald hinter der Baustelle haben sie dafür abgeholzt, weiteren Naturraum zerstört! Ich lass mir das nicht so einfach gefallen. Der gute Herr Blattl wird sich schon noch wundern.« Heftig blies er den Rauch seiner Zigarette aus.

»Das klingt ja fast wie eine Drohung«, entfuhr es Hans, doch Cosmo lächelte nur hintergründig mit hochgezogenen Schultern.

Dann war er aufgestanden. »Schade, ich hätte mich gern noch länger mit Ihnen unterhalten, Herr Moser, aber meine Pause ist leider vorbei.« Er hatte den Rest seiner Zigarette am Fuß des danebenstehenden Abfallkorbes ausgedrückt und den Stummel hineingeworfen. »Bis später.« Ein schneller Gruß und schon war er Richtung Haupthaus unterwegs gewesen.

Hans hatte eine Baustelle bemerkt, als er heute Früh bei seinem Spaziergang daran vorbeigekommen war, erinnerte er sich. Sollte das Blattls neues Hotel werden? Möglich wäre es.

An Kommissarin Silvana Kasbauer gewandt, die entspannt neben ihm saß und ebenfalls die Sonne genoss, sagte er: »Mir ist gerade etwas eingefallen. Anscheinend hatte Konrad Blattl vor, ein weiteres Wellnesshotel hier in Bad Gögging zu bauen. Das hat mir ein Pfleger meines Wohnheimes erzählt. Heutzutage lässt sich mit so etwas großer Reibach machen.«

Dass Cosmo strikt gegen solche Einrichtungen war, verschwieg Hans vorerst. Jeder durfte schließlich seine eigene Meinung haben, und ob Cosmos Ansichten fallrelevant sein würden und Hans den Landshuter Ermittlern davon berichten sollte, wollte er durch ein weiteres Gespräch mit dem jungen Mann lieber erst selbst abklären.

Silvana lächelte. »Gut zu wissen. Ich werde Frau Blattl danach fragen, danke für die Information, Herr Moser.« Sie warf einen Blick auf die Uhrzeit am Handy und stand auf. »Ich muss wieder rein. Herr Preiss und ich wollen die Witwe und hoffentlich auch den Sohn nochmals befragen. Können wir unsere Telefonnummern tauschen, Herr Moser?« Sie lächelte verschmitzt. »Bestimmt wird es in naher Zukunft das eine oder andere Gesprächsthema zwischen uns geben.«

»Könnte schon sein. Sicher, hier.« Hans gab ihr spontan sein Mobiltelefon in die Hand. »Speichern Sie mir Ihre Nummer doch bitte in die Kontakte, dann ruf ich Sie kurz an, und Sie können meine Nummer abspeichern.«

Gesagt, getan. Kurz darauf verließ Silvana den Biergarten, und Hans machte sich endgültig auf den Rückweg zum Wohnheim, zum ersehnten Frühstück und zu einem nächsten, diesmal ernsteren Gespräch mit Cosmo Sommer.

***

An der Eingangstür wartete bereits Olaf Preiss, als Silvana zurückkam. Der Tote schien abtransportiert worden zu sein, denn auch die Leute der Spurensicherung hatten sich der Schutzoveralls entledigt und packten die Ausrüstung in den Bus.

Der Kommissar warf ihr einen finsteren Blick zu, anscheinend hatte er den hanseatischen Sturschädel noch nicht vergessen. »Da sind Sie ja.«

Silvana nickte nur, ging an ihm vorbei und betrat die Hotelhalle wie schon eine Stunde zuvor. Die nette Brünette hielt sie mit einer Handbewegung auf, als sie zu dem Fünfertisch gehen wollte, an dem sie sich mit Frau Blattl verabredet hatten.

»Frau Kasbauer, einen Moment bitte. Die Chefin hat mich gebeten, Sie in das große Büro zu bringen. Hier werden Sie sich nicht in Ruhe unterhalten können.« Mit dem Kinn wies sie auf inzwischen zwei besetzte Sitzgruppen, kam um den Tresen herum und bedeutete den Kommissaren, ihr zu folgen.

Kurz darauf wurden sie in ein helles Zimmer mit modernen Büromöbeln geführt, die Rezeptionistin nickte ihnen kurz zu und verließ den Raum, wobei sie die Tür sacht hinter sich schloss.

Hedwig Blattl und ein jüngerer Mann hatten sich vom Sofa der Besucherecke erhoben und kamen auf sie zu.

»Mein Sohn Klaus«, stellte Hedwig Blattl ihn vor. »Klaus ist der Geschäftsführer unseres Hotels.«

»Blattl, grüß Gott, Frau Kasbauer, Herr Preiss. Bitte, setzen Sie sich doch.«

Sein Gesicht war sehr blass, die Augen schienen gerötet, doch er wirkte gefasst und deutete auf zwei gemütliche Stühle vor dem niedrigen Glastisch. Er selbst setzte sich erneut neben seine Mutter auf die Couch und legte kurz einen Arm um sie, bevor er beide Arme auf die Knie stützte und sich vorbeugte.

»Meine Mutter hat mich informiert, mein Gott, was für eine schreckliche Nachricht. Sie sprachen von einem gewaltsamen Tod, darf ich fragen, wie Sie darauf kommen?«

Silvana hatte Platz genommen, doch Preiss war hinter dem Stuhl stehen geblieben. Mit den Händen auf der Rückenlehne abgestützt erwiderte er: »Da wir uns nun in einer laufenden Ermittlung befinden, können wir dazu leider keine genauen Auskünfte geben. Wie ich Frau Blattl bereits sagte, stellte der Pathologe Hinweise auf einen nicht natürlichen Tod fest, was durch die Autopsie entkräftet oder bestätigt werden wird. Aber natürlich hätten wir ein paar Fragen an Sie beide.«

Mutter und Sohn wechselten einen schnellen Blick, dann

nickte Klaus Blattl. »Natürlich, wenn wir Ihnen helfen können ...«

Nun setzte sich Preiss doch, während er weitersprach. »Wenn *Sie* hier Geschäftsführer sind, was hat dann Ihr Vater noch gearbeitet? Oder war er Privatier?«

Klaus musste lächeln. »Privatier? Um Gottes willen, nein! Alles andere als das! Unser Restaurant gehört, äh – gehörte nach wie vor zu seinem Geschäftsbereich, ebenso die Aufsicht über die Rehakliniken. Er ist immer irgendwie irgendwo aktiv und viel unterwegs. War er zumindest ...«

Hier musste er schlucken, während seine Mutter erneut ein Taschentuch an die Nase führte und schniefte.

Mit ruhiger Stimme schaltete sich Silvana in das Gespräch ein. »Mir ist zu Ohren gekommen, dass Sie sogar noch ein weiteres Wellnesshotel bauen wollen. Fiele das dann in den Zuständigkeitsbereich Ihres Vaters, oder werden Sie auch Geschäftsführer des neuen Hotels, Herr Blattl?«

Den erstaunten Blick ihres Chefs, der mit einem Kopfrucken zu ihr hinüberschielte, ignorierte Silvana einfach. Aufmerksam sah sie ihren beiden Gegenüber ins Gesicht, bemerkte dabei, wie Klaus Blattl die Augenbrauen zusammenzog und eine dicke Ader an seinem Hals zu pochen begann. Bevor er antworten konnte, legte Hedwig ihm beruhigend eine Hand auf den Arm.

»Das sind unsere Pläne«, gab sie leise zurück, »also Konrads und meine. Mein Mann und ich haben entschieden, dass der Bereich medizinischer Angebote wie Massagen, Bäder, Fußpflege und Ähnliches hier im alten Hotel nicht ausreicht, die Nachfrage dafür ist sagenhaft groß. Daher haben wir den Neubau zusammen geplant, und der hat auch schon begonnen.«

»Gab es Neider deswegen?«, wandte sich Preiss an sie, doch Hedwig schüttelte den Kopf.

»Nicht dass ich wüsste. Es gibt einige große Hotels hier in Bad Gögging, jeder Betreiber versucht freilich, die Nachfrage zu bedienen. Aber ein arges Konkurrenzdenken gibt es hier nicht. Jeder macht, was er kann und finanziell auf die Beine gestellt bekommt. Eigentlich immer zum Nutzen des Kurortes und der Gäste, da gab es keinen Neid, zumindest habe ich nie etwas davon mitbekommen.« Sie sah ihren Sohn an. »Du etwa, Klaus?«

»Nein, ich auch nicht.«

Preiss nickte. »Vielleicht ist es ein wenig früh, das zu fragen, aber wie lief es in Ihrer Familie so ab? Frau Blattl, Herr Blattl, Sie haben jeden Tag mit ihm zusammengearbeitet, gab es da nie irgendwelche Unstimmigkeiten?«

Silvana wäre beinahe stolz auf den vorsichtigen Ton ihres Chefs gewesen, wenn er nicht noch unverfroren hinzugefügt hätte: »Wie lief Ihre Ehe so?«

Hedwig errötete. »Was denken Sie? Seit fast vierzig Jahren gut, wir haben uns geliebt und im Geschäft bestens ergänzt. Glauben Sie, wir hätten die Erweiterung zusammen geplant, wenn es anders gewesen wäre?«

Darauf zuckte Olaf Preiss nur die Schultern und sah fragend auf den Sohn. Klaus Blattl nickte, seine Stirn hatte sich geglättet, und er lehnte sich ein wenig zurück, als er antwortete: »Sicher gab es mal Unstimmigkeiten, aber das genau war es auch, Unstimmigkeiten, kleine Meinungsverschiedenheiten, mehr nicht. So ein großer Betrieb mit vielen verschiedenen Zweigen benötigt eine Einheit in der Führung, um erfolgreich zu sein. Und dafür stehen wir drei, Papa, Mama und ich.«

Diesmal verbesserte er sich nicht, um die Vergangenheitsform nachzufügen, aber Silvana bemerkte den leicht gezwungenen Unterton in seiner Stimme. Er klang, als wollte er seinem Vater nach dem Mund reden, als würde er ein Mantra, das sein Vater als Leitsatz ausgegeben hatte, wiederholen wollen.

»Verstehe.« Kommissar Preiss sah zwischen Mutter und Sohn hin und her. »Falls es tatsächlich ein Gewaltverbrechen gewesen ist, wer, denken Sie, könnte dafür verantwortlich sein und aus welchem Grund?«

Die Ader an Klaus Blattls Hals schwoll erneut an. »Wir haben keine Erklärung, Herr Preiss! Niemand könnte meinem Vater etwas antun, er war ein lieber und gerechter Mann, mit ihm hat man über alles reden können. Es gibt keinen Grund, ihn zu töten!« Etwas leiser fügte er an: »Hören Sie doch endlich auf mit Ihren blöden Fragen.«

Silvana beugte sich vor. »Herr Blattl, es tut uns leid, aber wir müssen Fragen stellen, wir wollen doch den Täter finden, und das wollen Sie doch auch, oder?«

»Ja, klar, aber ich glaub immer noch nicht, dass jemand meinen Vater …« Er sprach nicht weiter, vergrub das Gesicht in beide Hände.

Hedwig lehnte sich zu ihm und legte einen Arm um seine Schultern. »Sehen Sie nicht, dass wir alle vollkommen fertig sind? Die Belegschaft weiß noch nichts von alldem. Wie es hier weitergehen soll, wissen wir auch noch nicht. Es ist alles noch so frisch, können Sie uns nicht in Ruhe lassen? Da draußen läuft ein Mörder frei herum, sollten Sie sich nicht besser darauf konzentrieren?«

Silvana stand auf, stupste dabei wie versehentlich ihren Kollegen am Oberarm. »Ja, natürlich verstehen wir, dass es für Sie im Augenblick etwas viel ist. Vorerst sind wir wohl auch fertig mit der Fragerei. Herr Preiss? Ich denke, wir fahren zurück nach Landshut.«

Kriminalhauptkommissar Preiss blieb sitzen. »Eine Frage habe ich noch. Wo waren Sie beide heute Nacht zwischen Mitternacht und drei Uhr früh?«

Klaus hob den Kopf. »Sie fragen jetzt nicht ernsthaft nach unseren Alibis?«

»Unsere Ermittlungen sind immer ernsthaft, Herr Blattl, ob es Ihnen gefällt oder nicht. Also, wo waren Sie um diese Zeit?«

»Im Bett. Meine Frau kann es bezeugen. Aber das ist doch alles hirnrissig, als ob ich meinem Vater etwas antun hätte können!«

Silvana sprang vermittelnd ein. »Das sind nur Routinefragen, Herr Blattl, das muss leider sein, da hat mein Kollege schon recht. Und Sie, Frau Blattl? Wo haben Sie sich zu dieser Zeit aufgehalten?«

»Ich war auch schon schlafen gegangen. Und nein, bezeugen kann das leider niemand.«

»Hatten Sie nicht bemerkt, dass Ihr Mann diese Nacht nicht ins Haus gekommen ist?«

»Nein.« Die frische Witwe schüttelte den Kopf. »Konrad war ja so viel unterwegs, beim Abendessen bekam er einen Anruf und wurde zur neuen Baustelle gerufen, ich hab ihn nicht heimkommen hören. Und auch sonst ist er, je nachdem, wie er dazu gekommen ist, immer so zwischen elf und eins in der Nacht alle Mückenfallen abgegangen, um deren Funktion zu prüfen. Ich habe mir nichts beim Zubettgehen gedacht, als er um halb zwölf noch nicht da war. Dass er gar nicht heimgekommen ist, war mir tatsächlich bis zu Ihrem Auftauchen nicht aufgefallen. Wir schlafen getrennt, wissen Sie. Wegen unserer so unterschiedlichen Arbeitszeiten.«

»Gut, Frau Blattl, danke für die Auskunft.« Noch einmal tupfte Silvana Kommissar Preiss auf die Schulter. »Das wäre wohl vorerst alles. Bitte bleiben Sie trotzdem zu unserer Verfügung für weitere Fragen. Auf Wiederschauen.«

Preiss erhob sich sichtlich widerstrebend. Anscheinend war die Vernehmung nicht nach seinen Erwartungen gelaufen, doch er fügte sich und folgte nach einer kurzen Verabschiedung Silvana ins Freie.

Sämtliche Dienstfahrzeuge hatten den Platz verlassen, einsam stand ihr Audi mitten auf dem Vorplatz. Bevor Preiss sich zur Fahrerseite bewegen konnte, sagte Silvana mit ausgestreckter Hand nonchalant: »Ich fahre, Herr Preiss, ein Strafzettel heute sollte Ihnen wohl genügen, oder?«

SECHS

Der gemeinsame Frühstücksraum im Wohnheim war kaum mehr besetzt, als Hans Moser gegen halb zehn endlich wieder in seinem neuen Zuhause eintraf. Das Büfett war noch aufgebaut, aber bereits ziemlich leer geräumt, doch für eine Portion Rührei, zwei Semmeln, Streichwurst, Butter und Marmelade reichte es. Und eine Tasse koffeinfreier Kaffee ließ sich ebenfalls aus der Kanne pumpen.

Zufrieden trug Hans sein Tablett zu einem frei stehenden Tisch, grüßte freundlich zu den verbliebenen Mitbewohnern hinüber und begann, genüsslich zu frühstücken. Nebenbei setzte er seine Lesebrille auf und bemühte sein Smartphone, gab in einer Suchmaschine den Namen »Konrad Blattl« ein, überflog die Schlagzeilen der Ergebnisse, öffnete dann einen Zeitungsbericht über eine Stadtratssitzung, bei der in dem öffentlichen Teil der Sitzung des Bauausschusses das neue Hotelprojekt Blattls vorgestellt wurde und das anschließend zur Abstimmung angestanden war. Zahlreiche Anwohner des betreffenden Baugebietes hatten sich eingefunden, argumentierten gegen den Bau, der ihres Erachtens nicht in die Bestandsbauten alter Einfamilienhäuser passte und mit der geplanten Größe vielen das Sonnenlicht von Garten und Terrasse nehmen würde, ebenso waren der Baustellenverkehr und der Lärm als Gründe zur Ablehnung erwähnt worden. Hans las weiter, dass während der Diskussion plötzlich eine Aktivistengruppe von etwa zehn Leuten aufgestanden war und mehrere Transparente über den Köpfen der anderen Besucher ausgerollt hatte, auf denen Parolen wie »Natur statt Profit«, »Die Reichen sollen sich schleichen« oder »Bienen fressen keine Geldscheine« zu lesen standen.

Und als Anführer der Aufrührer wurde Cosmo Sommer namentlich erwähnt. »Wir kämpfen bis aufs Letzte für unsere Erde, der Natur- und Klimaschutz ist unsere oberste Prämisse«, wurde er in dem Artikel zitiert. Auch hatte der Reporter Vermutungen darüber angestellt, ob wohl zerstochene Autoreifen und andere Sachbeschädigungen der letzten Monate in und um Bad Gögging auf das Konto der Aktivisten gehen könnten. Diese waren allesamt nach den Tumulten aus dem Sitzungszimmer geworfen worden, auf eine Anzeige hatte die Stadtführung von Neustadt allerdings verzichtet.

Sieh an, sieh an, dachte sich Hans und biss erneut von seiner Streichwurstsemmel ab. Unser Cosmo, soso. Der Reporter, der den Artikel verfasst hatte, musste eine Menge Mut besitzen, öffentlich einen solchen Verdacht zu äußern. Hans wischte mit dem Finger den Artikel nach oben und suchte nach dessen Namen. Ah, Joachim Danner hieß er und leitete die örtliche Redaktion der Tageszeitung. Vielleicht wäre es hilfreich, diesen Mann mal aufzusuchen, um weitere Hintergrundinformationen zu erfahren.

Hans sah auf die Uhr. Um halb zwölf hatte er einen Termin zum Aquacycling in der Limes-Therme. Radfahren im Wasser, zuerst hatte sich Hans nichts darunter vorstellen können, doch nach dem zweiten Mal hatte es ihm sogar Spaß gemacht. Vor allem die Mitglieder seiner Gruppe, die sich einmal wöchentlich traf, mehr als die Hälfte davon in seinem Alter, waren witzig und machten die halbe Stunde Wassergymnastik zu einem Vergnügen. Also, nix wie rauf in die Wohnung, Sachen packen und dann rüber zur Badeanlage. Alles andere musste warten.

✳✳✳

Zurück im Büro hatte sich Silvana an den Computer gesetzt und den ersten groben Bericht verfasst.

»Die Handydaten des Opfers habe ich angefordert, Herr Preiss. Bei weiteren Background-Recherchen wird es schon schwerer. Da Konrad Blattl sich zusammen mit der Familie in einem Geschäftsverbund befand, können wir hier nicht einfach Kontodaten oder Vermögensverhältnisse einsehen. Wir werden wohl erst einmal den offiziellen Bericht von Dr. Metzger abwarten müssen, damit der Staatsanwalt uns nach Bestätigung der Todesursache grünes Licht gibt für weitere richterliche Beschlüsse.«

Preiss stand bereits an der Tür. »Jaja, passt schon, Frau Kasbauer. Ich geh jetzt, und Sie machen besser auch Schluss. Morgen beginnt unsere Schicht um acht Uhr früh, vergessen Sie das nicht. Es wird schon reichen, wenn wir uns dann damit befassen. Schönen Feierabend.« Und schon zischte er ab.

Silvana lachte leise hinterher. »Schlafen Sie gut!«

Auch sie war hundemüde, immerhin seit mehr als elf Stunden im Einsatz. Aber es war ihre Aufgabe, den zuständigen Staatsanwalt und vor allem die Kollegen der nächsten Schicht zu informieren, erst dann konnte sie beruhigt ins Bett gehen.

Während sie mit ihrem kleinen Ford Ka heimtuckerte, musste sie nochmals lachen. Wie doof Preiss geschaut hatte, als sie bei der Befragung der Blattls den neuen Hotelbau erwähnt hatte. Klar hatte er sie auf der Rückfahrt nach Landshut gefragt, woher ihre Infos stammten, doch Silvana hatte nur ausweichend erklärt, sie habe auf ihrem Spaziergang an der Abens entlang Einwohner getroffen, die ihr davon erzählt hätten. Und das war nicht einmal gelogen. Silvana hatte das Gefühl, dass sie bei ihren Ermittlungen tatsächlich mit Hans Mosers Hilfe weiter kommen würden als ohne. Aber davon brauchte Olaf Preiss nicht unbedingt erfahren, er würde mit seiner Pedanterie alles nur blockieren. Morgen früh werde ich als Erstes noch mal Moser anrufen, nahm sie sich vor. Vielleicht hatte der erfahrene Ex-Ermittler schon einen taktischen Plan parat, wie sie weiter vorgehen könnten. Aber jetzt nur noch essen und schlafen …

**

Am Nachmittag, nach Aquacycling und Mittagessen, gönnte sich Hans Moser ein erholsames Stündchen auf der Wohnzimmercouch, ehe er sich auf den Weg zum Friedhof machte, der nicht weit entfernt vom Seniorenheim lag. Eigentlich hätte er ganz gern Cosmo Sommer noch mal in ein Gespräch verwickelt, doch der junge Pfleger war ihm nicht über den Weg gelaufen, und eigens nach ihm fragen wollte Hans nicht.

Deshalb überlegte er, ob es sich wohl schon in Bad Gögging herumgesprochen hatte, dass der Hotelier Konrad Blattl verstorben war beziehungsweise jemand nachgeholfen hatte. Vor allem interessierte ihn, was die Einheimischen darüber dachten und redeten. Also, wo traf man eigentlich immer Leute? Klare Antwort: beim Einkaufen, beim Friseur und auf dem Friedhof.

Hans beschloss, das Feld von hinten aufzurollen, und wanderte gemächlich die wenigen hundert Meter von seinem Wohnheim hinüber zum Friedhof.

Es war an und für sich ein Ort der Stille, und er setzte sich oft auf eine schattige Bank, um nachzudenken. Über sein Leben und seine geliebte Frau, die er noch immer sehr vermisste. Ihr Grab befand sich leider nicht auf diesem Gottesacker, sondern in Ansbach. Sein Sohn wohnte mit Frau und Kindern weiterhin dort, daher konnte sich Hans nicht dazu überwinden, in Bad Gögging eine Grabstelle zu kaufen und Emilie umbetten zu lassen. Es reichte schon, dass er jetzt hier lebte, begraben werden wollte er dann doch lieber in der Nähe seines Sohnes.

Wie er vermutet hatte, befanden sich tatsächlich einige Leute auf dem Friedhof, die sich um die Ruhestätten ihrer Verwandten kümmerten. Am hinteren Eingang war gleich links eine Sitzbank, auf der sich Hans nun gemütlich niederließ und abwartete. Früher oder später würde jemand vorbeikommen, den er ansprechen konnte.

Ein wenig überkam ihn Wehmut, schließlich war es erst ein gutes Jahr her, dass Emilie so unerwartet an diesem Herzinfarkt verstorben war. Erinnerungen an ihre gemeinsamen glücklichen Jahre kamen wieder hoch, für einen Moment schloss er die Augen und ließ einige Bilder daran vorüberziehen. Was sie wohl davon gehalten hätte, dass er im Begriff war, sich unerwünscht in Mordermittlungen einzumischen? »Solange du nicht mit einer Dienstwaffe herumläufst und dich in Gefahr bringst, mach, was dir Spaß macht!«, hörte er ihre Stimme im Kopf. Gerade als er einmal mehr an die schönen Urlaube in Bad Gögging dachte, wurde er jäh durch den Krach der nahe gelegenen Baustelle aus seinen Gedanken gerissen. Obwohl durch ein kleines Wäldchen vom Friedhof getrennt, das nach Cosmos Aussage seit Baubeginn nur noch halb so groß war, konnte man das Dröhnen schwerer Baumaschinen, Rufe der Arbeiter und Scheppern und Klopfen laut und deutlich hören.

»Furchtbar, dieser Krach«, sprach ihn von der Seite eine wohlbekannte Stimme an. Es war Erika Wecker, eine rüstige Witwe von fünfundachtzig Jahren, die zwischenzeitlich ihr Fahrrad in den Friedhof geschoben hatte. Klein, schlank, grauhaarig und mit der einmaligen Begabung, andere Leute auszufragen, die ihresgleichen suchte. Mit ihr hatte sich Hans schon oft unterhalten, dabei erfahren, dass sie früher so etwas wie eine Zeitungsreporterin gewesen war, für sämtliche Vereine, Geschehnisse, Wichtiges und Unwichtiges in Bad Gögging zuständig, um dieses in der Mittelbayerischen Zeitung entsprechend unterzubringen. Also war sie neugierig quasi von Berufs wegen. Von ihr waren sämtlicher Ratsch und Tratsch und viele Neuigkeiten, von denen die Betroffenen oft selbst noch nichts wussten, brühwarm zu erfahren. Wenn man auf diese Ratschkathl traf und ein Gespräch begann, hätte man sich die letzten Ausgaben der Tageszeitung sparen können und die der folgenden Tage noch dazu.

Jedenfalls, besser konnte es für Hans gar nicht laufen. Höflich, wie er war, sagte er erfreut: »Grüß Sie, Frau Wecker, wie geht's, wie steht's?«

»Ach, der Herr Moser, grüß Sie Gott.« Als ob sie nur darauf gewartet hätte, angesprochen zu werden, hob sie das Rad auf den Ständer und setzte sich neben Hans auf die Bank. »Ja mei, einigermaßen. Mal zwickt's da und ein andermal woanders, aber Sie wissen ja, Hauptsach, es zwickt überhaupt, dann weiß man, dass man noch lebt«, entgegnete sie lachend. »Gott sei Dank kann ich mir noch selber helfen und mit meinem Radl herumfahrn, vielen anderen in meinem Alter geht's da nimmer so gut.« Sie brauchte kaum eine Atempause, als schon der nächste Satz folgte: »Ach, übrigens, wissen Sie schon das Neueste? Den Konrad Blattl ham s' umbracht, den Hotelier, Sie kennen den doch ah, oder, Herr Moser?«

»Ja, äh, kennen jetzt ned wirk–« Weiter kam er nicht.

»Erschossen oder erschlagen soll er worn sei, oder erwürgt oder einfach ertränkt in der Stinkerwasserwanne, so genau hat mir das die Irmi ned sagen können, wissen S' schon, die Irmi, die dort oben im neuen Baugebiet wohnt und immer mit dem Hund rausgeht. Sie hat ja ned näher herankommen dürfen, hod sie g'sagt, die Polizei hat alles abg'sperrt g'habt. Irgendwann heut Nacht muss des passiert sein, weil, als sie mit dem Hund in der Früh rausging, war die Polizei schon da.«

Endlich musste sie schnaufen, was Hans leidlich ausnutzte. Harmlos gab er zu: »Ja, ich hab davon gehört, es aber nicht recht glauben wollen. Dann stimmt es tatsächlich? Aber wer sollte denn so was Furchtbares machen, und vor allem, warum, Frau Wecker?«

»Ach, Herr Moser, so was Schlimmes, gell? Die arme Hedwig. Der Konrad war doch so wichtig für uns alle! Aber ganz ehrlich, wenn S' mich fragen, dann könnt das einer von der Waldstraß', also einer der Nachbarn von der neuen Baustelle da drüben, g'wesen sein.«

Mit dem Daumen über die Schulter zeigte sie in Richtung Wäldchen. »In der Zeitung war ja g'standen, dass es damals bei der Abstimmung vom Bauausschuss ziemlich zugegangen sein muss. Ich hab von meiner Cousine, der Mayer Traudl, die war da auch dabei, erfahren, dass sich auf der Versammlung die Nachbarn furchtbar aufgeregt haben sollen. Ist ja auch koa Wunder, der ganze Dreck, der Lärm und Krach, Sie hören es ja grad selber, und des alles so lang, wie der Bau dauert!« Ohne eine Unterbrechung fügte sie gleich ihre nächste Vermutung an: »Oder es war einer dieser Naturschutzaktivisten, diese Radikalen mit ihrem Chef, dem Sommer, Cosmo Sommer heißt der. Die haben doch da glatt a Demo angefangen und wurden dann aus der Stadtratssitzung g'schmissen. Der muss doch bestimmt a Mordswut auf den Blattl g'habt ham, der Cosmo.«

Wieder brauchte sie nur eine halbe Sekunde, bevor es weiterging: »Komischer Vorname, Cosmo. So heißt in Bayern koa Sau. Cosmo«, wiederholte sie ungläubig, schüttelte dabei den Kopf. »Bei uns heißen die Buben halt mit Vornamen Sepp, Franz, Hans oder Karl. Mich wundert da gar nix mehr. Die heutige Zeit is schon komisch, manchmal komm ich nimmer ganz mit und bin froh, dass ich schon so alt bin. Geht's Ihnen auch so, Herr Moser?«

Sie sah ihn fragend an.

»Ja freilich, aber was will man machen, so ist eben der Lauf der Zeit. Aber noch was anderes, Frau Wecker. Denken Sie tatsächlich, dass es einer der Nachbarn gewesen sein könnte? Das ist doch sehr beunruhigend! Haben Sie da jemand Bestimmten im Visier?«

Fast schien es, als wollte sich Erika Wecker bekreuzigen, sie hob kurz abwehrend die Hand und ließ sie wieder sinken. »Gott bewahre, ganz bestimmt ned! Sind doch alles grundehrliche, anständige Leut, und dass der eine oder andere bei dieser Sitzung aufgegangen ist wie a frisch backene Semmel kann man doch verstehen, oder? So a Baustelle in der Nachbarschaft oder dann auch später das fertige Hotel mit den vielen Gästen und Autos hin und her den ganzen Tag, das will doch keiner vor der eigenen Haustür ham, ned wahr? Na, Herr Moser, wenn ich ehrlich bin, hob ich vorhin vielleicht a bisserl übertrieben, von den Nachbarn wird's sicher keiner g'wesen sein. Aber diesen Cosmo, den sollt sich die Polizei schon noch a bisserl genauer anschauen. Hängt immer mit ein paar jungen Leuten aus der Berufsfachschule herum, die sollen bei dieser Demo im Rathaus auch mitg'macht ham, was man so hört. Naturschutz gut und schön, Herr Moser, aber nehmen S' denen mal die Telefone und Computer weg, weil die so viel Strom brauchen, dann schreien sie Zeter und Mordio. Des san doch alles Spinner.«

»Na ja, Frau Wecker, ganz unrecht haben diese jungen Spinner nicht. Aber abgesehen von den Nachbarn und den Umweltschützern, fällt Ihnen sonst noch jemand ein, der ein Motiv hätte? Haben Sie in der letzten Zeit irgendwas aufgeschnappt?«

Damit umschrieb Hans freundlich ihre Neugier und ihren Hang, alle Leute ungeniert auszufragen. »Ich mein, war noch jemand auf den Konrad Blattl sauer? Hatte er mit jemandem sonst in Bad Gögging Streit?«

Sie fasste sich mit beiden Händen in die graue Kurzhaarfrisur, rückte die Brille zurecht und nickte.

»Jessas, ja, guad, dass Sie das erwähnen. Die Enkeltochter meines Nachbarn arbeitet im Service im Restaurant vom Blattl. Und angeblich hat der Konrad vor Kurzem einem Koch gekündigt, weil der fast das ganze Wein- und Schnapslager hintenrum verkauft haben soll, wegen Spielschulden bei der Mafia.«

Sie nickte nachdrücklich und hielt sich dann die Hand vor den Mund. Flüsternd fügte sie hinzu: »Sollt man wohl ned so laut sagen, oder? Die Mafia hod doch Augen und Ohren überall.«

Hans unterdrückte ein Auflachen. Jeder Autor, egal, ob er Bücher oder Zeitungsartikel verfasste, musste viel Phantasie haben, und Erika Wecker hatte anscheinend auch in ihrem fortgeschrittenen Alter noch genügend Reserven.

Beruhigend tätschelte er ihren Arm. »Die Mafia in Bad Gögging? Das halt ich dann doch für sehr unwahrscheinlich. Wissen Sie denn, wie der Koch hieß, den der Konrad Blattl gefeuert haben soll?«

»Ja, warten S', hm, Anton, glaub ich, Toni, hat der Nachbar ihn genannt, aber der Nachname? Irgendwas mit H … Haberer, nein, jetzt hab ich's: Toni Hartwig. Bin mir fast sicher.«

Hans nickte zufrieden. Hatte er es doch im Gefühl gehabt, dass der Friedhof ein Quell von Neuigkeiten sein würde. Lakonisch meinte er: »Frau Wecker, Entschuldigung, aber wollten Sie nicht eigentlich Blumen gießen?«

»Ja, schon, oh mei, und ich verratsch mich da total. Aber des mit dem Blattl, wissen S' schon, so was kommt halt bei uns ned jeden Tag vor. Aber jetzt pack ich's. Auf Wiederschauen, Herr Moser.«

Sie nahm ihr Fahrrad, klappte den Ständer hoch und schob es ein paar Meter weiter, bis eine andere ältere Dame mit einer Gießkanne in der Hand ihren Weg kreuzte.

»Ach, Frau Krämer, grüß Sie Gott! Ham Sie schon des Neueste g'hört?«

Hans stand auf und verließ still lächelnd den Friedhof. Erster Punkt abgehakt.

SIEBEN

Bauunternehmer Walter Geldmacher und Baggerfahrer Mani Schuster fuhren wie vereinbart nach Feierabend zum Römerkastell, um Calli aus seinem Versteck in der Zisterne zu holen. Walter stellte das Auto ganz normal auf dem Besucherparkplatz ab, wohl wissend, dass es am helllichten Tag auffälliger gewesen wäre, sich über die benachbarte Wiese zum hinteren kaputten Tor zu schleichen. Ein großes Betreten-verboten-Schild auf dem Parkplatz wies auf die bevorstehende Restaurierung hin, daher waren sie die Einzigen, die sich im gesamten Areal aufhielten.

Bis sie bei dem aufgefüllten Brunnen ankamen, schnaufte Walter schon wie ein Walross. Nun sollte ich wohl tatsächlich mal eine Diät beginnen, dachte er, während er sich schwitzend zusammen mit Mani abmühte, das Abdeckgitter beiseitezuzerren. Dank Manis ausgeklügelter Methode, die Säcke mit dem Spezialknoten zu versehen, konnten die beiden den alten Römer und seine Utensilien an den langen Schlaufen leicht herausangeln.

»Geht ja wie geschmiert«, freute sich der Baggerfahrer, schob mit Walters Hilfe den Deckel zurück und ließ ihn erleichtert fallen.

»Aua, du Depp, spinnst du?« Walter war nicht schnell genug gewesen, seine rechte Hand hatte sich noch zwischen Gitter und Umrandung befunden, was den schmerzhaften Aufschrei verursachte. »Zefix, pass doch auf!« Er leckte sich das Blut ab. »So ein Scheißdreck, hoffentlich geht mir der Fingernagel ned ab!«

»Sorry, kann ja ned wissen, dass du so langsam bist. Ist's schlimm?« Mani schaute bedauernd auf das schmerzlich verzogene Gesicht seines Chefs.

»Geht schon. Ich sag's ja, der Blattl mit seiner damischen Idee. Wir hätten da erst gar ned mitmachen sollen, Mani.«

»Jetzt ist's, wie's ist, Chef. Geh weiter, des pack ma doch zusammen, oder?«

Wenn der Geldmacher mir jetzt bloß ned aussteigt, dachte Mani besorgt, der Calli ist unser, den geb ich nur mehr für viel Geld her!

Mit einigen deftigen Flüchen, die Walter zwischendurch leise ausstieß, griffen sie sich die Säcke, packten sie auf die Ladefläche und verließen unbehelligt das Kastell. Mani übernahm das Steuer, um seinen verletzten Chef zu schonen.

In Bad Gögging angekommen stellte sich ihnen die Frage, wo sie parken sollten.

»Wo stellen wir das Auto hin? Vorne bei der breiten Treppe ist es zu auffällig, da kommen hernach die ganzen Gottesdienstbesucher vorbei, und vom Parkplatz unten an der Abens ist es zu weit«, überlegte Mani, während er den Pick-up gemächlich die Straße entlangrollen ließ.

»Dann bleibt nur die kleine Gasse unten zwischen Pfarrhof und der neuen Kirche«, meinte Walter und wies ihm den Weg.

Mani rangierte so nah als möglich an die Mauer, bis er feststellte, dass sein Chef nicht mehr aussteigen konnte. »Bist jetzt ganz deppert«, schimpfte Walter, »wie soll ich denn rauskommen?«

»Oh, entschuldige, ich hab nicht an deine Adonis-Figur gedacht.«

Mani setzte zurück, ließ den Pfundskerl aussteigen, parkte näher an der Mauer und stellte den Motor ab.

»Bevor wir die Säcke mitnehmen, schaun wir uns erst einmal um«, schlug er vor, »vielleicht ist das romanische Portal zur alten Kirche offen.«

Sie stiefelten den schmalen Weg zwischen Pfarrheim und Kirche hoch und kamen am Kirchplatz an, der Gott sei Dank menschenleer war.

Mani versuchte es an dem schmiedeeisernen Türgriff des verzierten Holzportals, doch hier war eindeutig kein Zugang möglich. »Verdammter Mist, abg'sperrt«, entfuhr es ihm. »Was tun, sprach Zeus?«

»Ja, was tun, Mani?« Walter sah stirnrunzelnd zu ihm hinunter. »War ja klar, dass da zu ist, wäre ja zu schön gewesen.«

Früher hatte es zwischen der neuen und der alten Kirche innen einen Verbindungsgang gegeben, überlegte Mani. Als er aber nun zur gläsernen Eingangstür des Museums ging und mit abschirmenden Händen hineinschielte, erkannte er, dass dieser Gang anscheinend zugemauert worden war, um die neue Kirche vom Museum abzuteilen.

»So was Blödes, das habe ich nicht gewusst«, grummelte er und dachte zugleich darüber nach, wann er zuletzt hier einen Gottesdienst besucht hatte. An Weihnachten musste es gewesen sein, aber vor wie vielen Jahren, war ihm gänzlich entfallen.

»Das ist ja super, du Schlaumeier, was jetzt?« Walter machte ein sorgenvolles Gesicht.

»Weiß ich noch ned, lass uns mal in die neue Kirche gehen, ich muss nachdenken.«

»Solang du ned beichten willst, von mir aus.«

Mani hatte sich umgedreht und wollte eben losgehen, als ihm aus den Augenwinkeln hinter dem Kiesstreifen und den Blumenrabatten zwei rechteckige Kellerfenster auffielen. Unter Abdeckgittern von Lichtschachtkästen verborgen, konnte er erkennen, dass eines geschlossen, das andere aber gekippt war, wohl um die dahinterliegenden Räume zu belüften. Interessant, dachte er, folgte seinem Chef jedoch schweigend den barrierefreien Weg zur Kirche hoch. Bei aller Liebe zu Calli, dachte er, aber gewaltsam irgendwo einbrechen, das geht zu weit. Auch wenn es wohl wenig Aufwand wäre, das Gitter vom Schacht abzuschrauben und das gekippte Fenster zu öffnen. Allerdings, als letzte Möglichkeit könnten wir vielleicht doch …

Sie zogen die Eisentür des neuen Gotteshauses auf. Hier waren sie zum Glück ebenfalls allein, was allerdings nicht mehr lang so bleiben würde, wenn die Abendmesse begann.

Beim Eintreten fiel Mani eine Werbetafel mit Fotos vom Römermuseum und den Ausgrabungen auf, die im Windfang zwischen Portal und Glastür zum Innenraum aufgestellt war. Er zog Walter am Ärmel vor die Schautafel und sagte beim Betrachten der Fotos: »Schau mal, da hätten wir Calli sowieso nicht verstecken können.« Er zeigte auf den abgebildeten Rundgang um die Ausgrabung der Badestätte, doch eine durchgehende Balustrade sowie ein fehlender Abgang nach unten zu den ehemaligen Römerbädern boten keine Möglichkeit, dort die beiden Säcke zu verstecken. Alles war nur von oben einsehbar, ein Hinunterkommen ohne Leiter schien gänzlich unmöglich.

»Irgendwie hatte ich das alles anders in Erinnerung.« Frustriert über diese Einsicht hockten sich Mani und Walter in die letzte Bankreihe.

»Ich hab mich so auf dich verlassen, Mani«, flüsterte Walter seinem Freund zu. »Wir müssen den Calli schleunigst aus dem Auto holen, unter der Plane läuft uns der sonst weg!«

»Pscht, ja, weiß ich doch. Wart mal, gerade fällt mir was ein.« Mit leiser Stimme erzählte Mani, dass in den sechziger Jahren der Friedhof rund um die alte Kirche zu klein geworden war und deshalb ein neuer außerhalb des Ortskerns angelegt worden war. Nach dem Umbetten der Toten und Auflösen der Gräber war auf dem frei gewordenen Platz das neue Gotteshaus entstanden, in dem sie jetzt saßen. Sein Vater hatte damals beim Bau mitgeholfen, aus seinen Erzählungen wusste Mani, dass im Untergeschoss neben der Sakristei der neuen Kirche Reste der alten römischen Katakomben zu Versammlungsräumen für kirchliche Vereine sowie ein größerer Veranstaltungssaal, in dem die Landjugend jedes Jahr ein Theaterstück aufführte, ausgebaut worden waren. Toiletten, ein Heizungsraum und mehrere Lagerräume machten das unterirdische Labyrinth inzwischen vollständig.

»Was meinst, wäre der Heizungsraum ein Platz für unseren Calli?«, schlug Mani flüsternd vor.

»Bestimmt ned, da ist es doch viel zu warm!« Walter schüttelte den Kopf.

»Dann kriegt er halt ein paar Falten mehr«, machte sich der Baggerfahrer lustig, erntete dafür einen Rempler mit dem Ellbogen seines Chefs.

»Also manchmal glaub ich, du bist nicht ganz sauber in der Birne«, zischte Walter.

»Ist ja schon gut, das war ein Witz«, wiegelte Mani ab. »Aber wohin dann?«

Bei Manis Erzählung war Walter ein Gedanke gekommen. Die Erleuchtung traf ihn wie ein Blitz, mit beiden Händen vor dem Gesicht beugte er sich vor. »Ich Riesenhornochs, ich depperter Blödian!«, schimpfte er laut mit sich selbst, dass es quer durch das Gotteshaus schallte.

Erschrocken über die Lautstärke, mit der Walter diese Selbsterkenntnis hervorbrachte, stieß Mani ihn seinerseits heftig an. »Pscht, ned so laut! Zum Beichten und Bereuen haben wir grad überhaupt keine Zeit! Reiß dich doch z'samm, Herrschaftszeiten!«

Beinah hätte Walter gelacht, als er den Kopf hob und Mani ansah. »Mani, ich weiß, wie wir reinkommen, und auch, wo wir Calli sein Bettchen bereiten werden. Dass ich da ned vorher drauf gekommen bin, ich Depp …«

Als Mani von den Katakomben unter der neuen Kirche sprach, hatte Walter sich daran erinnert, dass der Kirchenpfleger von Bad Gögging seine Firma vor einiger Zeit beauftragt hatte, kleinere Reparaturen im Keller zu erledigen. Da waren eine Innenwand neu zu verputzen, kleine Risse zu verspachteln und noch so einiges mehr. Das war noch weit vor Baubeginn des Blattl'schen Hotels gewesen, Walter war sogar froh um solche Kleinaufträge, die ihn zwischen größeren Projekten über Wasser hielten. Kleinvieh macht auch Mist. Nach einer schnellen Besichtigung mit dem Kirchenpfleger Gerald Harrer hatte dieser ihm einen Schlüssel überlassen, der ihnen den Zugang zu den Kellerräumen ermöglicht hatte. Zwei seiner Leute hatten den Auftrag damals ausgeführt und nach Abschluss der Arbeiten diesen wieder an Walter ausgehändigt, der die Rückgabe an den Kirchenpfleger erledigen sollte. Aus Zeitgründen war das Treffen bis jetzt allerdings nicht zustande gekommen, was der Grund war, weshalb der Schlüssel noch immer im Handschuhfach des Pick-ups lag.

»Du bist echt ein Hornochs, sorry, Walter.« Mani schüttelte den Kopf, wobei er sich zurückhalten musste, seinen Chef nicht am Kragen zu packen und genauso heftig zu schütteln. »Ich krieg hier dreifachen Schädelbruch vor lauter Nachdenken, und du host die ganze Zeit an Schlüssel! Also ehrlich, ich sollt dich mit dem Calli zusammen irgendwo verscharren, du Esel!«

Zerknirscht hob Walter die Hände. »Hast ja recht, aber jetzt bloß raus aus der Kirche, lass uns das alles schnell erledigen!«

»Stimmt, bald beginnt die Mess, da sollten wir scho fertig sein!« Mani sprang auf.

Gemeinsam trabten sie zurück zum Auto, holten den Schlüssel und die beiden Säcke, machten sich erneut auf den Weg zwischen Pfarrheim und Kirche, wo sich der rückseitige Kellerabgang befand. Prompt als Walter aufsperrte und öffnete, kam der Pfarrer zu Fuß um die Kurve gebogen. Spontan drückte Mani die Tür weiter auf und schob die beiden Säcke mit dem Fuß in den Kellerraum, dann zwängte er sich neben Walter in die Öffnung, um die Sicht zu verdecken.

»Grüß Gott, Herr Pfarrer«, stotterte er erschrocken, und auch sein Chef gab einen murmelnden Gruß von sich.

»Was machen Sie denn hier?«, fragte der Pfarrer misstrauisch. Die offene Tür im Rücken der beiden hatte er freilich längst entdeckt.

Geistesgegenwärtig antwortete Walter laut: »Wir sind bloß zur Kontrolle da, ob die letzten Ausbesserungen im Keller von meinen Leuten gescheit gemacht worden sind oder ob wir noch mal Hand anlegen müssen, Herr Pfarrer.«

»Ach, Sie sind das, Herr Geldmacher. Jetzt hätte ich Sie beinahe nicht erkannt.« Der Geistliche schien beruhigt. »Ja, da waren Bauarbeiter vor einiger Zeit da, die habe ich getroffen. Na dann, alles klar, aber entschuldigen Sie mich, mir pressiert es ein wenig, meine Schäflein warten.«

Mit einem Lächeln ging er eiligst weiter und rief noch »Einen schönen Abend!« zu den beiden hinunter, während bereits das Glockengeläut zur Abendmesse begann.

»Uiuiui, das war knapp«, stieß Walter hervor. Sofort drängte

Mani ihn in den Kellerraum und schlug die Tür hinter sich zu. »Geh weiter, wohin jetzt?«

Walter sperrte die nächste Tür auf. »Da rüber, soweit ich mich erinnern kann. Dort vorn, hinter dem kleinen Lagerraum, gibt es noch einen Rest der alten Bäderanlagen, die nimmer im Bereich des Museums liegen. Aber als zusätzlicher Lagerraum wurde der damals wohl ned gebraucht, da ist noch alles beim Alten.«

Er hob einen Sack hoch, Mani den anderen, dann führte er seinen Komplizen zielsicher durch das Gewirr der unterirdischen Gänge und Versammlungsräume, bis sie diese Kammer erreicht hatten. Ein weiteres Türschloss war zu öffnen, dann standen sie in einem dunklen, kühlen Gewölbe. Spinnweben hingen von der Decke, der Boden bestand aus grob behauenem Gestein, die Luft roch allerdings nicht abgestanden, sondern unerwartet frisch. Die von den Römern in Stein geschlagenen Röhren dienten vielleicht dem Zulauf des Thermalwassers, oder was auch immer die Löcher zu bedeuten hatten, jedenfalls waren sie absolut für ihr Vorhaben passend. Das einzig Neuere in diesem Raum bestand aus ein paar Eisenstangen, einem Holzbrett und einigen Sandsäcken, die achtlos auf einem Steinblock abgelegt worden waren, vergessen vom letzten Hochwasserschutz von vor zehn Jahren.

Walter deutete in einen der ovalen Schächte. »Da rein mit dem Kerl, Mani, die Sandsäcke davor, dann sieht auch niemand die beiden blauen Säcke. Und schön kühl hat er's, der Calli, da bleibt er uns noch lang erhalten.«

»Dein Wort in Gottes Ohr, Walter. Aber hier passt es echt wie die Faust aufs Auge.« Bei einem schnellen Rundumblick hatte Mani an der Außenmauer die beiden Fenster vom Lichtschachtkasten erkannt, das eine geschlossen, das andere gekippt. Er musste lachen. »Und gut belüftet wird er auch noch. Und wir mussten ned mal einbrechen …«

Schon fünf Minuten später war von den beiden blauen Abfallsäcken nichts mehr zu sehen, alle Türen wieder versperrt, der Schlüssel erneut im Handschuhfach deponiert, der Bauunternehmer und sein Helfer machten sich entspannt auf den Heimweg. Wobei sich Mani vornahm, sicherheitshalber eine Kopie des Kellerschlüssels anfertigen zu lassen, man konnte ja nie wissen, wann der Kirchenpfleger Gerald Harrer sein Exemplar zurückforderte ...

ACHT

Donnerstag, 1. Juni 2023

Ausgeschlafen, frisch geduscht und voller Elan betrat Oberkommissarin Silvana Kasbauer am Donnerstagmorgen ihr Büro. Es war Viertel vor acht, aus Erfahrung wissend, dass ihr Chef Olaf Preiss keine Sekunde vor Punkt acht erscheinen würde, holte sie ihr Handy aus der Jackentasche und wählte die Nummer des pensionierten Kommissars Hans Moser.

»Guten Morgen, Frau Kasbauer, ich hab schon auf Ihren Anruf gewartet.« Seine Stimme klang gut gelaunt, und Silvana konnte sich ein schlechtes Gewissen wegen der frühen Störung sparen.

»Herr Moser, guten Morgen! Das ist ja schön! Eigentlich wollte ich Sie fragen, ob Sie sich vielleicht darüber Gedanken gemacht haben, wo wir bei den Ermittlungen ansetzen könnten, aber so wie Sie klingen, haben Sie eh schon Neuigkeiten zu berichten?«

»Na ja, ich befürchte, es ist nix, was Sie durch Recherchen nicht auch selbst herausfinden würden. Aber meine Quellen sind halt schneller, sozusagen druckfrisch, das könnte Ihnen die Arbeit ein bisserl erleichtern.« Er lachte sein gemütliches Lachen.

»Dann schießen Sie mal los, Herr Moser, mein Bleistift ist gespitzt.«

Das galt nur im übertragenen Sinne, denn in Wirklichkeit hatte Silvana die Freisprechfunktion aktiviert, das Telefon neben sich gelegt und saß, mit beiden Händen auf der Tastatur, vor ihrem Computer.

»Tja, inzwischen hat die Nachricht vom Tod Konrad Blattls die Runde in Bad Gögging gemacht. Natürlich weiß niemand etwas Genaueres über die Umstände, über alle möglichen Todesursachen wird gemutmaßt. Und meiner Meinung nach sollte das auch so bleiben, außer Sie möchten die Ergebnisse der Obduktion öffentlich bekannt machen.«

»Was wir mit Sicherheit nicht tun werden, Herr Moser.«

»Genau. Also lassen wir die Leutchen weiter spekulieren und warten darauf, ob sich einer mit Täterwissen selbst verrät. Aber natürlich wäre das zu einfach, darauf können wir nicht hoffen. Frau Kasbauer, Blattls Hotelneubau scheint ein ziemlich heißes Eisen zu sein. Viele der Nachbarn in spe haben sich vehement dagegen gewehrt. Hier sollten Sie eventuell bei der Stadtverwaltung nachfragen, wer sich besonders mit Einsprüchen hervorgetan hat. Und dann gibt es anscheinend eine Gruppe Umweltschutzaktivisten in Bad Gögging, die ebenfalls ziemlich gegen diesen Neubau gewettert haben. Ihr Anführer ist ein junger Mann, Cosmo Sommer, ich kenn den sogar persönlich, denn er arbeitet als Pfleger in meinem Wohnheim.« Hier machte er eine kleine Pause und seufzte, während Silvana schnell ihren letzten Satz fertig tippte.

»Was ist mit diesem Cosmo Sommer, Herr Moser? Sie wollten noch etwas sagen?«

»Eigentlich wollte ich mich gern vorab mit ihm unterhalten, bevor Sie ihn in die Mangel nehmen. Seine Ansichten genauer erkunden, mein ich. Er ist ein so netter Bursche, höflich und hilfsbereit, die pflegebedürftigen Mitbewohner mögen ihn alle sehr. Aber nachdem der Aufstand seiner Gruppe sogar in der Zeitung stand, wären Sie sowieso auf ihn gestoßen, daher erzähl ich es Ihnen lieber jetzt schon.«

»Okay, ja, da werden wir also als Nächstes ansetzen. Und ich werde versuchen, die Befragung dieses Pflegers ohne den Kollegen Preiss zu machen, das würde die Situation sicherlich etwas entspannen. Herr Moser, Sie sind eine wahre Fundgrube! Haben Sie sonst noch etwas in petto?«

»Schon. Vor Kurzem soll Blattl einen seiner Köche fristlos entlassen haben, angeblich, weil er ihn bestohlen haben soll. Spielschulden soll er gehabt haben, sogar die Mafia als Hintergrund wurde erwähnt«, hier kicherte Hans Moser ein wenig, »daher weiß ich nicht, wie diese Information zu bewerten ist.«

Aber da bleibe ich dran und stochere noch ein bisserl nach. Wollen Sie dessen Namen schon wissen, oder reicht es, wenn ich mich dazu wieder melde, wenn ich Näheres erfahren habe?«

»Vorerst kann ich gut mit Ihren Informationen arbeiten, ich vertrau da ganz Ihrem Gefühl, ob dieser Koch für uns wichtig wird oder nicht. Dann können Sie mich immer noch aufklären. Aber, Herr Moser, keine Alleingänge bitte, Sie bleiben schön im Hintergrund, gell? Nicht dass Sie irgendwie in Schwierigkeiten kommen.«

»Oder Sie, wenn der Paragrafenreiter erfährt, woher Sie Ihre Neuigkeiten beziehen.« Jetzt konnte Silvana sein Grinsen deutlich aus der Stimme hören. »Keine Sorge, ich bin und bleib ein unverfänglicher Beobachter, der nur hin und wieder weitergibt, was er so hört und sieht.«

»Dann halten Sie bitte auch weiterhin Ohren und Augen offen.« Silvana lachte. »Danke vorerst, Herr Moser. Ich muss jetzt aufhören, Preiss wird hier gleich auftauchen, und ich muss doch noch fleißig recherchieren, um an die mir vorliegenden Fakten zu kommen.«

Auch Moser lachte. »Dann frohes Schaffen, Frau Kasbauer. Ich geh jetzt zum Friseur, meine paar dürftigen Büschel zurechtstutzen lassen. Auf Wiederhören.«

»Bis bald, Herr Moser, und danke nochmals.« Aber da hatte er schon aufgelegt.

Es war fünf Minuten vor acht, Zeit genug, nach dem Zeitungsartikel im Internet zu suchen, den Hans Moser erwähnt hatte. Gleich darauf war Silvana fündig geworden und druckte ihn aus, nachdem sie ihn kurz überflogen hatte. Dann überprüfte sie die Personalie Cosmo Sommer. Wie sich herausstellte, war dieser durchaus polizeibekannt, war wegen Sachbeschädigung bereits mehrmals zu Geldstrafen verurteilt worden und stand als Mitglied der als militant geltenden Umweltschutzgruppe »Letzte Generation« sogar unter besonderer Beobachtung.

»Sehr gut.« Das eröffnete ermittlungstechnisch ganz neue Möglichkeiten. Zumindest musste sie ihn bei der anstehenden Befragung nicht mit Samthandschuhen anfassen, Cosmo Sommer war durch seine straffällige Vergangenheit den Umgang mit Polizeibeamten gewohnt.

»Moin. Was finden Sie sehr gut?«

Silvana war so in Gedanken vertieft gewesen, dass sie das Eintreten ihres Kollegen Olaf Preiss gar nicht mitbekommen hatte.

»Guten Morgen, Herr Preiss. Ich erzähle Ihnen gleich, was ich herausgefunden habe. Aber vorher brauche ich Kaffee. Soll ich Ihnen einen mitbringen?«

»Sehr gern, vielen Dank.« Er hatte sich hinter seinen Schreibtisch gesetzt und den Computer hochgefahren, während Silvana ins zentrale Vorzimmer trat, in dem mehrere Damen als Schreibkräfte und Sekretärinnen zuständig für mehrere Teams der Kripo waren.

Als sie sich und Preiss mit je einer großen Tasse Kaffee versorgt hatte, informierte Silvana ihn über ihre neuesten Erkenntnisse und präsentierte ihm den Zeitungsartikel.

»Interessant, Frau Kasbauer, gut gemacht. Aber warum haben uns die Blattls gestern nicht erzählt, dass der Neubau auf so heftigen Widerstand gestoßen ist? Wie die beiden das dargestellt hatten, gibt es in Bad Gögging nur eitel Sonnenschein, Friede, Freude, Eierkuchen.«

Preiss hatte lediglich nach Neidern gefragt, fiel Silvana ein, und die gab es anscheinend tatsächlich nicht. Dass aber manche Leute aus anderen Gründen etwas dagegen haben könnten, war auch ihr gestern nicht in den Sinn gekommen. Trotzdem, es sollte den Hinterbliebenen eigentlich klar sein, dass solche Informationen wichtig für ihre Ermittlungen waren.

»Da haben Sie recht, hier sollten wir jedenfalls nachfassen«, meinte sie. »Die Verbindungsdaten von Blattls Handy sind ebenfalls gerade per E-Mail vom Netzbetreiber geschickt worden, da mach ich mich gleich dran. Könnten Sie vielleicht bei Dr. Metzger nachfragen, wie weit er mit der Obduktion ist und bis wann wir mit seinem Bericht rechnen können, Herr Preiss?«

Er nickte wenig begeistert. »Wenn es sein muss, ja, mach ich.«

Und bei der KTU frag ich gleich auch noch nach, vielleicht konnten die inzwischen die Geldbörse und das Telefon auswerten.«

Silvana hockte sich an den Computer, Preiss hängte sich ans Telefon. Er schaffte es tatsächlich, dass sowohl der Bericht der Rechtsmedizin als auch der aus der kriminaltechnischen Untersuchungsstelle innerhalb einer Stunde bei ihnen einliefen.

✳✳✳

Noch ehe Baggerfahrer Manfred Schuster sich am Donnerstagmorgen auf den Weg zur Baustelle machen konnte, läutete sein Handy. Seinen Chef Walter Geldmacher um halb sieben am Telefon zu haben war ziemlich ungewöhnlich, normalerweise trafen sie sich gegen sieben auf der Baustelle, um den Fortgang der Arbeiten zu besprechen.

Überrascht meldete sich Mani: »Morgen, Chef, was gibt's?«

»Morgen, Mani. Ich wollt dir nur Bescheid sagen, dass es dir ned pressieren braucht, momentan kannst eh nix arbeiten.«

»Wie, was, warum ned?« Überrascht ließ sich Mani zurück auf die Eckbank in der Küche sinken.

Walters Stimme klang sauer. »Ich hab grad die Polizei angerufen. Stell dir vor, irgendwelche Idioten haben heut Nacht auf der Baustelle gewütet, alles durcheinandergeschoben und -geworfen, die Bauwagen mit Farbe beschmiert, und auf deinen Bagger hatten sie es leider auch abg'sehen. Die Fenster sind komplett zugesprüht, da musst du erst mal kräftig putzen, bevor du wieder freie Sicht hast.«

»Ja, spinnen die denn? Wer macht denn so was?« Ungläubig fasste sich Mani an die Stirn.

»Das muss die Polizei herausfinden, Mani. Jedenfalls sollen wir so lange nix machen, bis die da sind und die Anzeige aufgenommen haben, ham sie g'sagt.«

»Weiß der Blattl scho Bescheid?«

»Nein, mir war es noch zu früh, um bei dem anzurufen. Das reicht auch noch, wenn die Polizei da war. Der Blattl kann ja auch nix mehr ausrichten.«

Wie recht er unwissentlich mit diesem letzten Satz hatte, erfuhr Walter Geldmacher wenig später.

Mani Schuster war natürlich trotzdem sofort zur Baustelle gefahren, zusammen mit ihm und der restlichen Mannschaft stand Walter Geldmacher nun am Bürocontainer und sah sich um. Kreativ waren die Randalierer gewesen: kunstvolle Totenköpfe und Teufelsfratzen zierten Büro- und Lagercontainer, auch die Bauwagen wiesen ähnliche Verschönerungen auf. Auf der Frontscheibe des Baggers prangte eine drohende Faust und ein von einem Blitz gespaltener Kopf.

Mani lief es eiskalt über den Rücken, als er das sah. Zitternd wies er hinüber. »Soll man das als Morddrohung auffassen, Walter?«

Genervt gab der Bauunternehmer zurück: »Ach, Krampf, Schmierereien sind das, nix weiter. Ich hoff ja bloß, dass die an den Baumaschinen ned auch noch irgendwas kaputt gemacht haben. Die Farbe kriegen wir schon weg, aber wenn die an den Motoren rumgerissen haben, dann schaut's übel aus.«

»Wie du des so ruhig sagen kannst, Walter. Ich könnt glatt trenzen vor Wut.«

»Dann trenz halt«, gab sein Freund kurz angebunden zurück, »aber das bringt uns auch ned weiter. Ah, da kommt die Polizei.«

Zwei Streifenwagen waren auf das Gelände eingebogen und parkten direkt neben den versammelten Bauarbeitern.

»Guten Morgen zusammen.« Ein älterer Beamter stieg zugleich mit drei sichtbar jüngeren Kollegen aus und sah sich fragend um. »Herr Geldmacher?«

Walter trat vor. »Das bin ich. Walter Geldmacher, der Bauunternehmer. Guten Morgen.«

»Polizeioberkommissar Dreiseitl«, stellte sich der Polizist vor. »Tja, Herr Geldmacher, mir scheint, irgendjemand hat etwas gegen Sie oder den Bauherrn. Was bauen Sie denn hier?«

»Ein Hotel für den Konrad Blattl. Der Blattl ist also unser Bauherr und Auftraggeber. Soll ich ihn herholen?«

Kommissar Dreiseitl zog die Stirn in Falten. »Konrad Blattl?

Das wird kaum möglich sein, Herr Geldmacher. Wissen Sie denn noch gar nix davon? Konrad Blattl ist tot!«

Es war, als hätte jemand Walter mit einem Hammer eins über die Rübe gezogen. Kreidebleich schwankte er und stützte sich bei Mani ab, der ebenfalls entgeistert wirkte und den Beamten stumm anstarrte.

»Wie, tot?«, krächzte Walter hervor. »Warum weiß ich nix davon?«

Dreiseitl zuckte die Schultern. »Das kann ich Ihnen leider auch nicht sagen. Jedenfalls wurde er gestern Morgen tot aufgefunden, vermutlich das Opfer eines Gewaltverbrechens. Die Kripo Landshut bearbeitet den Fall. Und die werden wir hiervon sofort in Kenntnis setzen. Könnte ja ein Zusammenhang bestehen.«

»Gewalt-, was, Gewaltverbrechen? Der Blattl ist – ist umbracht worden? Wie … wie denn? Wann denn? Von … von wem denn?« Noch immer schockiert, brachte Walter die Worte kaum heraus.

»Dazu kann ich leider nix sagen, Herr Geldmacher, laufende Ermittlungen, verstehen Sie? Aber jetzt zeigen Sie uns bitte erst mal das ganze Ausmaß dieser Kunstaustellung. Martin, Frank«, wies er zwei seiner Beamten an, »bitte alles fotografieren und dokumentieren. Und du, Oliver, gibst die Meldung an die Kollegen in Landshut weiter.« An Walter gewandt fügte er hinzu: »Vielleicht wollen die Kriminaler sogar die Spurensicherung herschicken, dann wird heute auf der Baustelle gar nichts mehr gehen, befürchte ich.«

»Ist jetzt eh schon wurscht. Kommen Sie mit.« Der Bauunternehmer führte die Beamten durch das Areal, gefolgt von Mani, der erschüttert vor seinem Bagger stehen blieb.

»Wenn der Blattl umbracht worden ist«, sagte er nachdenklich, »dann könnt man so was doch durchaus als Morddrohung auffassen, oder meinen Sie ned a, Herr Kommissar?« Er deutete auf den mit einem Blitz gespaltenen Kopf.

»Das wäre möglich, glaube ich aber nicht. Da wollte wohl einfach einer besonders phantasievoll sein, wahrscheinlich waren ihm die Piraten-Totenköpfe zu langweilig. Aber die Symbolik an und für sich kennen wir schon, diese radikalen Künstler haben sich auch schon an manch anderen Gebäuden in unserem Landkreis verewigt.« Dann sah er sich jedoch nochmals genauer um. »Seltsam ist nur, dass keine Parolen geschrieben, keine Plakate oder Zettel hinterlassen wurden. Das hatten wir noch nicht.«

Sie setzten den Rundgang fort. Der eine Kollege kam nach seinem Telefonat mit Landshut zu ihnen. »Die Spurensicherung kommt, bis auf Weiteres sollen wir darauf achten, dass nix verändert und nix berührt wird, damit keine Spuren verwischt werden können.«

Kommissar Dreiseitl nickte. »Hab ich mir schon gedacht. Also bitte, meine Herren, wir sperren hier jetzt die Zufahrt ab. Oliver, nimm noch die Personalien der anwesenden Bauleute auf. Und Sie beide gehen bitte auch zurück bis zur Einfahrt, wir geben Ihnen dann Bescheid, wenn unsere Arbeiten abgeschlossen sind und Sie mit dem Aufräumen beginnen können.«

Nachdem der Polizist von allen Anwesenden Name, Adresse und Telefonnummer notiert hatte, schickte Walter die restlichen Arbeiter auf Abruf nach Hause. Zurück blieben nur die beiden Freunde, die sich fassungslos anschauten.

»Mannomann, ich glaub, ich spinn.« Walter drückte beide Hände auf seine Wampe, als wäre ihm schlecht. »Der Konrad ist tot, Mensch, Mani, so eine Scheiße! Was machen wir denn jetzt? Mit dem Bau? Und vor allem mit dem Calli?«

Behutsam tätschelte Mani seinen Arm. »Komm, Walter, hock ma uns zu mir ins Auto, da könn ma ungestörter reden.«

Er schob seinen Chef hinüber zum Personalparkplatz und öffnete für Walter zuerst die Beifahrertür, dann ging er um sein Auto herum und setzte sich hinter das Lenkrad.

Was er noch nicht erwähnt hatte, war das kleine Flachmannlager im hintersten Winkel des Handschuhfaches. Mani zog eine Stoffeinkaufstasche hervor und holte zwei kleine Glasfläschchen heraus, wovon er eines an Walter weiterreichte. »Außerdem brauch ich jetzt an Schnaps«, betonte er, »und du schaust grad so aus, als ob du auch einen vertragen könntest, Walter.«

Ohne Widerspruch nahm Geldmacher den Schnaps, schraubte auf und stieß mit ihm an.

Mani hob den Flachmann. »Auf den Blattl. Möge er in Frieden ruhen.«

Nach der zweiten Runde, auf einem Bein steht es sich bekanntlich schlecht, verstaute Mani die Tasche wieder im Handschuhfach und lehnte sich zurück.

»Also, Walter, ich hab jetzt drüber nachgedacht. Wie es weitergeht, mein ich. Aber, ganz ehrlich, eigentlich ändert sich für uns nix, oder? Der Bau wird schon weiterlaufen, schließlich ham wir den Vertrag! Die Blattls können doch jetzt ned einfach sagen, dass das Hotel nimmer gebaut wird, zumal ja die Baugrube und die ersten Schalungen schon stehen. Da wird sich g'wiss nix ändern, glaub mir.«

Walter legte erschöpft den Kopf zurück auf die Nackenstütze und schloss die Augen. »Stimmt schon, Mani, hast recht. Wir haben einen Vertrag, da kommen auch die Blattls ned so einfach raus. Aber was machen wir mit dem Calli?«

Wieder trat ein deutliches Glitzern in Manis Augen, was Walter leider entging.

»Auch da ändert sich nix.« Der Baggerfahrer senkte die Stimme. »Wie der Blattl es vorg'schlagen hat, machen wir den Bau fertig. Und dann, in den letzten Zügen, graben wir den Calli offiziell aus und verhökern ihn an den Meistbietenden.«

Walter wandte sich seufzend zu ihm um. »Ganz so einfach, wie du dir des vorstellst, ist es leider ned, Mani.«

»Warum denn ned?«

»Weil wir den Fund hätten melden müssen, wie ich dir und dem Konrad schon mal g'sagt hab. Ansonsten macht man sich strafbar. Ich hab mich noch am Dienstagabend im Internet drüber schlau g'macht. Alle archäologischen Funde gehören dem Staat und müssen umgehend gemeldet werden. Die Denkmalschutzbehörde schaut sich das dann an und entscheidet, ob der Fund wichtig ist, also zum Beispiel historisch wertvoll und für ein Museum geeignet oder so. Ob man als Finder einen Finderlohn oder eine Entschädigung kriegt, wird dann von

Fall zu Fall entschieden. Leider konnte ich auf die Schnelle nimmer weiterlesen, weil meine Alte zur Tür reinkam und an den Laptop wollte, um ein Rezept für den Römertopf nachzuschauen.«

Erneut lehnte Walter den Kopf nach hinten und rieb sich die Augen. »Ausgerechnet Römertopf, welche Ironie.«

Mani kaute nachdenklich an seiner Unterlippe. »Okay, das ändert aber für uns trotzdem nix. Zumindest ned, solange niemand von dem Calli erfährt.«

Er machte eine kleine Pause, ehe er nachdrücklich fortfuhr: »Ich glaub ned, dass der Blattl irgendwem von dem alten Römer erzählt hod. Wär er ja schön blöd g'wesen. Aber wenn doch, dann kommt's wohl in den nächsten Tagen auf, wo doch die Polizei überall herumschnüffelt. Walter, sollt die Polizei wirklich nachfragen, dann müss ma uns einig sein bei den Aussagen. Dann könn ma alles abstreiten, und niemand kann uns was nachweisen. Wir ham den Calli doch nur zur Seite geräumt, damit der Bau ned eingestellt wird. Sobald der Neubau vom Hotel steht, können wir uns immer noch entscheiden, was und wem wir von dem Calli erzählen.«

Erstaunt öffnete Walter die Augen und drehte sich zu seinem Spezl um. »Du machst mir fast Angst, Mani. Langsam wirst mir direkt unheimlich mit deinen kriminellen Ideen. Meinst ned, wir sollten lieber gleich alles zugeben, wenn uns die Polizei direkt zum Calli befragt?«

Seit wann war denn sein Chef so zögerlich, wenn es um ein Geschäft ging? Verständnislos schüttelte Mani den Kopf. »Warum denn? Walter, denk mol noch! Machen wir doch dem Konrad zuliebe so weiter! Und wenn die Witwe Blattl den Calli dann, sobald wir ihn offiziell präsentieren, vorläufig für des neue Hotel ham will, dann mach ma ihr einen Sonderpreis. Im Gedenken an den Konrad.«

»Du spinnst doch.«

Obwohl Walter noch immer ein heftiges Unwohlsein verspürte, konnte er ein Grinsen nicht ganz vermeiden. Hatten ihn die Überlegungen seines Komplizen zuerst verunsichert, fand er inzwischen Manis Vorschlag gar nicht so dumm. Damit hätten sie tatsächlich Ruhe bis zur Fertigstellung des neuen Hotels, konnten sich in diesem langen Zeitraum gut überlegen, wie es weitergehen sollte. Und unter der Kirche, in seinem kühlen Versteck, war der Calli auch noch länger gut verstaut.

Dachte Walter.

Ihm kam ein anderer Gedanke. »Und überhaupt, was heißt da Sonderpreis? Wir wissen doch gar ned, was so eine römische Moorleiche wert ist.«

»Du bist also dabei?«, vergewisserte sich Mani.

Und wieder einmal ergab sich Walter Geldmacher seinem Schicksal und nickte.

Mani seufzte erleichtert. »Super. Und wegen Callis Wert … des find ich schon noch raus, keine Sorge!«

✳✳✳

Da Hans nach dem morgendlichen Telefonat mit Kommissarin Silvana Kasbauer und seinem anschließenden Frühstück ausreichend Zeit hatte, beschloss er, nicht direkt zum Friseurladen zu gehen, sondern erneut einen Umweg durch die Waldstraße zu machen. Es könnte ja sein, dass der eine oder andere Anwohner sich im Garten oder Hof aufhielt und Hans Gelegenheit bekommen würde, sich zu unterhalten. Sozusagen unverfänglich aus erster Hand von einem Nachbarn etwas mehr über die Ressentiments gegen den Neubau erfahren könnte.

Leider ging sein Plan nicht auf, niemand war zu sehen, doch als er am Ende der Waldstraße an der Zufahrt der Baustelle vorbeikam, stutzte er. Mehrere Polizeiautos und ein Kleinbus hatten vor dem ersten Container geparkt, ein rot-weiß gestreiftes Flatterband versperrte jedoch den Zutritt. Neugierig trat Hans näher, dann entdeckte er die Schmierereien.

»Ach herrje, was ist denn hier passiert?«, entfuhr es ihm überrascht. Zwar konnte er die einzelnen Bilder aus der Entfernung nicht genau erkennen, doch ein Totenkopf an der Wand des Bürocontainers, der der Zufahrt am nächsten stand, war nicht zu übersehen. Plötzlich hörte er Stimmen, die aus einem geparkten Auto in der Nähe zu kommen schienen.

Wie zufällig, im gemütlichen Wanderschritt, ging Hans in diese Richtung, sah zwei Männer bei offenen Türen auf den Vordersitzen hocken und sich unterhalten. Als er näher kam, verstummten die beiden und sahen zu ihm hinüber.

»Guten Morgen.« Hans lächelte freundlich und nickte ihnen zu, tat, als wollte er weitergehen, dann drehte er sich nach ein paar Schritten zu ihnen um und trat an die Beifahrertür.

»Haben Sie das gesehen? Die Polizei auf der Baustelle? Ich will ja ned neugierig sein, aber … was da wohl passiert ist? Kann man irgendwie helfen?«

Ein großer blonder Mann stieg aus. »Guten Morgen. Irgendwelche Idioten haben meine Baustelle lahmgelegt. Haben randaliert und alles mit Farbe besprüht, diese Chaoten.«

»Ihre Baustelle? Ich dachte, hier baut der Blattl … ach, Sie meinen, Sie sind der Bauunternehmer? Von der WGM, wie es auf der Bautafel da vorne steht?«

»Genau. Meine Baufirma, Walter Geldmacher aus Minzing, daher die Firmenbezeichnung WGM. Und wegen diesen Deppen mussten wir die Arbeiten für heute einstellen, bis die Polizei wieder alles freigibt. Wenn ich den oder die erwisch, aber dann …«

»Das tut mir leid für Sie. Kein Wunder, dass Sie wütend sind. Ein Stillstand kostet sicher Geld, das versteh ich. Na ja, wenn die Polizei da schon dran ist, dann werden die Täter bestimmt bald gefunden sein«, gab sich Hans zuversichtlich.

Der gewichtige Bauunternehmer nickte. »Hoffentlich. Entschuldigung, mein Mitarbeiter und ich müssen …«, er wies mit der Hand zum Mann auf der Fahrerseite, »uns weiter besprechen. Auf Wiederschauen.« Und damit stieg er wieder ein und schlug die Autotür zu, was ihm der Mitarbeiter auf der Fahrerseite umgehend nachmachte.

»Ade.« Gelassen drehte sich Hans um und spazierte weiter zur Hauptstraße, um sich endlich auf den Weg zum Friseursalon zu machen.

Na, die haben es aber geheimnisvoll, wunderte er sich, was

gab es über eine Baustelle schon zu reden, was keiner hören sollte? Hans hatte zwar ein paar Brocken der Unterhaltung aufgeschnappt, doch darüber machte er sich im Moment keine Gedanken. Vielmehr beschäftigte ihn dieser Anschlag. Ein seltsamer Zufall, dachte er dabei. Hotelier Konrad Blattl wird ermordet und nachts darauf seine Baustelle verwüstet. Die Graffitis konnten vielleicht auf das Konto der Umweltschützer gehen, wie es bereits der Redakteur der Tageszeitung angedeutet hatte. Aber wären Cosmo Sommer und seine Leute auch dazu bereit, über Leichen zu gehen?

NEUN

»Der letzte Anruf, den Konrad Blattl am Abend seines Todes erhalten hat, kam von einem Walter Geldmacher.«

Inzwischen hatte Kommissarin Silvana Kasbauer den Verbindungsnachweis bearbeitet und herausgefunden, mit wem das Opfer zuletzt telefoniert hatte.

»Geldmacher ist Chef des Baugeschäfts, das den Hotelneubau hochzieht. Und Frau Blattl hatte ja erwähnt, dass ihr Mann nach diesem Anruf zur neuen Baustelle gefahren ist. Also müssen wir diesen Geldmacher befragen, um was es dabei ging, wie lang das Treffen dauerte und so weiter.«

Sie drehte den Stuhl in Richtung ihres Kollegen. »Und wie schaut es bei Ihnen aus?«

Preiss nahm die Brille ab und rieb sich die Augen. »Der Obduktionsbericht ist eindeutig, es war Tod durch Ertrinken. Allerdings hat die Spurensicherung am Tatort nach dem Gegenstand gesucht, mit dem das Opfer zuvor vermutlich niedergeschlagen worden war, fand aber nichts Entsprechendes.«

Er scrollte den Bildschirm weiter, um die nächsten Ergebnisse lesen zu können. »Dafür waren aber am Geländer des großen Tretbeckens kleine Blutflecke, die vom Blattl stammten. Dr. Metzger vermutet jetzt, dass Blattl bei einer handgreiflichen Auseinandersetzung nach hinten gefallen war oder gestoßen wurde und mit dem Hinterkopf gegen das Geländer prallte. Danach war er vermutlich bewusstlos, und der Täter muss ihn zu der Wanne gezerrt und ihm den Kopf so lange unter Wasser gedrückt haben, bis er ertrunken ist. Bei der Obduktion haben sich weitere Hämatome unter den Achseln gefunden, also könnte es so abgelaufen sein.«

»Eine Tat im Affekt also?«

»Schon möglich, Frau Kasbauer«, nickte er. »Ich nehme an, dass bei einem vorsätzlichen Tötungsdelikt der Täter zumindest die Blutspuren am Geländer abgewischt hätte. So war ihm wohl dieser wie auch immer verursachte Unfall zugutegekommen, und er tat seinen endgültigen Teil dazu. Leider konnte das Labor keine Fremd-DNA oder anderweitige konkrete Hinweise am Toten finden. Wenn an der Strickjacke des Opfers irgendwelche Partikel hafteten, hat sie das Stinkerwasser in der Wanne ausgeschwemmt.«

Silvana musste grinsen. Stinkerwasser bezeichnete die Schwefelquellen mehr als treffend. »Das ist schade, hilft aber nix«, gab sie bedauernd zurück.

Irgendwie fand sie ihren Kollegen Preiss gar nicht mehr so schlimm. Sobald er ausgeschlafen hatte und einige Ermittlungsergebnisse vorlagen, war er durchaus genießbar. Daher sagte sie in leichtem Ton: »Dann ermitteln wir eben auf die herkömmliche Art weiter. Soll ich den Beschluss für die Konteneinsicht vom Blattl beantragen? Und abklären lassen, wer nun im Endeffekt erbt und wie viel?«

Olaf Preiss nickte. »Auf jeden Fall, ja, tun Sie das. Und ich hol mir das Handy und das Portemonnaie des Toten aus der KTU, dann können wir deren Auswertungen, was sie trotz der Nässe noch herausfinden konnten, zusammen bearbeiten.«

Preiss kam allerdings nicht mehr dazu, denn der Anruf eines Kollegen von der Polizeiinspektion Kelheim kam herein, der die Sachbeschädigung auf Blattls Baustelle meldete.

Umgehend veranlasste Hauptkommissar Preiss die dortige Absperrung und forderte zugleich die Spurensicherung an.

Nachdem er sie über die Neuigkeiten informiert hatte, sagte er zu Silvana: »Jetzt wird es interessant. Der Kelheimer Kollege meinte, dass Anschläge dieser Art schon mehrmals im Landkreis stattgefunden haben, Täter aber noch nicht ermittelt werden konnten. Unsere Freunde der ›Letzten Generation‹ wären wohl am verdächtigsten.«

Nachdenklich rieb er sich über das Kinn. »Wäre der Vorfall auf der Baustelle vorgestern Nacht passiert, hätte ich gesagt, der Blattl ist diesen Randalierern dazwischengekommen und deswegen getötet worden. Aber eine Nacht später? Was macht das für einen Sinn?«

»Der Neubau vom Hotel wird sicher nicht gestoppt werden, nur weil Konrad Blattl nicht mehr lebt«, überlegte Silvana. »Falls die Umweltschützer hinter der Aktion auf der Baustelle stecken, kann alles Zufall sein. Vielleicht wissen die ja noch gar nicht, dass der Blattl tot ist.«

Preiss nickte und seufzte. »Wie auch immer, eine weitere Fahrt nach Bad Gögging wird uns nicht erspart bleiben. Wir brauchen ein zweites Gespräch mit der Witwe und dem Sohn, dann die Befragungen von Bauunternehmer Walter Geldmacher und dem Umweltaktivisten Cosmo Sommer. Aber nicht mehr heute, Frau Kasbauer, zuerst sollten wir alle anderen Dinge erledigen. Morgen früh reicht wohl, oder was denken Sie?«

Silvana nickte. »Einverstanden.« So hatte sie noch genügend Zeit, ihren Informanten Kommissar a. D. Moser über die neuesten Entwicklungen in Kenntnis zu setzen.

∗∗∗

Von der Baustelle kommend überquerte Hans Moser die Staatsstraße und marschierte den Bürgersteig Richtung Dorfmitte entlang. Es war nicht weit bis zum Friscurladen. Nach der Straßeneinmündung, die rechter Hand zum Friedhof und zur Limes-Therme führte, befanden sich linksseitig eine Genossenschaftsbank, die örtliche Bäckerei und eine Tankstelle, die zusätzlich ein Autohaus betrieb und dadurch im Außenbereich zahlreiche Wagen zum Verkauf stehen hatte. Hans marschierte daran vorbei, ohne darauf zu achten. Er hatte früher in Ansbach ein Auto besessen, doch seit er in Bad Gögging wohnte, brauchte er keines mehr. Hier interessierten ihn sowieso mehr die Wanderwege, die Einkaufsgeschäfte in Neustadt waren mit dem Linienbus oder dem KEXI, einem Rufbus des Landkreises Kelheim, zu günstigen Preisen gut zu erreichen. Daher stiefelte er, das Autohaus links liegen lassend, gemütlich weiter.

Die Hauptstraße Bad Göggings führte danach über die Abensbrücke, hinter der man zum Kurhotel Blattl abbiegen konnte. Doch noch vor der Brücke lag das Friseurgeschäft, das Hans schon sehr oft in den letzten dreißig Jahren aufgesucht hatte. Es war ein moderner Bau mit großen ebenerdigen Fenstern, durch die man einen Einblick in den ebenso modern ausgestatteten Salon bekam. Einige Werbeaufsteller für Shampoos und Tönungsmittel allerdings verhinderten eine zu genaue Sicht. Der Abstand zwischen diesen Aufstellern erlaubte trotzdem eine Einschätzung, wie groß der Zulauf war und wie lange man warten musste, wenn man, wie Hans, ohne Termin erschien.

Die Zeit schien günstig, Hans trat ein. An der linken Längsseite befand sich die Damenabteilung, wie man an den Trockenhauben und den großen Spiegeln gut erkannte. Er wusste bereits von seinen früheren Besuchen, dass es rechts der Tür schlichter zuging, auf der sogenannten Herrenseite, die lediglich die schmälere Giebelseite des Gebäudes einnahm. Zwar waren auch hier einige große Spiegel und ein Haarwaschbecken vorhanden, aber anscheinend musste ein einziger Föhn in diesem viel kleineren Kabinett ausreichen, den man nach Bedarf von Platz zu Platz mitnehmen konnte. Mehr war insofern nicht nötig, da bei Männern die Kopfzierde oft nicht mehr als üppig zu bezeichnen war und Lufttrocknung sinnvoller erschien. Das hatte sich bis heute nicht geändert, stellte Hans fest. Stichwort Energiesparen, sehr löblich.

»Servus beieinander«, grüßte er die wenigen Herren, die auf der Sitzbank am Fenster auf ihren Haarschnitt warteten. Zwei der Anwesenden grüßten zurück, ein dritter las vertieft im »Kicker«, der Fußballzeitung schlechthin, und knurrte nur zurück.

Der Friseur, Sohn des Firmengründers und von allen nur Micky genannt, heutzutage musste es ja unbedingt ein neudeutscher Name sein, hatte gerade einen Kunden Mitte zwanzig vor sich, mit dichter blonder Lockenpracht, die er mit Kamm und Schere bearbeitete. Micky sah kurz hoch und nickte freundlich: »Herr Moser, grüß Sie Gott! Wir hatten aber keinen Termin, oder?«

Hans setzte eine betretene Miene auf. »Tut mir leid, Micky, nein, das hab ich ehrlich verschwitzt. Wenn es grad gar nicht passt, dann komm ich ein andermal wieder. Aber ich kann auch warten, als Rentner pressiert ja nix mehr.«

Er grinste, und Micky grinste einvernehmlich zurück. Beide waren sich im Klaren darüber, dass gerade Rentner meistens eingespannt waren und fast nie Zeit fanden für wichtige Dinge. Wohlgemerkt wichtig im Auge des Betrachters wie so mancher Ehefrau, zum Beispiel.

Micky streifte die wartenden drei Kunden mit einem berufsmäßig schnellen Blick. »Passt schon, Herr Moser, vor der Mittagspause kann ich Sie gern noch reinschieben.«

»Prima, vielen Dank.« Nichts anderes hatte Hans erwartet, zufrieden nahm er sich eine der Illustrierten aus dem Zeitungsständer und setzte sich auf einen freien Platz. Bei seinem Eintreten war zwischen den anwesenden Herren, bis auf den »Kicker«-Leser, eine lebhafte Unterhaltung im Gang gewesen, die abrupt geendet hatte, während er mit Micky sprach.

Als Hans sich nun setzte, fühlte er sich wie ein Hemmfaktor. Zu gern hätte er dem Tratsch weiter zugehört, deshalb meinte er mit seinem harmlosesten Gesichtsausdruck: »Lassen Sie sich durch mich nicht stören.« Er schlug das Heft auf, um darin zu lesen. Gerade als er sich auf den ersten Artikel konzentrieren wollte, setzte sich die Unterhaltung der anderen, die sich anscheinend gut kannten, fort.

Es ging glücklicherweise um die aktuellste Nachricht im Bad Gögginger Dorffunk: Konrad Blattls Tod.

Ein recht mager wirkender Mann Mitte sechzig schimpfte: »Glaubst es, dass jemand den Blattl umbracht hod, hod bestimmt was mit dem Neubau von seinem nächsten Hotel zum do. Der war so ruachad, der konnt seinen Kragen scho auch nie vollkriang.«

»Aber wenigstens gibt's dadurch wieder ein paar neue Arbeitsplätze, Alois«, wandte sein Sitznachbar ein, ein rotblonder, pausbäckiger Mann im gleichen Alter.

Sieh an, dachte Hans, auch andere teilten seine Ansicht, die er bereits beim letzten Gespräch mit Cosmo Sommer hatte anklingen lassen. Aber er zügelte sich, blieb weiterhin vertieft in seine Zeitschrift und spitzte die Ohren.

Der magere Alois lachte. »Des stimmt zumindest. Aber leicht wird's wohl ned werden, g'scheite Leut zu finden. Für den Koch, den der Blattl letztens rausg'worfen hat, hat er immer noch keinen Ersatz, hab ich g'hört.«

»Warum hat er denn einen Koch entlassen?«, wollte sein Gesprächspartner wissen.

Alois zuckte mit den Schultern. »Ich will ja niemanden schlechtreden, Sepp. Aber der Freund unserer Heidi kellnert doch beim Blattl. Und der hat erzählt, dass sein Chef den Koch angezeigt hod, weil der angeblich einige Flaschen Wein und Schnaps hat mitgehen lassen. Dabei schwört der Toni, das ist der Koch, dass er es gar ned war. Aber dem Blattl war des anscheinend wurscht. Hat ihm kurzerhand gekündigt und ihm dann auch no die Anzeige hinterherg'schickt. Als ob des so ein riesiges Verbrechen g'wesen wär, selbst wenn's stimmt. Es würd mich ned wundern, wenn der Toni vor lauter Wut dem Blattl eins übergebraten hätt.«

Der Figaro Micky ließ die Schere sinken und wandte sich zu ihnen um. »Es stimmt sicher ned, Alois. Der Toni ist ein anständiger Kerl, der macht so was ned.«

»Und woher willst jetzt du des so genau wissen, Micky?«, konterte der rothaarige Sepp.

»Ich kenn den Toni recht gut«, sagte der junge Friseurmeister leise und drehte sich wieder seinem Kunden zu. »Eigentlich ist er sogar ein Freund von mir. Und deswegen weiß ich, dass ihm das jemand angehängt hat. Anders kann es gar ned g'wesen sein.«

»Wenn du des sagst«, gab Alois friedfertig zurück, »und gleich a Anzeige vom Blattl find ich eh übertrieben wegen so einer Kleinigkeit.«

Der pausbäckige Sepp grinste Micky im Spiegel an. »Dich zeig ich auch an, wennst mir heut wieder so einen Haarschnitt verpasst wie das letzte Mal. Da würd ich jeden Prozess gegen dich gewinnen.«

Micky lachte und stellte trocken fest: »So schlimm kann's ned gewesen sein, Sepp, sonst wärst du heut ned wieder da.«

»Eine zweite Chance hat jeder verdient«, gab Sepp einlenkend zurück.

In der Zwischenzeit mit dem Haarschnitt des Blondschopfs fertig, hob Micky gekonnt einen Handspiegel und zeigte dem Kunden das Ergebnis. Dieser nickte zustimmend, Micky pinselte die abgeschnittenen Locken vom Umhang, zog ihn elegant hervor, drehte den Stuhl zur Seite und entließ ihn mit einem: »Danke schön, zahlen bitte bei der Kollegin an der Kasse. So, der Nächste bitte. Sepp, auf geht's, du bist dran«, forderte er den Rothaarigen auf, Platz zu nehmen.

Hans verhielt sich betont unauffällig, blätterte hin und wieder in der Zeitschrift, hielt ansonsten jedoch den Mund. Niemand merkte, dass er interessiert lauschte.

Das Geplauder der Männer schwenkte nun in eine andere Richtung.

»Bist heut allein für uns da?«, fragte Sepp den jungen Friseur, während er auf dem Stuhl Platz nahm.

Micky nickte. »Siehst ja, was bei den Damen drüben los ist, alle meine Mitarbeiterinnen sind voll beschäftigt, und zwei meiner Azubinen haben heut Berufsschule.«

»Die eine davon wär mir aber lieber gewesen als du«, bemerkte er unverblümt. »Sie hat mir beim letzten Mal ihren Busen immer ins G'nack gedruckt, wenn s' vorn geschnitten hat, du, des war sehr angenehm, fast wie Wellness, sag ich bloß«, scherzte er und verdrehte dabei genießerisch die Augen.

»Ich druck dir auch gleich was ins G'nack«, drohte Micky und schlang ihm den Umhang fester als üblich um den Hals. »Passt es so?«, fragte er scheinheilig mit einem Grinsen.

»Spinnst du jetzt, willst mich umbringen?«, krächzte Sepp und tat, als müsste er nach Luft ringen.

»Ach woher! Ich hab bloß g'meint, ich hab zwar keinen Busen, dafür aber auch viel, viel Gefühl ... Von wegen Wellness! Aber Spaß beiseite, jetzt geht's los.« Und er begann zu schnippeln.

Hans amüsierte sich bestens hinter seiner Illustrierten.

Währenddessen unterhielten sich die drei weiter, jetzt allerdings über alltägliche Dinge wie Wetter, Hopfenanbau, Milch- und Schweinepreise, was Hans nicht wirklich interessierte. Schließlich wurde auch Sepp entlassen, zahlte und ging, bald darauf auch der Alois. Die Damenseite hatte sich ebenfalls merklich gelichtet, es ging eindeutig auf die Mittagspause zu.

Der schweigsame »Kicker«-Leser kam dann noch vor Hans dran, war nach zehn Minuten aufgehübscht und verließ mit einem »Een scheenen Dooch« das Friseurgeschäft. Aha, dachte Hans schmunzelnd, daher das Schweigen, als Sachse hatte er wahrscheinlich kein einziges Wort der Unterhaltung verstanden.

Und dann war endlich er an der Reihe, stand auf und nahm auf dem Drehstuhl Platz.

»Na, Herr Moser, machen wir's wie immer?«, fragte Micky, während er den Umhang festband.

»Ja, schon, bei den dünnen Flunsen braucht's auch ned mehr als ein bisserl stutzen.«

Micky feixte, zückte Kamm und Schere und begann sein Handwerk.

Nach ein paar Minuten sagte Hans vorsichtig: »Der Tod von Konrad Blattl scheint wohl überall Gesprächsthema zu sein. Am Friedhof hab ich auch schon davon gehört. Schlimm, so was, gell, Micky?«

»Eh klar. Aber, ganz ehrlich, Herr Moser, es regt mich so auf, dass niemand was Genaues weiß, aber jeder seinen Senf dazugibt. Sogar den Toni ziehen sie da hinein, das ist wirklich unglaublich.«

»Du kennst diesen Toni wohl recht gut. Du traust ihm also weder das Krampfeln von den Schnapsflaschen zu noch dass er dem Blattl was angetan hat, oder?«

Mit der Schere in der Luft hielt Micky inne. »Der würde weder das eine noch das andere tun, Herr Moser«, gab er überzeugt zurück. »Klar war er sauer, aber eigentlich weniger auf seinen Chef als auf denjenigen, der ihm das eingebrockt hat. Es muss einer der Beiköche gewesen sein, der ihn angeschwärzt hat, da sind wir uns fast sicher. Purer Neid steckt da dahinter, das sag ich Ihnen!«

»Und worauf soll dieser Beikoch neidisch gewesen sein?«

Wortlos schnippelte Micky eine Zeit lang an Hans herum, bevor er erneut die Arbeit unterbrach. »Eigentlich hätte der Toni in die Küche der Rehaklinik wechseln sollen«, antwortete er leise, »aber nicht nur als Souschef, sondern als Küchenchef. Der Blattl war so begeistert von seinem Können und seinem Engagement, dass er ihm das vorgeschlagen hat, und der Toni hat mit Freuden zug'sagt. Zum ersten Juli hätt er da anfangen sollen, aber dann kam diese Sache mit dem Diebstahl auf. Und dann war's vorbei mit der Beförderung.«

Micky setzte seine Arbeit fort, sprach aber nicht mehr weiter. Im Spiegel konnte Hans sein wütendes, verbissenes Gesicht erkennen. Er getraute sich nicht, den Kopf zu bewegen, daher hob Hans nur leicht eine Hand von der Armstütze.

»Ja, das ist ganz schön bitter«, pflichtete er verständnisvoll bei. »Aber warum hat denn der Konrad Blattl plötzlich so an ihm gezweifelt, wo er doch vorher anscheinend große Stücke auf ihn gehalten hat?«

Micky zuckte mit den Schultern, wobei er die Mundwinkel nach unten zog. »Ja, mei, der Toni hat halt schon ein bisserl was aufm Kerbholz. Vor einigen Jahren ist er b'soffen Auto gefahren und hat einen Unfall verursacht. Kein Personenschaden, Gott sei Dank, aber eine ganze Menge Sachschaden. Und die Versicherung hat verständlicherweise keinen Cent bezahlt. Also, der Toni hockt jetzt mit einem Haufen Schulden da. Und diese Tatsache hat dem Blattl wohl gereicht, dass er der Aufhetzerei von anderen geglaubt hat.«

»Aber der Toni sagt, er war es nicht, er hat nix gestohlen?«, vergewisserte sich Hans nochmals.

»Ich glaub ihm«, gab der Friseur nur zurück. Gleich darauf legte er Kamm und Schere zur Seite, hob den Handspiegel und ließ Hans das Ergebnis sehen. Eigentlich bestand kein wesentlicher Unterschied zu vorher, doch Hans nickte zufrieden und lächelte. »Super, Micky, passt wie immer. So, und jetzt hast du dir deine Mittagspause redlich verdient!«

An der Kasse gab Hans gutes Trinkgeld, sowohl für das Mädel, das eigens zum Kassieren auf ihn gewartet hatte, als auch für Micky. Vielleicht würde er ja seinem verschuldeten Freund etwas davon abgeben.

ZEHN

Ein kleines bisserl angesäuselt von den beiden Flachmännern am Morgen kam Mani Schuster einige Minuten vor zehn von der Baustelle nach Hause. Walter hatte ihn letztlich ebenso auf Abruf entlassen wie die restliche Mannschaft.

»Hilft ja nix«, hatte er zu Mani gesagt, »ob wir hier blöd rumhocken oder heimfahren, bleibt sich gleich. Arbeiten können wir heut wahrscheinlich eh nimmer.«

Manis Frau Hilde hatte dumm geschaut, als er plötzlich in der Tür stand. Mit dem Staubwedel fuchtelte sie vor seinem Gesicht herum. »Was machst jetzt du da? Bist du krank?«

Mit einem Grinsen schob er sie beiseite. »Na, wir haben Zwangsurlaub bekommen, polizeilich verordnet.« Kurz schilderte er ihr die Situation auf der Baustelle, während er zum Kühlschrank ging und sich eine Flasche Bier herausnahm.

Kopfschüttelnd sah sie ihm zu. »Spinnst du? Du kannst doch ned jetzt schon Bier saufen, es ist noch vor Mittag!«

»Eben.« Gelassen ließ Mani den Kronkorken zischen und drehte sich zu ihr um. »Es wär grad Zeit für die Brotzeit, da leiste ich mir immer a Halbe. Meine Brote kannst übrigens in den Kühlschrank legen, die ess ich dann irgendwann später.«

Bedeutsam hob er den kleinen Rucksack, in dem Hilde täglich seine Verpflegung einpackte, ließ ihn dann aber achtlos auf dem Küchentisch liegen.

Angesäuert fauchte sein Hausdrache: »Ja, freilich, dein Bier kannst dir aus dem Kühlschrank rausholen, die Brote aber ned reinpacken, oder wie? Ich hab auch was zu tun, falls dir des aufg'fallen ist!« Erbost stemmte sie die Hände in die Hüften.

Mani trat zu ihr und hauchte ein zartes Bussi auf ihre Stirn. »Du kannst des viel besser als ich, Schatzl. Außerdem hab ich trotzdem was zu arbeiten, der Walter wollte, dass ich ein paar Sachen im Internet recherchier.«

Er schnappte sich den Familienlaptop, der immer für alle zugänglich in der Küche am äußersten Eck der Arbeitsplatte stand, klemmte ihn sich unter den Arm, winkte ihr mit der Bierflasche lächelnd zu und verzog sich hinaus auf die Terrasse.

»Alter Bierdimpfl«, murrte Hilde hinterher, nach seinem Busserl beinahe versöhnt, holte die Brotzeitbox aus dem Rucksack und stellte sie zusammen mit den am Morgen eingepackten Wasserflaschen zurück in den Kühlschrank.

Mani hatte den Sonnenschirm aufgespannt, sich an den schattigen Tisch gesetzt, vor ihm stand der aufgeklappte Laptop.

Im Suchfeld von Google gab er »Römerrüstung« ein, worauf sich unzählige Treffer ergaben, die ihm aber bei genauerem Hinsehen nicht weiterhalfen. Schließlich hatte er keinen blassen Schimmer davon, aus welcher Zeit Callis Militärausrüstung stammte, vor allem aber aus welchem Material sie gefertigt war. Auch das Heranziehen der vielen Bilder zum Vergleich, die die Suchmaschine aufzeigte, brachte nichts, da Mani sich nicht mehr so genau erinnern konnte, wie Brustschutz und Helm ausgesehen hatten. Hätte ich den Calli doch nur mit dem Handy fotografiert, bevor ich ihn verpackt hab, ich Depp!

Sollte er tatsächlich noch mal zur Kirche fahren und den alten Römer ablichten? Soweit er wusste, lag der Originalschlüssel für die Kellertür immer noch im Pick-up (den inzwischen nachgemachten hatte er in seiner Wäschekommode im Schlafzimmer versteckt), das wäre also kein Problem. Was aber könnte er mit den Fotos anfangen?

Plötzlich fiel ihm sein Bekannter Sebastian ein. Er hatte ihn vor einigen Jahren auf dem Römerfest »Salve Abusina« in Eining kennengelernt. Ein begeisterter Anhänger der Römerzeit, der sein Hobby sehr ernst nahm, sich entsprechend authentisch als Legionär verkleidete und seiner Leidenschaft auf sämtlichen römischen Veranstaltungen in der näheren und weiteren Umgebung frönte. Sebastian müsste eigentlich wissen, was die antiken Fundstücke einbringen könnten, wenn man sie verkaufen würde. Mani würde ihm schreiben oder ihn anrufen, beschloss er, seine Handynummer hatte er sicher damals abgespeichert.

Gerade als er sich erhob, um das Mobiltelefon zu holen, das

er in der Küche liegen gelassen hatte, erschien seine Angetraute mit einer Tasse Kaffee auf der Terrasse, zog sich den Stuhl ihm gegenüber heran und ließ sich seufzend nieder.

»Du, Manfred, ich muss dir was sagen …«, begann sie vorsichtig, sah dabei zu Boden und vermied jeglichen Blickkontakt.

Mani kannte ihr Verhalten, und ihm wurde mulmig. Wenn sie so herumdruckste, dann wollte sie etwas von ihm, was *er* mit Sicherheit nicht wollte. Um sich gegen ihren Anschlag, wegen was auch immer, zu wappnen, sank er zurück auf den Stuhl, nahm einen kräftigen Schluck aus der Bierflasche und ließ einen lauten Rülpser folgen.

»Na, geht's noch, du Saubär«, rügte Hilde.

»Entschuldige scho, aber bei uns in der Arbeit is des ganz normal.« Um den Augenblick der Wahrheit, der ihre sicherlich schlechten Neuigkeiten offenbaren würde, weiter zu verzögern, fügte er hinzu: »Außerdem hob ich mal irgendwo gelesen, dass es ein Sprichwort gibt, das da heißt: ›Warum rülpset und pfurzet Ihr nicht, hat es Euch nicht geschmecket?‹« Und er zog gleich nochmals an der Flasche.

Darüber konnte sie nicht lachen. Fahrig schob sie die Kaffeetasse beiseite und legte beide Hände auf die Tischplatte.

»Ein bisserl mehr Anstand würde dir ned schaden, Manfred, noch dazu, wo meine Mutter zu Besuch kommt. Da brauchst du so was nicht machen«, ermahnte seine bessere Hälfte ihn energisch.

»Was?« Erschrocken riss Mani die Augen auf. »Warum denn das? Sie war doch erst zu Weihnachten da, das muss doch fürs ganze Jahr reichen, oder?«

Von ihrer Ankündigung mehr als überrumpelt, konnte Mani die Abneigung gegenüber seiner Schwiegermutter schlecht verbergen. Er dachte mit Grausen an das unvergessliche Erlebnis mit dieser schrecklichen Frau, die ihm damals sogar die Hochzeitsnacht versaut hatte, weil sie im schönsten Moment ins Schlafzimmer gekommen war und gefragt hatte, wo die Beutel für einen Kamillentee seien, da sie nicht einschlafen könne.

»Keine ruhige Minute hod ma, wenn de Bissgurn im Haus is«, fügte er missmutig hinzu.

Empört hob sie die Augenbrauen. »Wie sprichst du denn von meiner Mutter?«

»Is doch wahr«, verteidigte er sich, »immer wenn sie da is, gibt's Streit, weil sie sich überall einmischt und ihr nix passt. Die ewigen Vorwürfe, dass ich nur ein Bauarbeiter bin und nix G'scheites gelernt hob, konn ich echt nimmer hören.«

»Jetzt übertreib doch ned so! So schlimm ist sie jetzt auch wieder ned, und sie bleibt ja bloß zweimal über Nacht, dann fahrt sie ja wieder heim. Bitte, Manfred, das kriegen wir doch hin, oder? Heute Abend und morgen wirst du dich schon mal z'sammenreißen können.«

Sie verlegte sich aufs Einschmeicheln, da sie im Grunde wusste, wie recht Mani hatte. Aber es war schließlich ihre Mutter, sie konnte und wollte sie nicht des Hauses verweisen, nur weil ihr Mann so ein unversöhnlicher, intoleranter Dickschädel war.

Säuselnd fügte sie hinzu: »Das passt jetzt ganz gut, dass du heut ned arbeiten musst. Im Gästezimmer müsste die Matratze gedreht werden, und wenn du mir helfen könntest, die Vorhänge runterzunehmen? Bitte, Manfred, du wärst mir eine große Hilfe.«

Wie immer erlag er Hildes flehendem Ton. Seine Schwiegermutter war zugegeben schwierig, das sprichwörtliche Beispiel eines Schwiegerdrachens, aber seine Frau entsprach Gott sei Dank dem Charakter ihrer Mutter in keiner Weise. Na ja, ein bisserl schon, aber seine bessere Hälfte war zumeist ruhig, verständnisvoll, witzig, fleißig, rücksichtsvoll und herzlich. Sonst hättest du sie auch nicht geheiratet, mahnte seine innere Stimme. Und mit seinem Charme hatte er sie bisher immer auf seine Seite ziehen können. Hilde hatte sich ihre Eltern schließlich nicht aussuchen können, das war ihm klar, und für seine Abneigung gegenüber ihrer Mutter konnte sie absolut nichts.

Daher brummte Mani eine Weile vor sich hin, nahm noch einen Schluck und seufzte bodentief. »Gibt's einen bestimmten Grund, warum sie bei uns aufkreuzt?«

Im Gefühl, schon halb gewonnen zu haben, lächelte sie ihn

warm an. »Der Frauenbund veranstaltet doch im Römermuseum dieses Event mit einem angesagten Künstler, der mit Lichteffekten und Meditationsmusik so eine Art Seelenreise darstellt. Ich hab ihr am Telefon davon erzählt, dass das angeblich gegen Stress helfen und für innere Ruhe und Ausgeglichenheit sorgen soll. Und da hat sie g'meint, so was könnt sie auch gebrauchen, und hat sich quasi selbst eingeladen. Da konnt ich doch schlecht Nein sagen, oder, Manfred?«

»Genau, so was braucht ihr Weiber vom Frauenbund, innere Ruhe, weil ihr von euren Männern so gestresst seid, gell? Ihr spinnts doch alle komplett«, schimpfte Mani. »Außerdem ist's mal wieder typisch für deine Mutter, sie braucht Entspannung, dass ich ned lach! Derweil ist sie diejenige, die alle aufregt und in Stress bringt. Wann soll denn der Blödsinn, oh, Verzeihung, dieses Event stattfinden?«

»Ja, äh, am Freitag, also morgen, nach dem Abendgottesdienst so um acht Uhr. Bis dahin soll's wohl dunkel genug sein, damit die Lichteffekte gut rüberkommen.«

»Und des Ganze ist in der alten Kirch', sprich im Römermuseum?«

Sie nickte, und er atmete insgeheim auf. Wie gut, dachte er, dass wir den Calli ned im Museum, sondern in einem Gewölbe daneben eingelagert haben. So kann er weiterhin unbehelligt auf der faulen Haut liegen, buchstäblich gesehen.

Mehr oder weniger leidend fand er sich schließlich damit ab, dass seine Schwiegermutter zu Besuch kam. Komisch, dachte er, erst vor wenigen Tagen hatte er wegen dem alten Römer, der ihr zum Verwechseln ähnlich sah, an sie denken müssen. Musste wohl an seinem schlechten Karma liegen, dass sie jetzt sogar in natura bei ihm auftauchte. Aber trotz der Ähnlichkeit war ihm der Calli doch tausendmal lieber!

❊❊❊

Nach dem Friseurbesuch wanderte Hans gemütlich Richtung Wohnheim. Seit dem Fund des toten Hoteliers hatte er sich für die ganze Woche aus dem Konzeptplan für die Mittagsmahlzeiten im betreuten Wohnen abgemeldet. Irgendwie wollte Hans sich auf einmal nicht mehr durch fest vorgegebene Zeiten einengen lassen. Was, wenn er gerade eine heiße Spur verfolgte und dann unterbrechen müsste, nur um pünktlich zum Essen zu erscheinen?

Daher hatte er heute gut gefrühstückt, und ein gutes Polster trug er schon auch um die Hüften, um nicht gleich vor Schwäche umzufallen, falls er etwas später als üblich den Magen füllen würde.

Diesmal nahm er den kürzesten Weg, entlang der Hauptstraße, vorbei an einem Café, dessen Freisitzfläche an diesem warmen Tag sehr gut besucht war. Als er zur Einmündung Richtung Friedhof kam, überholten ihn flotten Schrittes mehrere Fußgruppen junger Leute, allesamt mit einer Tasche oder einem Rucksack bepackt, laut redend und lachend. Sie eilten zu Autos am Friedhofsparkplatz, verabschiedeten sich dort voneinander und sausten davon. Hans sah auf die Uhr, es war zehn nach eins, Unterrichtsschluss oder Mittagspause an der Berufsfachschule für Physiotherapie, schlussfolgerte er. Ob sich unter diesen angehenden Fachkräften wohl welche befanden, die laut Erika Weckers Aussage mit Cosmo Sommer herumhingen, also tatkräftig seine Anliegen unterstützten? Naturschützer im Sinne der »Letzten Generation«?

Schade, dass die Stadtverwaltung damals nach der gesprengten Sitzung des Bauausschusses auf eine Anzeige verzichtet hatte. So waren sicher auch keine Personalien bekannt geworden, außer die von Cosmo natürlich, der sich öffentlich beim Reporter geäußert hatte.

Ach ja, der Reporter, wie war gleich noch mal sein Name? Joachim Danner, richtig, mit ihm wollte sich Hans ja auch unterhalten. Könnte schon sein, dass dieser, neben Cosmo Sommer, mehrere dieser Störenfriede interviewt hatte, was aber im Artikel nicht zu lesen stand.

Zu Hause machte sich Hans zuerst eine Tasse Kaffee, dann setzte er sich mit dem Tablet auf seinen winzigen Balkon, googelte nach einer Telefonnummer oder einer E-Mail-Adresse von Joachim Danner. Langsam stellte Hans fest, dass für Recherchearbeiten das Tablet ungünstig war. Er brauchte unbedingt einen großen Computer mit Bildschirm, oder zumindest ein Laptop, jedenfalls etwas mit einer anständigen Tastatur. Das Wischen und Tippen mit den Fingern auf einem kleinen Display, egal, ob Handy oder Tablet, fand Hans furchtbar anstrengend. Anscheinend waren seine Wurstfinger zu dick oder seine Augen samt Lesebrille zu schwach.

»Wie soll man da richtig ermitteln können mit diesen Spielzeugen«, murmelte er genervt, doch schließlich hatte er im Internet eine Telefonnummer gefunden, griff sich das Smartphone und rief in der Neustädter Redaktion an. Das Glück war ihm hold, der Redakteur meldete sich.

»Ja, grüß Gott, Herr Danner, Moser mein Name. Ich hätte Sie gern wegen eines Artikels von Ihnen gesprochen, falls Sie Zeit haben. Oder stör ich gerade?«

»Tja, Zeit habe ich eigentlich keine. Sie möchten einen Artikel in die Zeitung bringen? Den können Sie auch gern per E-Mail senden, ich schau mir das dann an.«

»Herr Danner, nein, das ist ein Missverständnis. Ich hätte Fragen zu einem Artikel, den Sie geschrieben haben. Es geht um diese Abstimmung für das neue Hotel von Konrad Blattl, Sie wissen schon, dieser Tumult bei der Sitzung des Bauausschusses.«

Plötzlich klang Danner ganz interessiert. »Ich erinnere mich, aber das ist ja schon eine ganze Weile her. Worum geht es Ihnen denn genau?«

Hans war sich nicht sicher, was er erzählen durfte, seine Ermittlungen liefen schließlich im Geheimen ab, und eigentlich musste ihm der Redakteur über rein gar nichts Auskunft geben, wenn er nicht wollte. Irgendwie musste Hans ihn geschickt ködern, seine journalistische Spürnase kitzeln, doch er kannte diesen Mann ja nicht, daher war es schwierig, den richtigen Anfang zu finden.

Vorsichtig tastete Hans sich heran: »Sie haben sicher vom Tod des Hoteliers Blattl gehört, Herr Danner?«

»Sicher. Ich wäre ein schlechter Reporter, wenn mir solche Dinge entgehen würden. Aber noch liegt keine offizielle Pressemeldung der Polizei oder der Familie vor, daher werde ich mich nicht dazu äußern.«

»Das ist absolut verständlich, Herr Danner. Darum geht es mir auch gar nicht. Wissen Sie, ich bin derjenige, der den Toten gefunden hat. Und bevor Sie jetzt denken, ich will mit dieser Story in die Zeitung, muss ich Sie leider enttäuschen. Nichts läge mir ferner.«

Einige Sekunden blieb es still in der Leitung, dann sagte Danner: »Und weshalb rufen Sie mich dann an?«

»Ich wohne seit zwei Monaten in Bad Gögging, bis zu meiner Pensionierung war ich Kriminalkommissar in Franken, genau genommen in Ansbach. Sie können sich denken, dass mich daher alles interessiert, was diesen Mo… äh, Todesfall betrifft. Sie hatten damals den Artikel über die protestierenden Naturschützer bei der Stadtratssitzung verfasst, darüber hätte ich einfach gern mehr erfahren, wenn das möglich wäre.«

»Verstehe. Wie war gleich noch Ihr Name?« Das klang so neugierig, dass Hans insgeheim schmunzeln musste. Er sah sich schon am nächsten Tag in den Schlagzeilen der Mittelbayerischen Zeitung: »Kommissar H. M. (Name der Redaktion bekannt) findet Leiche von Hotelier Blattl! Wir konnten exklusiv mit ihm sprechen!« Dazu ein Foto von ihm vor dem Schwefelwasserbecken. Nein, so weit wollte Hans es keinesfalls kommen lassen.

Gelassen gab er zurück: »Moser ist mein Name. Aber bitte, Herr Danner, wir unterhalten uns nur hypothetisch, weder Sie noch ich können mit irgendwelchen Fakten derzeit aufwarten oder damit an die Öffentlichkeit gehen.«

Wieder blieb es eine Zeit lang still, dann hörte Hans Rascheln von Papier, gefolgt von lautem Poltern, es klang, als wären ein oder mehrere Ordner zu Boden gestürzt.

»Herrschaft, einen Moment, Herr Moser, ich bin gleich wieder da.« Erneut hörte Hans dumpfen Lärm, dann meldete sich der Reporter laut schnaufend wieder. »Entschuldigung, hab aus Versehen einen Bücherstapel umgeworfen, alles Freiexemplare von Romanen unserer ansässigen Autoren, die ich zur Rezension noch lesen muss. So, aber jetzt habe ich wieder Platz auf dem Tisch. Ja, also, Herr Moser, Sie haben schon recht, im Grunde sitzen wir im gleichen Boot. Wir wollen wohl beide etwas mehr über den Tod von Konrad Blattl erfahren, dürfen uns aber nicht offiziell in die Ermittlungen einmischen, ist das korrekt?«

Hans nickte spontan. »Absolut, Sie haben mich genau verstanden, Herr Danner.«

»Tja, dann … Möchten Sie, dass wir uns treffen? Mir wäre das, ehrlich gesagt, lieber, als am Telefon zu reden. Können Sie das irgendwie einrichten?«

Ruhig gab Hans zurück: »Wenn Sie Ihre Kamera daheimlassen, ganz sicher.«

Ein sparsames Lachen ertönte. »Der Presse gegenüber immer misstrauisch, das kenn ich schon. Also gut, versprochen, keine Fotos.«

»Auch nicht danach? Ich mein, wenn ich Ihnen ein paar Infos unter der Hand gebe, rennen Sie nicht gleich los und lichten die Örtlichkeiten ab?«

»Mein Wort darauf, Herr Moser. Also, wann und wo?« Plötzlich schien es ihm zu pressieren.

»Das liegt ganz an Ihnen, Herr Danner. Wie gesagt, ich bin im Ruhestand, allerdings mobil etwas eingeschränkt. Aber die Busverbindungen nach Neustadt sind ausgezeichnet, sollen wir uns bei Ihnen in der Redaktion treffen?«

Dieser Vorschlag schien ihm nicht zu passen. »Ich komm zu Ihnen nach Bad Gögging«, schlug er stattdessen vor. Anscheinend hatte der Reporter noch nicht die Hoffnung aufgegeben, ein paar fallrelevante Fotos schießen zu können.

Kurz überlegte Hans, dann verneinte er entschieden. »Das finde ich nicht so gut. Ganz ehrlich, Herr Danner, hier in Bad Gögging bin ich nur als alter Rentner bekannt, keiner nimmt meine neugierigen Fragen krumm. Daher möchte ich eigentlich nicht, dass man uns zusammen sieht. Das könnte Misstrauen erwecken, uns beiden quasi die Deckung nehmen. Bitte nehmen Sie das nicht persönlich.«

»Okay, verstehe. Was dann?« Langsam klang Danner ungeduldig. Als Hans nicht gleich antwortete, meinte der Journalist resignierend: »Von mir aus, dann treffen wir uns eben hier in der Redaktion. Aber spätestens um fünf muss ich weg. Können Sie irgendwie die nächste halbe Stunde da sein?«

»Wenn Sie eine Dreiviertelstunde daraus machen, dann ja«, zeigte sich Hans einverstanden. »Ich bestell mir das KEXI, dann klappt das sicher. Vielen Dank, Herr Danner, und bis gleich.«

»Bis gleich. Sie wissen, wo Sie mich finden?«

»Ich nicht, aber der Busfahrer bestimmt!«, lachte Hans und legte auf.

Während er sich im Badezimmer frisch machte, dachte er über das kurze Gespräch mit dem Reporter nach. Eigentlich hatte er sich Informationen von Danner erhofft, doch Hans hatte eher den Eindruck, dass der Reporter vielmehr an einer heißen Story interessiert war, als daran, mit ihm zusammenarbeiten zu wollen. Hans erinnerte sich an den Spruch seiner Mutter: »Bloß keine zu heißen Kartoffeln schälen«, was hieß, er solle sich in Geduld üben. Mit Joachim Danner würde sich beim Kennenlernen schon irgendetwas ergeben, was beide zufriedenstellen würde …

ELF

Bauunternehmer Walter Geldmacher war ziemlich planlos, in seinem Hirn schwirrten zahllose Gedanken. Von den Kelheimer Polizeibeamten der Baustelle verwiesen, hatte er sich zuerst mit Mani unterhalten, dann musste er einsehen, dass es noch länger dauern könnte, bis die Arbeiten fortgesetzt werden durften. Schließlich war auch er nach Hause gefahren, doch während der Fahrt stand sein Kopf nicht still.

Dass es auf Baustellen manchmal Probleme gab, wusste er nur zu gut, aber nun überrollten ihn die Ereignisse. Zuerst das Auftauchen von Calli, von dem Walter inzwischen brennend wünschte, er hätte den alten Römer nie gesehen.

Dann der Auftrag von Konrad Blattl, Calli zu verstecken. Welch blödsinnige Idee! Aber hatte Walter eine andere Wahl gehabt? Schon zu dem Zeitpunkt, als er gleich nach der Entdeckung seinem Freund Mani befohlen hatte, den Fund zu verstecken, hatte er sich vermutlich strafbar gemacht. Dabei war das mehr oder weniger aus einem Affekt heraus geschehen, er hatte doch nur das Datum der Fertigstellung des neuen Hotels im Kopf gehabt und Panik bekommen. Hätte er den Fund der Moorleiche ordnungsgemäß gemeldet, dann wären sie alle, Bauherr und Bauunternehmer, Gefahr gelaufen, um Monate oder sogar um Jahre den Zeitraum für die Eröffnung zu verfehlen, was eine immense Summe an Mehrkosten bedeutet hätte.

Als würde dies zu seinem Unglück noch nicht reichen, musste der Blattl ausgerechnet jetzt den Löffel abgeben. Ein Gewaltverbrechen sollte es gewesen sein, sagte dieser Kommissar Dreiseitl. Darauf konnte sich Walter überhaupt keinen Reim machen. Warum sollte jemand den Konrad ermorden?

Und zuletzt hatten irgendwelche Chaoten die Baustelle sabotiert und damit einen Stillstand verursacht, mit dem nicht zu rechnen gewesen war. Abgesehen von den durch diese verlorene

Zeit entstandenen Kosten kamen auch noch weitere hinzu, die das Aufräumen der Baustelle und das Reinigen der Baumaschinen betrafen.

Verständlich, dass Walter nicht sehr gut gelaunt nach Hause gekommen war. Zumindest war er allein, stellte er erleichtert fest, als er das Haus betrat. Seine Frau war berufstätig und kam selten vor zwei Uhr nachmittags heim.

Im Gegensatz zu Mani gelüstete es ihn nicht nach einem frischen Bier, er ließ sich eine Tasse Kaffee aus dem Automaten, trug sie hinüber ins Arbeitszimmer und schaltete den Computer an. Walter erledigte sowieso seine Büroarbeiten und den meisten Schriftverkehr über seinen Homecomputer, der Rechner im Bürocontainer war über eine Internetverbindung mit diesem hier verknüpft, sodass Walter von überall ständig auf alle aktuellen Daten zugreifen konnte.

Er wollte eben beginnen, die entstandenen Verluste durch den Stillstand zu kalkulieren, als sein Handy klingelte. »Ja, Geldmacher?«, meldete er sich kurz angebunden.

Am anderen Ende war der Kirchenpfleger der Pfarrei Bad Gögging, den Walter bereits kannte. »Hallo, Herr Geldmacher, Gerald Harrer, grüß Sie Gott.«

Der auch noch!

Walter verkniff sich ein Stöhnen und fragte gezwungen höflich: »Ja, Herr Harrer, was kann ich denn für Sie tun?«

»Also, Herr Geldmacher, ich hätte einen neuen Auftrag für Sie. Könnten Sie kurzfristig, also heut oder morgen, einen Mauerdurchbruch unter der Kirche durchführen? Oder besser g'sagt, zwischen einem Kellerabteil der neuen Kirche und dem Römermuseum? Oder sind Sie arbeitsmäßig voll ausgebucht? Dann schau ich nach jemand anderem, der das erledigen kann.«

Walter blieb beinahe das Herz stehen. Ein Kellerraum neben dem Römermuseum? Meinte der Kirchenpfleger etwa dieses Gemäuer, in dem Mani und er Callis Überreste verstaut hatten?

Auf keinen Fall durfte da irgendeine Fremdfirma hinein! Walter beeilte sich, freundlich zu versichern: »Nein, nein, Herr Harrer, das würden wir gern übernehmen, gar kein Problem!

Aber warum die Eile? Und was genau soll eigentlich gemacht werden?«

Der Kirchenpfleger seufzte. »Wir haben vom Frauenbund ein Event mit Lichtinstallation und Tonbeschallung im Römermuseum geplant. Nach der ersten Besprechung vor Ort mit dem Veranstalter hätte eigentlich für sein Equipment im Museum alles gepasst, doch blöderweise ist ihm jetzt plötzlich eingefallen, dass er die Schweinwerfer doch besser in einiger Entfernung anbringen müsste. Die verschiedenfarbigen Lampen, Spots und Laserlichter würden von unten nach oben gerichtet einfach besser wirken, meinte er.« Harrer machte eine kurze Pause, dann kam es fast schuldbewusst von ihm: »Bei der Besichtigung vor ein paar Wochen hab ich dem Künstler erzählt, dass neben dem Museum noch einige unterirdische Räume liegen, und jetzt will er lieber von dort aus sein Programm ablaufen lassen. Herr Geldmacher, Sie erinnern sich an den einen leeren Gewölberaum? Der schließt ja gleich an die Bäderanlagen im Museum an. Wenn wir hier einen kleinen Mauerdurchbruch, etwa einen Quadratmeter groß, machen würden, könnte er die Kabel durchführen und seine Schweinwerfer dort unterbringen, außerdem die Lautsprecheranlage platzieren, dann könnte er idealerweise quasi unsichtbar alles von einem Ort aus zeitgleich steuern. Das hat er sich zumindest so vorgestellt.« Endlich machte der Kirchenpfleger eine Pause.

Walter standen die Haare zu Berge. Das durfte doch jetzt nicht wahr sein! Kaum hatte er Calli sicher verwahrt gewusst, musste der erneut raus. Ja, verdammt, war er denn Hauptperson bei der »Versteckten Kamera«? So viel Pech auf einmal konnte doch kein Mensch haben!

Trotzdem, Walter musste sich zusammennehmen, er brauchte diesen Auftrag dringend, um den alten Römer unauffällig abholen und in ein neues Versteck bringen zu können.

»Selbstverständlich machen wir das«, sagte er daher eifrig, »am besten sogar noch heute! Im Augenblick hab ich mehr als genug freie Leute.«

»Gut, dann bin ich beruhigt. Es tut mir ja leid, dass ich ned früher Bescheid sagen konnte, aber wenn dem Veranstalter das jetzt erst einfällt …«

»Wie g'sagt, kein Problem, Herr Harrer. Wird prompt erledigt. Bei dem alten Gemäuer reichen uns ein paar auf Maß gesägte Holzstützen und eine gute Hilti mit einem ausreichend großen Steinmeißel, dann ist das ruckzuck gemacht. Für die Stromzuleitung sorgen dann Sie?«

»Da werden wir bloß einige Verlängerungskabel brauchen, denk ich. Hier groß Schlitze zu hauen und Kabel zu verlegen rentiert sich ja ned. Hauptsache, der Künstler bekommt sein Loch, wo er die Lichtanlage reinstellen kann. Und ein Quadratmeter reicht ihm, sagt er. Was wir später damit machen, weiß ich noch ned. Vielleicht setzen wir eine Klappe ein. Oder Sie mauern hinterher wieder zu, mal schauen.«

»Wäre beides kein Problem. Woher weiß ich, wo dieses Loch sein soll?«

»Ich hab in dem ungenutzten Kellerraum mit roter Kreide markiert, wie sich der Techniker dieses Teams das vorgestellt hat. Sie sehen es dann schon, wenn Sie reingehen. Den Schlüssel zum Keller haben Sie ja eh noch.«

Walter wurde ganz schwindlig, als ihm die Tragweite dessen bewusst wurde. »Ach, Sie waren schon in dem Kellerraum drin? Und ist … ist da alles so weit in Ordnung?«

Als Harrer sekundenlang nicht antwortete, befürchtete Walter das Schlimmste. Hatte der Kirchenpfleger ihre versteckten Säcke mit Calli und seinen Utensilien entdeckt? Sein Herz raste, bis die lakonische Antwort kam: »Klar. Was soll denn ned in Ordnung sein?«

Walter musste schlucken. Keineswegs beruhigt, sagte er mit rauer Stimme: »War ja nur eine Frage, Herr Harrer. Also, ausg'macht, wir gehen gleich an die Arbeit. Bis heute Abend sollte alles so weit perfekt sein, dass Ihr Event morgen wie geplant stattfinden kann.«

»Prima, vielen Dank. Melden Sie sich dann bitte, wenn Sie fertig sind, damit ich dem Veranstalter das Okay zum Aufbau geben kann?«

Walter räusperte sich. »Sicher. Bis dann, Herr Harrer. Pfüa Gott.«

»Servus.«

Und jetzt ein Himmelreich für einen Schnaps, dachte Walter, als er aufgelegt hatte, aber um einen klaren Kopf zu bewahren, verzichtete er darauf. Der Harrer klang so komisch vorhin, hoffentlich hat der nix gesehen, und unser Calli liegt immer noch an Ort und Stelle, sonst dreh ich durch!

Die Kalkulation für die Ausfallkosten war Walter inzwischen völlig egal, er musste schleunigst Mani Bescheid geben, dass wieder einmal ein Umzug fällig war. Sofern der Umzuziehende überhaupt noch da war …

✳✳✳

Hans hatte sich den Rufbus bestellt, und während er an der vereinbarten Haltestelle wartete, läutete sein Handy.

»Hallo, Herr Moser, Kasbauer hier.«

Er hatte die Nummer der jungen Kommissarin bereits am Display erkannt, war deshalb ein paar Schritte zur Seite getreten, da er sich nicht allein an der Haltestelle befand und Zuhörer vermeiden wollte.

»Frau Kasbauer, grüß Sie Gott. Wie steht es an der Front?«

»Bestens. Es gibt Neuigkeiten zu unserem Freund Cosmo Sommer. Wussten Sie, dass er Mitglied der Klimaaktivisten ›Letzte Generation‹ ist?«

»Nein, das wusste ich nicht. Überrascht mich aber jetzt nicht sonderlich.«

»Er ist bereits zu einigen saftigen Geldstrafen verurteilt worden aufgrund diverser Aktivitäten, die nicht gesetzestreu verlaufen waren. Herr Preiss und ich kommen morgen Vormittag nach Bad Gögging, dann werden wir uns den jungen Mann mal gründlich vornehmen. Konnten Sie bezüglich dieses gefeuerten Kochs schon etwas herausfinden?«

In diesem Moment sah Hans den Bus an der Abzweigung um die Kurve biegen. Schnell sagte er: »Da bin ich noch dran, aber ich glaube eher nicht, dass der etwas damit zu tun hat. Entschuldigen Sie, Frau Kasbauer, ich hab gleich einen Termin, und mein Taxi kommt gerade. Melden Sie sich doch einfach morgen bei mir, sobald Sie in Bad Gögging sind. Wenn es passt, könnten wir uns vielleicht irgendwo kurz treffen.«

Sie hatte seinen eiligen Ton erkannt. »Alles klar, mach ich. Servus, Herr Moser.«

»Wiederhören, Frau Kasbauer.«

Zusammen mit drei weiteren Fahrgästen stieg er ein und ließ sich nach Neustadt kutschieren. Am Volksfestplatz stieg er aus, von dort waren es nur etwa zweihundert Meter bis zur Redaktion der Mittelbayerischen Zeitung. Allerdings verlief die Straße bergauf. Ein wenig außer Atem drückte Hans den Klingelknopf an der Eingangstür. Gleich darauf wurde von einem freundlich dreinblickenden Mann um die fünfzig geöffnet.

»Ja? Ach, Sie sind bestimmt Herr Moser, richtig? Hier geht's lang!«

Der vollschlanke, mit Jeans und einem kurzärmeligen Hemd lässig gekleidete Redakteur wies auf eine Tür zu seiner Linken. Von Begrüßungsfloskeln schien er wenig zu halten, daher nickte Hans ihm nur zu und betrat den Redaktionsraum, wo er unschlüssig stehen blieb und sich zu Joachim Danner umdrehte, der hinter sich die Tür geschlossen hatte.

»So, jetzt, grüß Gott, Herr Moser.« Mit einer Handbewegung wies er auf einen kleinen Tisch mit drei Stühlen, der seitlich eines großen Schreibtisches stand. »Bitte, nehmen Sie doch Platz. Leider ist es ein bisserl eng hier drin, aber es wird schon reichen.«

Obwohl Danner sicher nicht wie Hans gerade über den Straßenhügel hochgelaufen war, schnaufte er und wischte sich den Schweiß von der Stirn. »Entschuldigung, ich bin auch gerade erst reingekommen. Da war ein Verkehrsunfall auf der B 16 mit einem Schwerverletzten, der Hubschrauber musste den abholen. So was nimmt mich immer ganz schön mit.«

»Das glaub ich«, gab Hans zurück und setzte sich auf einen der Stühle. »Ich kann auch gern noch ein bisserl warten«, fügte er verständnisvoll hinzu, »bis Sie so weit sind, Herr Danner. Mir pressiert gar nix.«

Der Redakteur nahm den Vorschlag dankbar an. »Wenn es Ihnen echt nichts ausmacht, würde ich schnell den Artikel fertig machen und online stellen. Dauert nur noch ein paar Minuten, ich hab's gleich.«

»Kein Problem.«

Danner hockte sich an den Schreibtisch und schrieb geschwind seinen Bericht. Nach zehn Minuten, in denen Hans sich interessiert im Redaktionsbüro umgesehen hatte, erhob sich der Redakteur und trat zu ihm. »So, erledigt. Hätten Sie gern was zu trinken? Wasser, Kaffee? Etwas anderes kann ich leider nicht bieten.«

Hans lächelte. »Nein, vielen Dank. Ich wollte mich bei Ihnen nochmals bedanken, dass Sie mich zwischen Ihren Terminen eingeschoben haben. Eigentlich stellt man sich eine Zeitungsredaktion gar nicht so stressig vor, man denkt, da sitzt man bloß am Schreibtisch und tippt ein bisserl herum.«

Joachim Danner stellte eine Flasche Wasser und zwei Gläser auf den Tisch, ehe er sich aufseufzend Hans gegenüber niederließ. »So, denkt man das? Ja, für große Büros mag das schon so gelten, aber sicher nicht bei einer kleinen Lokalredaktion. Da heißt es oft flink sein, wenn man sich gute Fotos und eine aktuelle Story nicht entgehen lassen will.«

Er trank einen Schluck, dann beugte er sich vor. »Herr Moser, Sie wissen, dass ich als Journalist sämtliche Vorfälle und Neuigkeiten quasi in mich aufsauge, daher finde ich es ziemlich unfair von Ihnen, mich mit dem Mord an Konrad Blattl zu ködern, aber im Gegenzug nichts von sich preisgeben zu wollen.«

Dabei grinste er jedoch, und Hans verstand, dass es nicht böse gemeint war. Hans' Taktik hatte Danner wohl von Anfang an durchschaut, worüber er eigentlich froh war. Vielleicht fand er in dem eifrigen Reporter tatsächlich einen Mitstreiter, der sowohl ihm als auch Silvana Kasbauer und der guten Sache im Allgemeinen von sich aus dienlich sein wollte?

Hans sah verlegen zu Boden. »Sie haben recht, Herr Danner.

Vielleicht bin ich ein bisserl unfair in der Sache. Aber wissen Sie, ich hab mir Gedanken über Sie gemacht.«

Bevor er weitersprach, lehnte er sich gemütlich auf dem Stuhl zurück und faltete die Hände über dem Bauch. Ganz bewusst wollte Hans eine entspannte Atmosphäre zwischen ihnen schaffen, der Reporter erschien ihm noch immer zu gestresst, um tatsächlich aufmerksam dem zu folgen, was Hans ihm vorzuschlagen hatte. Und es wirkte, auch Danner lehnte sich zurück, nahm noch einen Schluck Wasser und sah ihn neugierig an.

»Sie haben sich Gedanken über *mich* gemacht? Da bin ich jetzt aber gespannt.«

»Ja, wissen Sie, dieser bestimmte Artikel, da hatten Sie einen der Umweltschützer namentlich erwähnt und zitiert. Sie haben Cosmo Sommer damit eine Plattform gegeben. Aber zugleich stand in Ihrem Artikel, dass Sie vermuten, diese Aktivisten wären noch für andere Straftaten verantwortlich. Ich fand das ziemlich mutig von Ihnen.«

Danner wollte etwas sagen, doch Hans stoppte ihn mit erhobener Hand. »Ja, ich weiß schon, Vermutungen und angebliche Fakten mit einem Fragezeichen dahinter sind durchaus zulässig. Trotzdem, haben Sie denn keine Angst davor, dass sich Cosmo Sommer und seine Mitstreiter irgendwie gegen Sie stellen? Oder sich an Ihnen rächen wollen?«

Plötzlich lachte Danner. »Das sollen die nur versuchen. Ganz ehrlich, Herr Moser, was können diese Leute mir anhaben? Es gab keine Verleumdung und keine Verletzung der Persönlichkeitsrechte. Wie Sie schon sagten, wir können oft in den Medien spekulieren, solange genügend Fragezeichen dahinterstehen. Grundsätzlich sollte ein seriöser Reporter freilich darauf verzichten, aber manchmal sind das beliebte Stilmittel, um den Leser sozusagen anzufüttern. Und Cosmo war mir sicher dankbar, dass ich seine Meinung so naturgetreu wiedergegeben habe. Das andere läuft unter Pressefreiheit, da kann er gar nichts machen.«

»Er hat sich nicht bei Ihnen gemeldet deswegen? Sich über den Artikel beschwert?«, vergewisserte sich Hans.

»Nein, wahrscheinlich war ihm wichtiger, dass sein Standpunkt vertreten wurde, das andere wird ihm wohl egal gewesen sein. Er stand mit seiner Truppe nicht zum ersten Mal in der Zeitung, zumindest haben meine Recherchen ergeben, dass Sommer bereits wegen anderer Sachbeschädigungen verdächtigt wurde. Allerdings nicht von mir, sondern von der Polizei. Da hab ich eine sehr zuverlässige Quelle.«

Hans nickte. »Sie haben recht, das habe ich auch schon gehört.«

Danner verschränkte die Arme. »Jetzt also zum Blattl. Sie denken, weil sich Sommer damals bei der Sitzung so aufgeführt hat, wäre er fähig, dem Blattl etwas anzutun? Oder mir, weil ich ihn angeblich denunziert habe?«

Hans musterte den Journalisten ganz genau. »Nein, das denke ich eigentlich nicht. Ich kenne Cosmo Sommer recht gut, er arbeitet schließlich in meinem Wohnheim. Eigentlich traue ich ihm keine Gewalttaten zu, aber ich hätte auch nicht geglaubt, dass er für den Umweltschutz zu radikalen Mitteln greift.« Hans zuckte ratlos die Schultern. »Vielleicht hab ich mich in ihm getäuscht.«

Mit einer Hand rieb sich Danner das Kinn. »Er wirkt wahrhaftig so, als könnte er keiner Fliege ein Bein ausreißen. Mir kam er damals wirklich harmlos vor. Seine Begleiter übrigens auch, alles engagierte junge Leute, die sich nach dem Rauswurf aus dem Sitzungssaal ohne Weiteres trollten.«

Das war ein Stichwort, auf das Hans gewartet hatte. »Haben Sie denn von denen noch welche angesprochen? Haben Sie eventuell Namen der anderen Mitstreiter?«

»Ein paar bestimmt, ja. Warten Sie, ich glaub, ich hab damals noch einige Fotos und Interviews abgespeichert mit den dazugehörigen Namen.« Er stand auf und setzte sich wieder an den Schreibtisch. Nach ein paar Klicks hatte er die entsprechende Datei geöffnet. »Da ist es schon. Sehen Sie, hier sind noch einige Aussagen der anderen Mitstreiter mit Fotos.«

Hans stellte sich hinter ihn und sah über seine Schulter auf den Bildschirm. Tatsächlich kamen ihm ein, zwei Gesichter bekannt vor, sie gehörten zu den Physiotherapieschülern, die er am Mittag am Friedhofsparkplatz gesehen hatte. Mit einem Finger deutete er darauf. »Schüler der Berufsfachschule, diesen da habe ich schon mal gesehen.«

Joachim Danner drehte den Stuhl ein wenig um und sah zu ihm auf. »Aber Sie müssen zugeben, kriminell sehen diese Leute nicht wirklich aus, oder? Was haben Sie nun vor?«

»Wahrscheinlich hör ich mich einfach mal um, könnte ja sein, dass nicht nur über den Cosmo in Bad Gögging geredet wird, sondern auch noch über den einen oder anderen seiner Mitstreiter. Und vielleicht kann ich irgendwie in Erfahrung bringen, was die Naturschützer als Nächstes geplant haben.«

Der pensionierte Kommissar ging zurück zum Tisch. Während er sich setzte, meinte er: »Wobei mir einfällt, dass ich noch mit den streitbaren Nachbarn von Blattls neuer Baustelle reden wollte. Haben Sie eventuell hier auch ein paar Namen für mich?«

Wieder verschränkte der Reporter die Arme und runzelte die Stirn. »Könnte schon sein«, gab er zögernd zu. »Aber, Herr Moser, ich bin kein Auskunftsbüro, Sie müssten mir schon auch ein bisserl was liefern. Wie wäre es zum Beispiel damit, wie Sie Blattls Leiche gefunden haben? Und was Sie bisher sonst noch alles erfahren haben?«

Insgeheim hatte Hans diese Frage erwartet, er musste schmunzeln. »Für eine Exklusivstory bin ich leider der falsche Mann, Herr Danner. Als ehemaliger Kommissar fühle ich mich noch immer daran gebunden, keine Ermittlungsergebnisse öffentlich zu machen. Aber etwas anderes kann ich Ihnen erzählen, von dem Sie vielleicht noch nichts gehört haben.« Er berichtete von dem farbenfrohen Anschlag auf Blattls Baustelle und seinem kurzen Gespräch mit dem Bauleiter Walter Geldmacher.

Trotz seiner fülligen Figur sprang der Redakteur hastig auf und stemmte ärgerlich die Hände in die Hüften. »Das hätten Sie mir auch früher sagen können! Verdammt, bis ich jetzt zur Baustelle komme, ist vermutlich schon alles wieder aufgeräumt und die Schäden beseitigt!«

Gelassen winkte Hans ab. »Keine Sorge, als ich vorhin mit dem KEXI dort vorbeigekommen bin, war von der Polizei noch immer abgesperrt. Falls Sie Fotos machen wollen, klappt das sicher noch.«

»Das will ich hoffen«, knurrte Danner und packte seine Fototasche. »Von mir aus können Sie mit mir zurückfahren. Ich hätte einen Vorschlag zu machen, der uns beiden etwas bringen könnte. Wir könnten im Auto darüber reden.«

Hans dachte einen Moment nach. Zwar wollte er nicht unbedingt mit dem Reporter gesehen werden, doch da die Baustelle am Ortsrand lag, konnte er dort bestimmt unbemerkt aussteigen. »Sehr gern.«

Bis sie in Bad Gögging angekommen waren, hatten sich die beiden darauf geeinigt, gemeinsam im Geheimen zu recherchieren und ihre Ergebnisse auszutauschen, soweit es sich mit Hans' Berufsethos vereinbaren ließ.

Joachim Danner versprach, sich in der Berufsfachschule umzuhören, sich notfalls irgendeine Story auszudenken, die ihn harmlos mit Schülern sprechen lassen könnte. Hans würde zudem von ihm per E-Mail die Namen und Adressen von Nachbarn der Baustelle bekommen, die sich beim Protest besonders hervorgetan hatten. Vielleicht bekam Hans bald eine Gelegenheit, sie unverfänglich zu befragen. Die Ergebnisse oder sonstige Neuigkeiten würde Hans im Gegenzug dafür umgehend an Danner weiterleiten.

Mit dieser Vereinbarung konnte Hans ganz gut leben, und er zeigte sich einverstanden.

Auf der Hauptstraße, kurz vor der Baustellenzufahrt, ließ Danner ihn aussteigen. »Wir hören voneinander, Herr Moser. Und denken Sie bitte noch mal darüber nach, dass ich mit Zeitungsartikeln mein Geld verdiene und nicht damit, leere Versprechungen verdauen zu müssen!«

Dieser Rüffel saß, Hans bekam prompt ein schlechtes Gewissen. »Sicher, Herr Danner, ich versteh Sie schon. Wenn es zu einer Exklusivstory kommt, werde ich Sie umgehend informieren. Versprochen. Vielen Dank fürs Mitnehmen, bis dann.«

Langsam wanderte Hans den Abens-Damm entlang in Richtung Kurhotel Blattl. Inzwischen knurrte ihm ordentlich der Magen, er freute sich auf eine kräftige Brotzeit im Biergarten und vielleicht ein kleines Bierchen dazu. Dabei würde er sich ernsthaft darüber Gedanken machen müssen, was er Danner preisgeben konnte, um ihre mögliche Zusammenarbeit auf eine gesunde, erfolgreiche Basis zu stellen.

ZWÖLF

Nach dem Mittagessen zusammen mit Hilde hatte Baggerfahrer Mani Schuster endlich die Gelegenheit, sich sein Handy zu schnappen und die Nummer seines Bekannten Sebastian herauszusuchen. Als er den Kontakt gefunden hatte, ging er hinaus in den Garten, tat so, als würde er sich gedankenverloren umsehen, und verschwand dann hinter dem Gartenhäuschen, wo er hoffte, ungestört telefonieren zu können.

Sebastian, von allen nur Wastl genannt, war überrascht, seit Längerem wieder mal von Mani zu hören. »Schon schade, dass heuer kein Römerfest stattfindet«, bedauerte er, »aber bestimmt treffen wir uns nächstes Jahr wieder in Eining, oder, Mani?«

»Logisch. Du, Wastl, ich find dein Hobby inzwischen voll interessant. Ich hab sogar schon überlegt, mir selbst so eine Ausstattung zuzulegen und mit dir zu den Römerlagern zu fahren.«

»Das wär eine Gaudi, Mani, würd mich echt darüber freuen. Aber dann musst du auch zum Frühstück unseren *puls* essen, da kommst du ned aus!«, spottete er.

Der Baggerfahrer schüttelte sich angewidert. »Ja, pfui Deifel, der greisliche Mehlbrei! Ich kann mich gut dran erinnern, du hast mich ja probieren lassen. Bloß ned, auf den verzicht ich freiwillig!«

Wastl lachte. »Tröste dich, ich mag den auch ned. Eigentlich keiner von uns. Dafür gibt's dann als Entschädigung abends leckeren Wildschweinbraten vom Spieß oder geschmorte Rehkeulen. Und die sind g'wiss ned zu verachten.«

Bei dieser Beschreibung schwebten Mani augenblicklich die Comicbilder aus den Asterix-Heften von diversen Fressgelagen der Gallier vor, und ihm lief das Wasser im Munde zusammen.

»Hm, klingt gut, hast mich fast schon überredet. Was müsste ich denn ungefähr für so ein römisches Kostüm ausgeben?«

Sachlich gab Wastl zurück: »Kommt darauf an. Wenn du bloß ein Faschingskostüm haben willst, dann bist mit ein paar hundert

Euro dabei. Wenn du allerdings historisch korrekt auftreten möchtest, wird das schon teurer. Ich selber hab im Laufe der Jahre bestimmt an die vier bis fünf ausgegeben.«

»Vier- bis fünfhundert Euro geht eigentlich«, meinte Mani und dachte dabei an seine ganz private schwarze Kasse, von der seine bessere Hälfte nix wusste.

»Nein, nein, vier- bis fünftausend hab ich gemeint«, verbesserte sich Wastl.

»Ja, spinnst du!« Mani war ganz von den Socken. »Echt jetzt? Sind denn da Sachen aus Gold dabei?«

»Nein. Aber vieles aus Bronze. Du musst freilich auch den Arbeitsaufwand miteinrechnen, so eine *Lorica hamata* oder eine *segmentata* sind sehr aufwendig zu fertigen und kosten entsprechend.«

»Hä, was?« Mani verstand nur Bahnhof.

»Na ja, ein Kettenhemd oder ein Brustpanzer, mein ich. Wenn du handwerklich begabt bist, kann man auch manches selber basteln, kommt dann ein bisserl billiger, braucht aber auch viel Zeit. Ansonsten, ja mei, selbst die aus Leder genähten Beinkleider oder Armschoner kosten neu schon an die hundert Euro.«

»Mich leckst am Arsch.« Mani musste sich an die Holzwand lehnen, um nicht aus den Schuhen zu kippen. »Gibt es das Zeug auch in gebraucht?«

»Selten. Und wenn, dann vermutlich reparaturbedürftig, was dich auch wieder ein Heidengeld kosten würde. Ein billiges Hobby ist das ned, das kann ich dir sagen.«

Mani schnaufte tief durch. »Ich merk's.« Er kratzte sich am Kopf. Wie frag ich jetzt am besten, was den Wert vom Calli betrifft?

Nach einer kurzen Pause sagte er mit einem spaßigen Unterton: »Da wär es bestimmt eine guade Idee, wenn man hier am Limes entlang einmal herumgraben würd, vielleicht könnt man von den alten Römern noch das eine oder andere ausbuddeln. Wäre so was dann als Schrott anzuschauen, oder wäre es eigentlich noch was wert, Wastl?«

Dieser überlegte nicht lange. »Würde auf den Erhaltungszustand ankommen. Genau weiß ich es auch ned, aber ich schätz mal, dass antike römische Gegenstände sicher bis zu einem zehnfachen Preis zum Neuwert haben könnten. Zumindest bei Liebhabern oder Sammlern. Falls dir also mal ein alter Helm in die Hände fallen würde, könnt der gut und gern zwischen fünf- und zehntausend Euro bringen.«

Jetzt hielt es Mani tatsächlich nicht mehr auf den Beinen, mit dem angelehnten Rücken rutschte er die Hüttenwand entlang nach unten und hockte sich auf den Boden. Allein ein Römerhelm wäre so viel wert?

Er schluckte trocken und krächzte dann: »Würde sich also tatsächlich rentieren, meinen Garten umzugraben.«

Wastl lachte auf. »Dann viel Spaß dabei. Meld dich, wenn du was gefunden hast, das würde ich zu gern sehen!«

Auch Mani lachte gezwungen. »Mach ich auf jeden Fall. Wastl, danke dir für die Infos. Ob ich mich also zum Römer mache, muss ich vorher noch gut überlegen. Und wenn meine Frau erfährt, was des kostet, wird da eher nix draus, befürcht ich.«

Ein wenig ratschten sie noch weiter, dann hatte Wastl keine Zeit mehr, und sie verabschiedeten sich.

Nach dem Auflegen bemerkte Mani mehrere verpasste Anrufe seines Chefs Walter Geldmacher auf dem Display. Bevor er ihn zurückrufen würde, musste er sich allerdings erst von diesem Gespräch erholen. Nachdenklich trottete Mani zurück auf die Terrasse. Wenn er zugrunde legte, was Wastl ihm soeben erzählt hatte, und grob überschlug, was Callis Militärausrüstung wert sein könnte, kam er auf mindestens fünfzigtausend Euro. Die Moorleiche selbst nicht einmal eingerechnet.

Hilde war einkaufen gefahren, also klaute sich Mani noch ein Weißbier aus dem Kühlschrank und hockte sich an den Küchentisch. Grinsend hob er die Flasche und prostete in die Luft. Auf dich, Calli! Soeben bist du zu meinem allerliebsten Freund avanciert!

✳✳✳

Walter saß wie auf glühenden Kohlen, als er nach dem Telefonat mit dem Kirchenpfleger vergeblich versucht hatte, Mani zu erreichen. Ratlos tigerte er durch das Arbeitszimmer, bis sein Baggerfahrer sich dazu herabgelassen hatte, ihn endlich zurückzurufen.

»Mani, endlich, sag mol, wo treibst du dich rum? Du solltest doch auf Abruf daheimbleiben!«

»Ich bin doch dahoam. Und ich hob was Tolles herausg'funden, du wirst es mir ned glauben!«

»Du wirst mir auch ned glauben«, unterbrach ihn Walter grob. »Du musst schleunigst mit mir zur alten Kirche fahren, der Calli muss raus von dort!«

»Hast du g'soffen, Walter? Dort ist er doch so guad untergebracht, und ...«

»... und wir müssen schauen, dass er da schnellstens rauskommt, Herrschaftszeiten! Mani, die machen im Römermuseum morgen eine Veranstaltung, und der Künstler will von dem Nebenraum aus seine elektronischen Anlagen steuern. Einen Mauerdurchbruch sollen wir machen, sagt der Kirchenpfleger, und das bis morgen Vormittag! Schwing deinen Hintern ins Auto, wir treffen uns in einer halben Stund an der Kirche! Das Werkzeug bring ich mit.«

Inzwischen hatte Mani kapiert, um was es ging, ihm wurde ganz schlecht. »Oh mei, oh mei, des ned ah no! Meine Hilde hod mir von dem Event erzählt, aber wer rechnet denn damit, dass dene Deppen das Museum alloa ned ausreicht!«

Mit einem schnellen Blick auf die Uhr entschied Mani, dass er Walter damit nicht hängen lassen durfte. »Ich komm mit dem kleinen Lastwagen, damit können ma gleich den Schutt wegfahren.«

»Nein, musst du gar ned, die Steine brauchen wir eventuell wieder zum Zumauern. Komm einfach zur Kirche, Mani, dann können wir in Ruhe nach der Arbeit überlegen, wohin jetzt mit dem Calli!«

»Ja, äh, Walter, sorry, aber ich kann heut nur maximal bis um fünf, also noch gute zwei Stunden, dann braucht mich die Hilde daheim. Meine Schwiegermutter kommt nämlich hernach auf B'such.«

Walter fiel beinahe das Telefon aus der Hand. »Des auch noch! So eine verdammte Scheiße! Entschuldige, Mani.«

»Du sprichst mir aus der Seele.«

Walter überlegte. »Weißt du was?«, meinte er dann. »Bleib gleich ganz daheim. Ich kümmere mich allein um den Mauerdurchbruch und überleg mir was für den Calli. Morgen früh kommst du ganz normal zur Baustelle, wir dürfen dort endlich klar Schiff machen, sagt die Polizei. Den anderen Männern hab ich auch den Rest des Nachmittags noch freigegeben, dann bleib du lieber auch daheim. Sonst fällt am Ende auf, dass wir zwei dauernd z'sammhängen. Wir reden morgen früh weiter.«

Obwohl Mani dabei ein schlechtes Gewissen hatte, war er doch froh über Walters Vorschlag. »Alles klar, dann bis morgen, Chef. Servus.« Und er legte schnell auf, ehe Walter es sich noch anders überlegte.

»Das darf doch alles nicht wahr sein«, murmelte Walter vor sich hin, »ich fühl mich wie im falschen Film. Und jetzt bleibt die ganze Arbeit an mir hängen.« Genervt davon, wie sich die Sache entwickelte, frustriert darüber, wegen Manis Schwiegermutter allein für ein neues Versteck sorgen zu müssen, machte er sich auf den Weg.

Auf der Baustelle, wo die polizeiliche Absperrung inzwischen verschwunden war, schnitt er schnell einige Holzbalken zurecht und lud das nötige Werkzeug auf. An der Kirche angekommen, parkte Walter Geldmacher erneut im schmalen Pfarrgässchen, kramte im Handschuhfach nach dem Schlüssel zum Kellerabteil.

Schade, einen besseren Platz für den alten Römer gab es wohl kaum, aber jetzt half alles nix, er musste weg von hier. Sofern er überhaupt noch da war!

Gespannt betrat Walter den Gewölberaum und starrte in die Rinne, in der sie den alten Römer abgelegt hatten. Ein kleiner blauer Schimmer ganz hinten strahlte ihm entgegen. Dem Himmel sei Dank, niemand hatte ihn gefunden!

»Hoffentlich hört dieser Spuk bald auf«, murrte Walter leise,

»die Moorleich wird schließlich nicht besser durch die ständige Umzieherei.«

Er zog sich seine Arbeitshandschuhe an und begann, die ganze Garnierung, die Mani und er zur Tarnung vor das Versteck geräumt hatten, beiseitezuheben.

Dann lagen sie vor ihm, die zwei Säcke voller Verdruss und Ärger. Walter zog sie an Manis Spezialschlaufen heraus und trug sie in den Vorraum, wo er sie sanft nebeneinander an der Seitenwand ablegte.

Mit einer gehörigen Portion Wut im Bauch machte er sich anschließend mit dem Bohrhammer an die Arbeit, half zwischendurch mit kräftigen Schlägen eines Schlägels nach. Eine halbe Stunde werkelte er an dem Durchbruch. Gott sei Dank war das Mauerwerk hier nicht besonders stark, der plötzlich einfallende Lichtstrahl aus dem Römermuseum zeigte ihm, dass er es bald geschafft hatte. Die auf Maß gesägten Holzlatten spreizte er zur Einsturzsicherung rund um die Öffnung ein, nagelte zur Stabilisierung kurze Querstreben in die Ecken, dann war es geschafft. Und er auch.

Nachdem er Schutt und Steine in eine Wanne geworfen und beiseitegezogen hatte, die neu entstandene Luke sogar noch mit einem Handbesen abgekehrt hatte, wischte er sich die Schweißperlen von der Stirn. Es war doch anstrengender geworden als gedacht.

Walter klopfte den Staub aus seiner Kleidung, schleppte anschließend zuerst das Werkzeug, dann die zwei blauen Plastiksäcke zusammen mit der Abdeckplane nach draußen. Nachdem er alle Türen versperrt hatte, verstaute er alles auf der Ladefläche des Pick-ups, dann rein ins Auto und nix wie weg. Nur wohin?

Ziellos gurkte Walter eine ganze Weile durch die Gegend und zermarterte sich das Gehirn nach einem neuen Versteck, auch wenn es nur übergangsweise wäre. Seine Gefriertruhe daheim fiel ihm ein, doch den Gedanken verwarf er gleich wieder. Selbst wenn seine Frau die Säcke nicht entdecken würde, könnte Walter keinen Bissen des nächsten, aus den tiefgekühlten Vorräten auserwählten Schweinebratens hinunterbekommen, wenn er daran dachte, dass darunter ein alter toter Römer gelegen hatte.

Gerade als er an der Tourist-Info vorbeifuhr, wehten die Werbefahnen für die Limes-Therme vor dem Eingang auffällig im Wind. Da kam ihm die Erleuchtung.

Limes-Therme? Das wär doch was!

Schon oft hatten seine Leute in den unterirdischen Betriebsräumen Arbeiten verrichtet, zuletzt einige neue Brandschutztüren in diversen Schalträumen eingebaut. Walter war mehr als einmal mit Technikern und Hausmeistern der Badeanlage durch die Kellerräume gewandert, der ganze Bereich war riesig, es müsste doch mit dem Teufel zugehen, wenn man da kein gutes Versteck finden würde!

In Richtung des Kurzentrums war er sowieso gerade unterwegs, die Einfahrt zum Betriebshof der Therme lag nicht weit entfernt.

Nach dem Parkhaus setzte Walter den linken Blinker, zuckelte an den Parkplätzen der Therme vorbei und fuhr die Zufahrt hoch. Es war kurz vor sieben Uhr abends, doch das große Schiebetor zum Wirtschaftshof stand Gott sei Dank offen.

Er wusste, dass sich um diese Zeit nur noch wenige Angestellte hier aufhielten, ihre letzten prüfenden Runden drehten, ehe alle Türen und Tore verschlossen wurden. Und, wie gesagt, der zu überwachende Areal war riesig, wenn er Glück hatte, tauchte die nächste halbe Stunde kein Mensch auf.

Er parkte sein Auto hinter dem Servicewagen der Therme, der ihn gegen zufällige Blicke aus den Fenstern der gegenüberliegenden Hausmeisterwerkstatt abschirmen würde. Sollte nun doch unerwartet jemand daherkommen und nach dem Grund seiner Anwesenheit fragen, würde ihm schon etwas einfallen.

Ganz wohl war ihm trotzdem nicht, mit schweißnassen Händen stieg Walter aus und sah sich um. Die zweiflügelige Tür zu den Kellerräumen der Therme stand ebenfalls offen.

»Schau mal, Calli, als würden wir schon erwartet«, konnte er sich nicht verkneifen zu sagen.

Die ganze Technik, die für einen reibungslosen Ablauf in

der Badeanlage gebraucht wurde, war in diesem Keller unter-gebracht. Ein Wirrwarr an Rohrleitungen, Kesseln, Filtern, Manometern und Mikrometern, Pumpen und Schaltschränken war hier verbaut, und jemand, der fremd war und nicht aufpasste, konnte sich in den vielen Räumen und langen Gängen leicht verlaufen.

Um die Lage zu sondieren, stieg Walter langsam die Gitter-rosttreppe hinab, hielt sich links, bis er nach einigen Metern wiederum links durch eine Brandschutztür einen Raum betrat, der vollgestellt mit hohen grauen Schaltschränken war. Ein leises elektrisches Summen war zu hören, ansonsten war es absolut still.

Rechter Hand der Schaltschränke befand sich eine kleine fensterlose Abstellkammer, daran konnte sich Walter erinnern. Der Zugang war nur über eine halbhohe Tür möglich, die er nun öffnete. Er machte sich klein, um hindurchschlüpfen zu können. Eine Neonlampe an der Seitenwand flackerte nach dem Einschalten auf. In diesem Raum befanden sich nur gebrauchte Armaturen, diverse verstaubte Schachteln, rechts hinten im Eck eine Werkbank, davor ein Sammelsurium an nicht mehr benutzten Gegenständen. Den vielen Spinnweben nach zu urtei-len, war hier schon monatelang keiner mehr drin gewesen. Das Wichtigste erschien ihm allerdings, dass der Raum ziemlich kühl wirkte.

»Na, das ist doch ideal für den Calli«, flüsterte Walter zu sich selbst.

Unter der Werkbank wäre der alte Römer samt Beiwerk bes-tens versteckt. Um die Säcke zu holen, schlich er zurück zum Auto, aber nicht, ohne sich immer wieder zu vergewissern, dass nicht einer der Hausmeister des Weges kam.

Die Luft war rein. Während Walter eiligst die Moorleiche und deren Kampfausrüstung ablud und in den Abstellraum schleppte, sinnierte er flüsternd vor sich hin: »Wie sich Calli wohl dabei fühlt, dass er so oft umziehen muss und keine Heimat findet? Aber jetzt hoffentlich nimmer oft, mir gehen nämlich schön langsam die Versteckmöglichkeiten aus.«

Das Glück war ihm weiter hold, ungesehen konnte Walter die beiden Säcke unter die Werkbank schieben, drapierte die schwarze Abdeckfolie darum herum, kaschierte den Blick von der Tür noch mit ein wenig altem Gerümpel.

»Na dann, gute Nacht, mein Freund«, grüßte Walter flüsternd zum Abschied, schaltete das Licht aus, schloss die Türen und huschte genauso leise, wie er gekommen war, aus dem Keller.

Auch den Betriebshof konnte er unbemerkt verlassen, erleichtert machte sich Walter auf den Heimweg. Man sollte sich ja nicht selber loben, aber heute war er richtig stolz auf sich und seinen Einfall.

* * *

Sämtliche Angestellte des Restaurants Blattl trugen schwarze Trauerflore, bemerkte Hans Moser, als er sich sein Abendessen im Biergarten schmecken ließ. Die Tische unter den schattigen Bäumen waren gut gefüllt, der warme Frühsommer lockte die Leute ins Freie. Bei manchen Gästen in seiner Nähe konnte er aus leisen Wortfetzen entnehmen, dass sich das Gespräch um den verstorbenen Konrad Blattl drehte, doch sosehr Hans auch die Ohren spitzte, Genaueres konnte er nicht verstehen.

Als die Bedienung sein Geschirr abdeckte, bestellte er noch eine Weinschorle und stand auf. »Ich komme gleich wieder, Fräulein«, zwinkerte er ihr zu und machte sich auf den Weg durch die Tischreihen in Richtung Toiletten.

Nachdem er sich die Hände gewaschen hatte, öffnete er die Tür zum Gang, blieb dann aber abrupt stehen. Ganz in seiner Nähe unterhielten sich zwei Frauen, die jedoch außer Sichtweite blieben. Den hellen Stimmen nach zu urteilen, mussten es zwei junge Damen sein, und Hans hörte die eine zischen: »Der Junior regt mich so auf mit seinem scheinheiligen Getue! Als ob seine Trauer echt wäre, also wirklich, das glaubt doch kein Mensch!«

»Pst, ned so laut, Bine, spinnst du? Aber recht hast schon. Man könnte es ihm fast abnehmen, wenn wir ned damals gehört hätten, wie er mit seinem Vater gestritten und was er ihm alles an den Kopf g'worfen hat. Ob wir der Polizei sagen müssen, dass er sogar damit gedroht hat, ihn umzubringen?«

»Bist du verrückt?« Bine klang ehrlich entsetzt. »Auf gar keinen Fall! Ich brauch meine Arbeit hier, ich kann's mir ned leisten, dass der Juniorchef mich rauswirft!«

Rascheln und Schritte näherten sich, Hans zog die Tür zum Herrenklo rasch etwas weiter zu, um nicht gesehen zu werden. Zwei junge Mädchen in einheitlichen Bedienungsdirndln gingen nah an ihm vorbei. Hans hielt den Atem an.

»Ich doch auch ned, Bine. Aber trotzdem, irgendwie …« Die flüsternde Stimme verklang, als die beiden um die nächste Ecke gebogen waren.

Langsam stieß Hans die Luft aus, wartete ein paar Sekunden und ging dann zurück zu seinem Tisch im Biergarten.

Sieh an, wie hochinteressant, dachte er dabei. Er sollte morgen unbedingt Kommissarin Silvana Kasbauer den Tipp geben, sich unter den Angestellten umzuhören. Oder besser noch, gleich den Sohn nach diesem angeblichen Streit und der Morddrohung zu befragen.

Wieder mal brannte es Hans förmlich unter den Nägeln, ein fast sehnsüchtiges Ziehen erfüllte seine Brust. Wie gern wäre er jetzt offiziell am Ermitteln gewesen, dann hätte er sich die beiden Bedienungen geholt und genauer befragt, anschließend den Sohn Klaus Blattl als Verdächtigen vernommen. Nun gut, immerhin gab es Kollegin Kasbauer, sie würde schon das Richtige veranlassen. Gleich morgen früh würde er sie anrufen, beschloss er. Seufzend lehnte sich Hans zurück, nahm sein Getränk in die Hand und starrte grübelnd hinauf zum dichten Dach der Ahornbäume.

DREIZEHN

Freitag, 2. Juni 2023

Klaus Blattl saß seit sieben Uhr morgens im Büro seines Vaters und sortierte Unterlagen. Alle, die das Restaurant und die Rehaklinik betrafen, legte er vorerst zur Seite. Es würde ein Haufen zusätzlicher Arbeit auf ihn zukommen, sich in alles einzuarbeiten, was sein Vater bisher gemanagt hatte. Klaus bezweifelte, dass er es schaffen würde, neben seinen eigenen Aufgaben als Hotelchef auch noch diese Nebenzweige des Familienbetriebes zu betreuen.

Zwar gab es einige kaufmännische Angestellte, die für den laufenden Betrieb beider Unternehmen sorgten, zum Beispiel Dienstpläne erstellten und die Löhne des Personals verwalteten, Warenbestellungen abwickelten, Rechnungen verbuchten und bezahlten und so weiter. Für die Rehaklinik gab es zusätzlich einen Führungsstab, der aus spezialisierten Ärzten und einem eigenen Geschäftsführer bestand, hier konnte sich Klaus auf die Kompetenz der Angestellten verlassen. Doch speziell was die Personalführung oder die Menü- und Veranstaltungsplanungen des Restaurants betraf, wusste Klaus noch nicht, wer seinen Vater ersetzen konnte. Kurzfristig, also etwa drei Wochen lang, konnte alles so weiterlaufen wie bisher, sein Vater hatte gut vorgeplant. Doch spätestens in einer Woche musste Klaus einen adäquaten Ersatz gefunden haben, der die weiteren Geschäfte führte. Aber woher nehmen, wenn nicht stehlen?

Und nun kam auch noch diese verdammte Baustelle für die Hotelerweiterung hinzu. Nach dem lauten Krach mit seinem Vater hatte sich Klaus dafür nicht mehr interessiert, hatte sich demonstrativ aus allem herausgehalten. Seine Mutter Hedwig aber nun damit alleinzulassen erschien ihm auch nicht richtig.

»Hätte er nur auf mich gehört, der alte Depp«, murmelte Klaus zwischendurch, »dann wäre die Baustelle für einen Einkaufsmarkt, und wir hätten keine Probleme. Aber nein, ein Spa-Hotel hat es sein müssen, und an mir bleibt jetzt das ganze G'schiss hängen, wenn was ned funktioniert!«

Schon wieder wurde er zornig, packte einen der Ordner und warf ihn, heftiger als gewollt, zum Stapel auf dem Fußboden. Der Ringordner rutschte etwas ab und schlug sich von selbst auf, ehe er still liegen blieb. Es war der Ordner mit den Personalakten des Restaurants, die aufgeblätterte Seite war bei dem Buchstaben H, genauer gesagt bei Hartwig, unter der Rubrik Schriftverkehr, zur Ruhe gekommen.

Wie hypnotisiert starrte Klaus hinunter. Der Name »Anton Hartwig« stach ihm ins Auge, mehr aber noch der Betreff des Schreibens: »FRISTLOSE KÜNDIGUNG WEGEN FEHLVER-HALTENS«.

Klaus Blattl kannte den jungen Koch nicht näher, bisher war dieser ja seinem Vater in allen Belangen unterstanden, doch eine Kündigung wegen Fehlverhaltens wäre sogar Klaus bestimmt zu Ohren gekommen. Doch davon wusste er rein gar nix. Was hatte sich der junge Mann geleistet, um in seines Vaters Augen dermaßen in Ungnade zu fallen?

Schon war Klaus im Begriff, sich zu bücken und den Ordner hochzuheben, als es an der Tür klopfte. Ohne eine Antwort abzuwarten, steckte seine Mutter den Kopf in das Zimmer.

»Klaus, tut mir leid, aber die Polizei will uns noch mal sprechen. Hast du Zeit?«

Ehe er antworten konnte, wurde die Tür weiter aufgedrückt, Kommissar Preiss drängte herein, gefolgt von Silvana Kasbauer und Hedwig, die in Richtung ihres Sohnes die Augen rollte.

Blattl junior erhob sich. »Muss ich wohl. Guten Morgen. Bitte, setzen Sie sich doch.«

Vor dem Schreibtisch standen zwei einfache Holzstühle ohne Sitzpolster, was Silvana spontan an ein Sünderbankerl denken ließ. Diesen Zweck sollten die Stühle wohl tatsächlich bei den Angestellten erfüllen, die zum großen Boss vorgeladen worden waren. Sowohl sie als auch Kommissar Preiss verzichteten auf das Angebot und blieben stehen.

»Guten Morgen, Herr Blattl«, begann Preiss unverzüglich, »wir hätten an Sie und Ihre Mutter noch ein paar Fragen.«

Er nahm aus der Jackentasche einen durchsichtigen Asservatenbeutel und reichte ihn an Hedwig weiter. »Zum Ersten, das Handy und die Geldbörse Ihres Mannes, Frau Blattl. Die KTU hat nur Fingerabdrücke von ihm darauf gefunden, trotzdem wäre es gut, wenn Sie mal reinschauen würden, ob Sie denken, dass etwas fehlt.«

Sie schluckte, nickte jedoch, nahm das Portemonnaie heraus und öffnete es. Anscheinend war alles noch da, Bargeld um die zweihundert Euro, alle Kreditkarten, seine Krankenversicherungskarte und der Personalausweis.

Sie hob den Kopf. »Nein, ich glaub ned, dass was fehlt. Scheint alles da zu sein.«

Klaus Blattl sah zu Kommissar Preiss. »Also können Sie Raubmord ausschließen, richtig?«

»Es sieht so aus, ja«, bestätigte er. »Was mich gleich zur zweiten Frage bringt: Warum haben Sie nicht erwähnt, dass es bei Ihrem Hotelneubau eine so heftige Gegenwehr gab? Nicht nur von den Nachbarn in spe, sondern auch von Naturschützern? Die Proteste waren ja nicht gerade unerheblich, oder?«

Klaus hob die Achseln. »Da sind Sie bei mir an der falschen Adresse. Alles, was den Neubau betrifft, haben Papa und meine Mutter zu verantworten. Ich bin da raus.«

Der Kommissar wandte sich an Hedwig. »Also? Weshalb haben Sie nichts davon gesagt?«

Verlegen knetete sie die Hände. »Weil, äh, weil ich dachte, dass es nicht wichtig wäre. Das Ganze ist ja schon einige Monate her, und seit der Baugenehmigung herrschte wieder Ruhe. Persönlich angefeindet hat uns dann auch niemand mehr.«

»Und was ist mit der Verwüstung Ihrer Baustelle gestern?«, wollte Silvana wissen.

Klaus hob überrascht den Kopf. »Was? Welche Verwüstung? Mama, weißt du davon?«

Sie nickte. »Ja, Geldmacher hat mich angerufen, nachdem die Polizei die Arbeiten einstellen ließ.«

»Warum hast du mir nix davon erzählt?« Seine Stimme klang gekränkt, was Hedwig in Verteidigungsstellung brachte.

»Du willst doch nix davon hören, Klaus! Das hast du grade vorhin ja wieder so schön betont! Warum sollte ich also etwas zu dir sagen? Interessiert dich doch eh ned!«

»Jetzt muss es mich wohl interessieren, oder meinst nicht? Nachdem Papa nimmer da ist, kann ich dich doch damit nicht alleinlassen!«

Sie zuckte die Schultern und verschränkte die Arme vor der Brust. »Von mir aus brauchst du dich zu nix verpflichtet fühlen«, versetzte sie scharf, »ich schaff das alles auch ohne dich.« Daraufhin wandte sie sich nachdrücklich ab und studierte die Aussicht aus dem Fenster.

Preiss und Silvana wechselten einen Blick. Hier schwelte offenbar ein Konflikt. Was Silvana zum Anlass nahm, Hans Mosers Informationen von heute früh über den Streit zwischen Vater und Sohn und Klaus' Morddrohung anzubringen.

»Herr Blattl, Sie haben sich mit Ihrem Vater heftig gestritten, wie mir zu Ohren gekommen ist. Auch das haben Sie uns verschwiegen! Mich würde brennend interessieren, worum es dabei ging!«

Neben ihr zog Preiss heftig die Luft ein, was sie aber geflissentlich ignorierte. Selbst schuld, dachte sie, hätte er nicht so vehement ihren Vorschlag abgelehnt, Mosers Hilfe anzunehmen, wäre auch er über diese Neuigkeiten informiert.

Immerhin brachte Preiss es fertig, sie nicht verärgert anzufahren, sondern forderte stattdessen Klaus Blattl laut auf: »Also? Wir hören!«

Mit einem Seufzer ließ sich der junge Hotelchef auf den Schreibtischstuhl sinken. »Ja, tut mir leid. Das hätte ich Ihnen wahrscheinlich sagen müssen. Bestimmt haben ein paar Angestellte getratscht, oder? Na ja, mein Vater und ich waren uneins darüber, was auf dem leeren Grundstück gebaut werden soll. Ich hatte für einen Verbrauchermarkt plädiert, aber er wollte davon nix hören. Dass sich bei einer solch großen Investition die Gemüter schnell erhitzen, verstehen Sie sicher. Er hat sich aber dann doch durchgesetzt mit seinem Hotel, von da an war der Käse für mich gegessen. Mehr war da nicht.«

»Falsch«, korrigierte ihn Silvana ruhig, »da war schon noch mehr. Sie sollen gedroht haben, ihn umzubringen. Stimmt das?«

Ein erneutes Aufschnaufen von Preiss war zu hören.

Klaus wurde blass. »So ein Schmarrn. Vielleicht hab ich in meiner Wut irgendwas in der Richtung gesagt, mag sein, aber das war doch nicht ernst gemeint! Nie im Leben hätte ich meinem Vater etwas antun können! Mama, sag doch auch einmal was!« Plötzlich zitterte seine Stimme.

Hedwig sah eine Spur zu lange auf ihn hinunter, ehe sie zu ihm hinter den Schreibtisch trat und tröstend eine Hand auf seine Schulter legte.

An die Kommissare gewandt gab sie ganz die liebende, besorgte Mutter. »Ich weiß, dass Konrad und Klaus sich ausgesprochen haben. Der Streit war längst vergessen und vergeben. Niemals würde mein Sohn die Hand gegen irgendwen erheben, schon gleich gar nicht gegen Konrad oder mich! Fragen Sie seine Frau. Sie wird Ihnen bestätigen, dass zwischen den beiden wieder ein gutes Verhältnis herrschte.«

»Im Übrigen habe ich ein Alibi!«, warf Klaus schnell ein, »Sie haben das bei meiner Frau doch überprüft, nicht wahr?«

Das konnte Silvana bestätigen, die mit ihr telefoniert hatte. »Das stimmt. Aber, Herr Blattl, wie läuft eigentlich der Betrieb jetzt weiter?«, wollte sie wissen. »Wer erbt den Anteil Ihres Vaters?«

»Wir.« Hedwig kam um den Schreibtisch herum und blieb mit erhobenem Kinn vor ihr stehen. »Mein Sohn und ich zu gleichen Teilen. Und wenn Sie jetzt auch daraus ein Mordmotiv konstruieren wollen, dann sag ich Ihnen gleich, dass die Lebensversicherung meines Mannes nur an mich geht. Aber ich habe ihn bestimmt nicht umgebracht!« Sie war immer lauter geworden.

Nun war es Klaus, der aufsprang und zu ihr kam. Er nahm tätschelnd ihre Hand. »Das denken sie bestimmt nicht, Mama. Beruhig dich doch. Nicht wahr, Sie verdächtigen doch nicht meine Mutter?«

Olaf Preiss schnaubte. »Verdächtig ist im Augenblick jeder, der etwas durch den Tod Ihres Vaters gewinnen kann. Und die Statistik sagt eindeutig, dass nahe Angehörige als Täter an erster Stelle stehen.«

»Dann sind wir halt die Ausnahme der Regel!«, stieß Hedwig Blattl heftig hervor. »Von uns war es keiner! Suchen Sie gefälligst Ihren Mörder woanders!«

Plötzlich sackte sie zusammen wie ein löchriger Luftballon. Klaus und Silvana, die ihr am nächsten standen, packten stützend ihre Oberarme und zogen sie zu einem der Holzstühle, wo sie heftig atmend sitzen blieb.

Vorwurfsvoll blickte Klaus Blattl die beiden Ermittler an. »Sie sehen doch, wie meine Mutter das alles mitnimmt! Glauben Sie es doch endlich. Von uns war es keiner, wir hätten keinen Grund dazu!«

Silvana hatte schon das Handy gezückt. »Sollen wir einen Krankenwagen rufen, Frau Blattl?«

Sie winkte schwach mit der Hand ab, doch ihre Augen waren klar, ihre Gesichtsfarbe normal, und der Atem ging ebenfalls viel ruhiger, als sie meinte: »Nein danke, es geht gleich wieder. Klaus, gib mir ein Glas Wasser bitte.«

Was er sofort erledigte.

Währenddessen nickte Preiss seiner Kollegin zu. »Ich denke, es reicht momentan. Gehen wir?«

»Ja, gleich.«

Silvana trat näher an die Witwe heran. »Frau Blattl, es tut uns leid, Sie aufgeregt zu haben, aber leider ist es unsere Aufgabe, vielen Personen viele Fragen zu stellen. Und ich kann nicht versprechen, dass wir mit Ihnen schon fertig sind.«

Diesen letzten Satz betonte Silvana mit einer gewissen Schärfe, was ihr einen anerkennenden Blick ihres Chefs einbrachte.

Dagegen sah Klaus Blattl plötzlich wütend aus, mit gepresster Stimme zischte er: »Sie können fragen, so viel Sie wollen, aber andere Antworten werden Sie nicht bekommen.«

Preiss hob die Hand. »Das wird sich herausstellen, Herr Blattl. Noch liegen uns keine weiteren Laborergebnisse vor, aber sollten wir am Tatort DNA-Spuren von Ihnen finden, stehen wir mit Sicherheit wieder auf der Matte. Frau Blattl, Herr Blattl, auf Wiedersehen.«

Damit drehte er sich um und verließ das Büro. Auch Silvana verabschiedete sich und folgte ihm, ohne einen Erwiderungsgruß der beiden Blattls gehört zu haben.

Die beiden waren anscheinend ziemlich angefressen.

Zurück am Parkplatz sah Silvana über das Autodach hinweg zu Olaf Preiss. »Das war eine geschickte Finte von Ihnen, Herr Preiss. Noch keine Laborergebnisse, tja, daran wird sich auch nix mehr ändern. Aber jetzt haben die beiden etwas, worüber sie nachdenken können.«

Preiss öffnete die Fahrertür. »Das war die Absicht dahinter. Ihre Bemerkung, dass wir mit denen noch nicht fertig sind, war auch nicht schlecht, Frau Kasbauer.«

Plötzlich änderte sich seine Tonart, schroff wies er sie an einzusteigen. »Jetzt aber rein mit Ihnen, wir beide haben noch ein Hühnchen zu rupfen!«

Silvana erschrak, doch sie glaubte, ein leichtes Schmunzeln in seinen Mundwinkeln entdeckt zu haben.

Tatsächlich klang er nach dem Einsteigen mehr enttäuscht als wütend. »Wenn Sie schon hinter meinem Rücken mit diesem Moser kooperieren, könnten Sie mich darüber informieren. Ich dachte, wir seien ein gutes Team, aber Sie lassen mich immer wie einen Trottel dastehen.«

Dumm war er nicht, der Preiss, doch Silvana war der Meinung, dass er es sich mit seinem arroganten Verhalten selbst zuzuschreiben hatte, wenn er oft als Depp rüberkam.

»Tut mir leid, Herr Preiss, Sie haben recht. Aber Sie hatten sich so vehement dagegen ausgesprochen, mit Kommissar Moser zusammenzuarbeiten, da hab ich mich nicht getraut …«

»Ein Kommissar außer Dienst, wohlgemerkt, Frau Kollegin! Aber gut, damit Sie sehen, dass auch ein hanseatischer Sturschädel sich ändern kann, von mir aus. Dann plaudern Sie doch mal darüber, was Moser noch alles in Erfahrung bringen konnte.«

»Sehr gern.« Erleichtert darüber, dass sie ihm künftig nichts mehr verheimlichen musste, informierte Silvana ihn kurz über den entlassenen Koch Toni Hartwig als möglichen weiteren Verdächtigen. »Herr Moser glaubt zwar nicht, dass er es war, aber er wollte sich dazu noch ein bisserl genauer umhören. Fahren wir doch zu seinem Wohnheim, um diesen Naturschützer Cosmo Sommer zu befragen. Vielleicht treffen wir Moser dann ebenfalls dort an.«

»Einverstanden.« Er ließ den Wagen an, und sie machten sich auf den Weg.

✳✳✳

»Nur wo du zu Fuß warst, bist du auch gewesen«. Ein bekanntes Sprichwort von Johann Wolfgang von Goethe, was sich Hans Moser oft zu Herzen nahm. Er hatte ja Zeit, sehr viel Zeit, und wenn das Wetter passte, dann zog es ihn hinaus in die schöne Natur.

Rund um Bad Gögging gab es unzählige Wanderwege von verschiedenen Längen und Schwierigkeitsgraden. Er hatte sich von der Tourist-Info die kostenlose Broschüre »Wandern für Entdecker und Genießer« geholt, darin waren alle Strecken mit ausführlicher Karte, Länge, Dauer und Schwierigkeitsgrad verzeichnet. Hans hatte sich vorgenommen, alle Routen der Reihe nach abzulaufen. Zugegeben, recht weit war er bisher noch nicht gekommen, erst bis Seite zwölf, deshalb stand die »Goldau-Runde« heute auf seinem Programm. Er hatte durchaus nicht vor, sich durch den Mord an einem ansässigen Hotelier von seinem gefassten Vorsatz abbringen zu lassen. Zudem hatte sich Kommissarin Kasbauer bisher noch nicht gemeldet, er konnte daher nicht wissen, wann sie und Hauptkommissar Preiss in Bad Gögging aufschlagen würden.

Laut dem Prospekt sollte die »Goldau-Runde« etwa einein-halb Stunden dauern und führte von Bad Gögging über Neustadt in die Donauauen, in das Reich des Bibers. Es wurde empfohlen, ein Fernglas mitzunehmen, um verschiedene Vögel und – mit etwas Glück – auch Biber beobachten zu können.

Es sollte erneut ein überaus sonniger, warmer Tag werden, deshalb war Hans als einer der Ersten im Haus noch vor halb sieben nach unten gegangen. Auf dem Weg zum Frühstücksraum sah er sich nach Cosmo Sommer um, doch der junge Mann war nirgends zu entdecken. Hans hatte das Gefühl, dass Cosmo ihm absichtlich aus dem Weg ging, die ganze Woche über hatte er ihn nicht zu Gesicht bekommen. Nach dem Frühstück erkundigte sich Hans daher nun doch bei der Pflegedienstleitung nach ihm.

»Nein, Urlaub hat er nicht«, gab man ihm bereitwillig Auskunft, »vermutlich hat er einfach zu viel mit den pflegebedürftigen Herrschaften zu tun. Was wollen Sie denn von ihm? Kann *ich* Ihnen eventuell weiterhelfen?«

Liebenswürdig lächelte Hans zurück. »Ach, nein, vielen Dank. Wir hatten nur vor ein paar Tagen ein kleines privates Gespräch, das ich gerne ein bisserl fortgesetzt hätte. Ist aber wirklich nicht wichtig, irgendwann passt es schon mal wieder.«

Nachdem er sich neben dem kleinen Feldstecher eine Flasche Wasser und einige Äpfel in den Wanderrucksack gepackt hatte, schnappte er sich seine Nordic-Walking-Stöcke und stiefelte los. Korrekt, wie er als pensionierter Kommissar nun mal war, verließ er den vorgegebenen Startpunkt nicht, ohne vorher auf seine Armbanduhr zu schauen und die Zeit abzulesen. Die Angaben in dem Wanderführer wollte Hans am Ende der Runde mit seinem Ergebnis vergleichen, um festzustellen, ob er in der Zeit lag oder weit daneben.

Der Weg führte entlang der Flutmulden über Neustadt zum kleinen Ortsteil Wöhr. Bis zur großen Straßenbrücke der viel befahrenen Bundesstraße 299, die die Donau überspannte, war er gut vorangekommen. Der Weg führte darunter durch, im Schatten der Brücke machte er seine erste Trinkpause. Auf der anderen Seite angekommen, begegnete ihm ein joggender Dr. Mammel, sein hiesiger Zahnarzt, den er auf seinen Wanderungen bereits mehrmals getroffen hatte. Es reichte zu einem kurzen »Guten Morgen, sind Sie auch wieder unterwegs?« und »Servus, Herr Moser, ja freilich, irgendetwas muss man für seine Kondition schon tun, ned wahr?«. Dann trabte der Zahnarzt schnaufend weiter.

Hans war ungefähr eine Stunde unterwegs, genoss die stille Natur, betrachtete durch das Fernglas mehrmals die Uferbäume in der Hoffnung, einen Biber zu Gesicht zu bekommen, was leider ein unerfüllter Wunsch blieb. Dafür konnte er aber ein paar Fischreiher und einige Kormorane beobachten. Wie er aus mehreren Gesprächen mit einheimischen Fischern erfahren hatte, vermehrten sich diese in den letzten Jahren zu einer regelrechten Plage, da sie unter Naturschutz standen und nicht bejagt werden durften. Auf einem abgestorbenen Baumskelett einer Pappel saßen ungefähr zehn dieser schwarzen Vögel und trockneten mit ausgebreiteten Flügeln ihre vom Fischfang feuchten Federn in der Sonne. Sogar ein paar Möwen hatten sich vom Rhein-Main-Donau-Kanal bis Neustadt verflogen, das Summen von Bienen begleitete ihn auf Schritt und Tritt, bunte Libellen sausten über die Oberflächen kleinerer Tümpel.

Cosmo hat schon recht, dachte Hans, die Natur ist einmalig schön. Und sie wurde auch geschützt durch Ausweisung von Schutzgebieten wie hier in den Donauauen. Es mussten eben nur gesunde Kompromisse gefunden werden zwischen notwendigem Kommerz und Naturschutz.

Auf dem Rückweg von diesem Habitat kam Hans an einem Schöpfwerk vorbei, das bei den Einheimischen nur Pumpwerk hieß. Ein Bau, in dem vier starke Pumpen dafür eingesetzt werden konnten, bei drohendem Hochwasser das heranströmende Flusswasser der Abens über einen Seitenarm in Richtung Donau abzuleiten. An diesem Nebenfluss waren oft Angler anzutreffen, die einsam auf Klappstühlen hockend ihr Glück versuchten, die im aufgestauten Wasser sich tummelnden Forellen, Brachsen, Zander oder Hechte zu erwischen.

Tatsächlich entdeckte Hans gleich darauf einen Fischer, der zwischen hohem Schilfgras und Weidenbüschen gut getarnt am Ufer saß. Spontan beschloss er, hinter der kleinen Wehrbrücke hinunterzusteigen und über die Wiese zu ihm zu gehen. Es interessierte ihn einfach, ob er schon etwas gefangen hatte.

Beim Näherkommen erkannte er den Bad Gögginger Fischhändler Franz Heilander, der eine eigene Räucherei betrieb und bei dem er sich schon manches Mal eine der Spezialitäten geholt hatte. Obwohl die beiden altersmäßig gut und gern dreißig Jahre auseinanderlagen, hatten sie sich im Laufe der Zeit besser kennengelernt, bestens verstanden und waren per Du.

»Servus, Franz, Petri Heil, na, hat schon was gebissen?«, begrüßte Hans ihn flüsternd.

»Hallo, Hans, Petri Dank. Wo kommst denn du her?« Überrascht drehte der dunkelhaarige Mann den Kopf.

»Hab wieder mal eine Wanderrunde gedreht. Kennst mich ja, ich muss immer in Bewegung sein, sonst bekomm ich eingeschlafene Füß und einen dicken Bauch.«

Ungeniert taxierte der Fischhändler Mosers runde Mitte und grinste anzüglich. »Aha. Dann solltest du noch mehr wandern.«

Hans' Mundwinkel zuckten. »Hab ich vor. Also, wie läuft's?«

»Heut geht nix, es ist wie verhext«, beschwerte sich Franz leise. »Kürzlich hab ich einen Hecht mit sechs Pfund rausgezogen, und heute noch kein einziger Biss. Mag am Wetter liegen oder am Köder, frag mich ned, keine Ahnung.«

Frustriert zog er die Rute hoch, rollte die Schnur auf, kontrollierte den Köder und warf sie erneut aus, ehe er sie am Bodenständer feststeckte.

»Magst a Halbe Bier mittrinken?«, fragte er dann. »Wenn schon kein Fisch beißt, können wir wenigstens ein bisserl ratschen.«

Normalerweise war Hans um diese Uhrzeit für Alkohol nicht zu begeistern, aber inzwischen hatte er gelernt, was einen Franken wie ihn von einem waschechten Niederbayern unterschied: Bier galt hier nicht als Alkohol, sondern diente als Durstlöscher und Nahrungsmittel. Und schließlich hatte er gut gefrühstückt, eine Flasche würde ihn schon nicht gleich umbringen.

»Gute Idee. Ich hab eh einen Mordsdurst und mir zu wenig Wasser eingepackt«, tat er daher erfreut über den Vorschlag.

Franz öffnete zwei Flaschen, die er aus der blauen Kühlbox neben seinem Hocker herausholte, sie setzten sich nebeneinander auf die Wehrmauer, die den Durchfluss zum Schöpfwerk begrenzte, und ließen entspannt die Füße baumeln. Von hier aus hatte Franz den Schwimmer seiner Angel gut im Blick, falls doch noch ein Fisch anbeißen sollte.

»Na, wie geht's dir denn so? Brauchst heut gar nicht in die Räucherei, oder hast du dein Geld eh schon beieinander?«, erkundigte sich Hans lächelnd.

»Schön wär's«, antwortete Franz mit herabhängenden Mundwinkeln. »Es ist heutzutage doch kaum mehr was verdient. Meine Fischzucht läuft zwar ganz gut, aber wie überall wird immer alles teurer. Egal, ob das Fischfutter, die Pacht für die Teiche oder die Gas- und Strompreise für die Räucherei. Und wenn ich plötzlich fast das Doppelte verlangen muss, meint jeder, ich will den großen Reibach machen. Und als ob das ned schon genug wäre, fressen mir die Reiher oder Fischottern einen beträchtlichen Teil der Fische weg, und ich muss neues Einsetzzeug kaufen.«

Langsam redete sich Franz in Rage. Hans hob die Flasche zum Mund und ließ ihn geduldig weitersprechen.

»Es ist echt zum Verzweifeln. Und als i-Tüpfelchen kommt der alte Blattl daher mit einer Preisvorstellung für meine gute Ware, die dem Ganzen noch die Krone aufsetzt. Ich liefere ihm doch für sein Restaurant seit vielen Jahren die frischen Fische. Über einen Toten soll man ja ned schlecht reden, aber diesen Halsabschneider soll der Teufel holen, wenn er ned eh scho grad im Fegefeuer Fangerl spuit. Du weißt es doch selber, Hans, meine Ware, egal ob frisch oder geräuchert, ist die beste im ganzen Umkreis. Das bestätigt mir sein Küchenpersonal andauernd, aber der Blattl suchte partout immer wieder ein Haar in der Suppe und wollt mir ständig die Preise drücken.«

»Jetzt reg dich doch ned so auf, Franz, trink lieber mal einen Schluck«, versuchte Hans, ihn zu beruhigen. »Schau, so arbeitet doch jeder gute Geschäftsmann, oder? Denkst du, der Blattl hatte durch die Corona-Schließungen keine Verluste? Aber er hat, soweit ich weiß, keinen einzigen seiner Leute entlassen, hat immer alles versucht, um über die Runden zu kommen. Das spricht doch auch für ihn, oder?«

»Bei dem seiner Kohle wird es kein großes Kunststück g'wesen sein. Echt jetzt, Hans, ist doch wahr! Und da bin ich beileibe nicht der Einzige, der eine Wut auf den Blattl hat. Hatte«, verbesserte er sich schnell.

Hans wurde hellhörig und fragte neugierig nach: »Was meinst du denn damit?«

»Zum Beispiel der Koch, den er wegen eines angeblichen Diebstahls gefeuert hat. Ich hab bei einer Anlieferung meiner Fische etwas davon mitbekommen. Auch, dass der Toni dauernd beteuert hat, nix mit der Sache zu tun zu haben. Toni Hartwig is ein anständiger Kerl, das darfst mir gern glauben, und so wie ich ihn kenn, trau ich ihm keinen Diebstahl zu. Gut, die Hand ins Feuer legen kann ma heutzutage für niemanden mehr, aber meine Menschenkenntnis sagt mir, dass der Toni ehrlich is. Nur so als Beispiel: Ich hab mich mal bei einer Lieferung von dreißig Forellen um eine verzählt. Toni machte mich sofort nach der Kontrolle drauf aufmerksam, dass es einunddreißig waren, also eine mehr als auf dem Lieferschein. Jeder andere hätte seinen Mund g'halten und die überzählige schweigend einkassiert. Aber ned der Toni. Es würde mich ned wundern, wenn er aus irgendeinem Grund von einem Kollegen reingelegt worden wär. Aus Neid vielleicht, weil er der neue Küchenchef von Blattls Rehaklinik werden sollte. Alle Beteuerungen halfen ihm nix, Konrad Blattl, der ihn zuvor in den Himmel gelobt hat, hat ihm ned geglaubt und schmiss ihn raus. Beweisen konnte der Toni seine Unschuld ja ned. Vor lauter Wut muss er beim Hinausgehen Blattl gedroht und alles Mögliche an den Kopf geworfen haben, so habe ich es wenigstens gehört. Aber wer könnt's ihm verdenken.«

Hans kratzte sich am Kopf und nuckelte erneut an der Bierflasche, während er über Franz' Monolog nachdachte. Nach seinem Friseurbesuch und Mickys Aussage hatte er eigentlich den Koch Toni Hartwig von der Liste der Verdächtigen gestrichen. Doch dass auch dieser dem Hotelier Blattl gedroht hatte, war ihm neu, und damit verblieb er nach wie vor darauf notiert.

Das sind weitere Neuigkeiten, die Kommissarin Kasbauer

interessieren dürften, dachte sich Hans und beschloss, sie gleich nach seiner Heimkehr anzurufen.

In diesem Augenblick wurde der Schwimmer der Angel nach unten gezogen, den Franz trotz der Unterhaltung mit Moser nicht aus den Augen gelassen hatte. »Oha, ich glaub, ich hab doch no Glück, schau, es beißt was!«

Er stand langsam auf und ging ruhig zu seinem Angelplatz. Um den Fisch am Haken nicht zu verschrecken, nahm er die Rute sanft in die Hand, zog mit einem Ruck und begann, die Schnur aufzurollen. Dem Gewicht nach zu urteilen, musste es etwas Schweres sein, was da an der Angel hing.

Gespannt beobachtete Hans ihn, bis er vor Lachen beinahe von der Mauer fiel. Franz holte seinen Fang aus dem Wasser und grinste zu ihm hinüber. Triumphierend hob er einen wassergefüllten Gummistiefel. »Schau, Hans, so geht es mir. Heut Abend spiel ich Lotto!«

VIERZEHN

Cosmo Sommer hatte die beiden Landshuter Kommissare in den leeren Pausenraum des Personals geführt und saß ihnen entspannt mit im Schoß verschränkten Händen gegenüber.

Silvana Kasbauer musste zugeben, dass der junge Mann einen durchaus sympathischen Eindruck machte, auch wenn der Pferdeschwanz und Vollbart nicht unbedingt ihrem Geschmack entsprachen. Aber die braunen Augen blickten sie freundlich an, ein leichtes Lächeln lag um seine vollen Lippen.

»Wir Klimaschützer sind also mal wieder die bösen Buben«, stellte er beinahe amüsiert fest, nachdem ihn Preiss direkt auf den gewaltsamen Tod des Hoteliers Blattl und Cosmos Konfrontation mit diesem bei der Abstimmung angesprochen hatte. »Sie haben ja eine schöne Meinung von uns. Denken Sie, wir schützen Klima, Fauna und Flora, aber ein Menschenleben wäre uns nix wert? So ein Blödsinn, echt.«

Silvana hob die Augenbrauen und sah ihm ins Gesicht. »Mag ja sein. Wir müssen Sie trotzdem fragen, wo Sie in der Nacht von Dienstag auf Mittwoch zwischen Mitternacht und drei Uhr früh gewesen sind.«

»Da hab ich geschlafen. Und nein, bezeugen kann das niemand, ich wohne allein in einem kleinen Dachappartement.« Wobei er keineswegs unsicher klang, im Gegenteil, bei diesem Satz warf er Silvana einen beinahe auffordernden Blick zu, den sie einfach ignorierte.

Preiss fragte ironisch nach: »Und in der Nacht von Mittwoch auf Donnerstag haben Sie vermutlich auch geschlafen? Allein?«

Cosmo stutzte kurz, überlegte, dann nickte er. »Stimmt genau. Aber warum fragen Sie mich das? Ist noch jemand außer dem Blattl umgebracht worden?«

»Nein. Aber die Baustelle seines neuen Hotels wurde verwüstet. Und der Modus Operandi entspricht genau Ihrem üblichen Vorgehen, Herr Sommer. Schließlich wurden Sie wegen

Sachbeschädigung schon mehrmals zu Geldstrafen verurteilt. Was sagen Sie also dazu?«

»Nix sag ich dazu.« Er lächelte weiterhin und ergänzte gelassen: »Beweisen Sie mir, dass ich das getan habe, dann können wir uns weiter darüber unterhalten.«

»Sagen Sie, Herr Sommer«, schaltete sich Silvana ein, »wie bezahlen Sie eigentlich das Strafgeld und die Verfahrenskosten für all Ihre verurteilten Klimaschutzaktionen? Als Altenpfleger werden Sie sicher nicht großartig viel verdienen, um neben den Lebenshaltungskosten noch große Sprünge machen zu können?«

»Da haben Sie recht, Frau Kasbauer. Wir fressen zwar nicht gerade am Hungertuch, aber recht viel in der Tasche bleibt am Monatsende nicht mehr. Gott sei Dank gibt es edle Spender, die unsere gute Sache finanziell großzügig unterstützen.«

»Die da wären?«

Hier lachte er herzlich auf. »Sorry, da kann ich Ihnen jetzt wirklich nicht weiterhelfen. Unsere Sponsoren möchten am liebsten anonym bleiben, verständlicherweise, also würde ich Ihnen auch dann keine Namen nennen, selbst wenn ich welche wüsste.«

Preiss schnaubte. »Das lässt sich schon herausfinden, keine Sorge. Also, Herr Sommer, Sie behaupten, weder mit dem Tod von Konrad Blattl etwas zu tun zu haben noch mit dem Anschlag auf seine Baustelle?«

Cosmo nickte und beugte sich etwas vor. »So ist es. Blattls Tod ist echt bedauerlich, aber ich denke, dass das neue Hotel deswegen nicht automatisch mitgestorben ist. Oder sehe ich das falsch? Irgendjemand aus der Familie wird doch den Bau wahrscheinlich weiter vorantreiben?«

Olaf Preiss zuckte die Schultern. »Dazu kann ich Ihnen keine Auskunft geben.«

Cosmo nickte und imitierte grinsend Preiss' Kommentar von vorhin: »Das lässt sich schon herausfinden, keine Sorge.«

»Und was haben Sie vor, wenn Sie es herausgefunden haben?«

»Nix weiter. Es würde mich halt einfach nur interessieren.« Er sah auf seine Armbanduhr. »Haben Sie noch mehr Fragen?

Ich muss wieder zu meinen alten Leutchen, wenn Sie nichts dagegen haben.«

Silvana stand auf. »Nein, gehen Sie nur. Aber Sie bleiben bitte weiterhin für uns erreichbar, Herr Sommer.«

»Aber klar doch, für Sie immer, Frau Kasbauer. Auf Wiedersehen!« Mit einem letzten freundlichen Lächeln verließ er den Pausenraum, ohne die Tür hinter sich zu schließen, die einen Spaltbreit offen blieb.

Olaf Preiss sah seine Kollegin skeptisch an. »So ein herziges Bürschchen. Der war in keiner Weise angespannt oder aufgeregt. Ob er tatsächlich mit alldem nichts zu tun hat?«

Silvana hob ratlos die Hände. »Ich glaub eher, dass er oft genug mit der Polizei zu tun hatte, um durch unsere Befragung nicht unsicher zu werden. So was dachte ich mir eigentlich schon. Wollen wir jetzt versuchen, uns hier mit Herrn Moser zu treffen? Er wartet sicher auf eine Meldung von mir.«

Preiss runzelte die Stirn. »Äh, Frau Kasbauer, ich habe noch mal darüber nachgedacht. Also darüber, ob wir Mosers Hilfe annehmen sollten ...«

»Aber Sie sehen doch, dass wir mit seinen Infos recht gut vorankommen«, unterbrach sie ihn schnell.

Unerwartet tätschelte er väterlich ihren Unterarm. »Nur ruhig mit den jungen Pferden, Frau Kollegin. Grundsätzlich habe ich ja nichts dagegen, aber ich finde es nicht gut, wenn wir uns ausgerechnet hier mit ihm unterhalten. Sollte Cosmo Sommer oder jemand anderes, der mit dem Mord zu tun hat, etwas davon mitbekommen, könnten wir Moser in Gefahr bringen. Nein, wir müssen das anders anfangen. Entweder nur telefonisch mit ihm reden oder uns an einem neutralen Platz treffen, wo es nicht auffallen wird, wenn wir uns unterhalten.«

Silvana dachte über seine Worte nach und musste ihm schließlich zustimmen. Hatte nicht sie selbst schon die Befürchtung gehabt, dass sich Hans durch seine Herumfragerei unbeliebt machen könnte, um nicht zu sagen sich selbst gefährdete?

Sie seufzte. »Ja, Sie haben recht. Sobald wir zurück am Auto sind, werde ich ihn anrufen.«

»Tun Sie das.« Auch Preiss stand auf und folgte ihr hinaus auf den Gang. Irgendwo weiter vorn klappte eine Tür, doch sie begegneten bis zum Parkplatz niemandem mehr.

***

Hedwig Blattl hatte sich nach dem Besuch der Kommissare erstaunlich schnell von ihrem Schwächeanfall erholt. Nachdem seine Mutter kurz nach den Ermittlern das Büro verlassen hatte, fuhr Klaus mit der begonnenen Arbeit fort.

Erneut fiel sein Blick dabei auf den Ordner am Fußboden mit der Personalakte Toni Hartwig. Er hob ihn hoch und legte ihn vor sich auf dem Schreibtisch ab. Gespannt begann er, darin zu lesen.

Wieso hatte sein Vater nie mit ihm über diese Entlassung geredet? Klar, Personalangelegenheiten fielen nicht in sein Ressort, aber ein angezeigter Diebstahl war doch allerhand, so etwas hätte doch in der gemeinsamen Geschäftsführung besprochen werden müssen! Ob überhaupt seine Mutter darüber Bescheid gewusst hatte?

Spontan griff er zum schnurlosen Haustelefon und rief im Spa-Bereich an, wo sich seine Mutter vermutlich aufhielt. Als sie ans Telefon kam, fragte er unumwunden: »Kannst du mir zum Koch Toni Hartwig etwas sagen, Mama?«

»Toni? Er wurde entlassen.«

»Ja, das weiß ich inzwischen auch. Warum habt ihr nicht mit mir darüber geredet? Was war das für eine Sache mit dem Diebstahl und der Anzeige? So etwas könnt ihr doch nicht einfach über meinen Kopf hinweg entscheiden!«

Sie gab mit gedämpfter Stimme zurück: »Papa wollte es so, er meinte, mit Personaldingen wolle er dich nicht belasten, du hättest genug anderes zu tun.«

Klaus fuhr sich mit einer Hand durch die Haare. »Verdammt, Mama, ein Diebstahl und eine Anzeige bei der Polizei, das betrifft doch nicht nur Personaldinge! Ihr hättet mich einweihen müssen!«

Sie klang gehetzt. »Tut mir leid, Klaus, ich muss gleich zu einem Kundentermin. Wir reden später weiter, okay?«

»Gut, aber bitte, so schnell es geht! Vielleicht sollten wir auch die Kommissare darüber informieren … Ach, Mensch, Mama, komm einfach schnellstmöglich zu mir in Papas Büro!« Er drückte die Verbindungstaste und warf den Hörer unsanft auf die Tischplatte.

Nach einer guten halben Stunde trat Hedwig ein, sie trug wie üblich ihre Arbeitskleidung, hatte die lockigen Haare diesmal mit einem grünen Band aus der Stirn gebunden, sah damit frisch und adrett aus. Nichts erinnerte an die trauernde Witwe oder an die aufgelöste Frau bei der Vernehmung durch die Kommissare.

Ohne zu fragen, bediente sie sich am Getränketisch und schenkte sich ein Glas Wasser ein. Mit einem Seufzer ließ sie sich auf einen der Sünderstühle nieder und schlug die Beine übereinander. »Warum ist dir denn die Angelegenheit mit dem Koch so wichtig, Klaus?«

Er warf ihr einen seltsamen Blick zu. »Du bist schon gut. Vielleicht hatte der ein Motiv, den Papa umzubringen? Schon mal daran gedacht?«

Sie schob eine lose Haarlocke unter das Band und sah ihn skeptisch an. »Ach geh, der Toni doch ned. Klar, sauer war er schon nach der Kündigung, aber ganz ehrlich, Klaus, ich fand auch, dass der Papa da ein bisserl überreagiert hat.«

»Dann glaubst du nicht, dass er uns bestohlen hat?«

»Ich hab daran meine Zweifel. Eigentlich traue ich ihm so was ned zu. Er war immer loyal und zuverlässig, sonst hätte Konrad ihn ja auch ned als neuen Küchenchef für die Klinik in Betracht gezogen. Warum Papa aber dann so sehr vom Glauben abgefallen ist, kann ich mir auch ned erklären. Gut, es gab da Beschuldigungen aus dem Kollegenkreis, aber eine Kündigung hätte meines Erachtens auch gereicht, die Anzeige hätte sich dein Papa sparen sollen.«

»Was denkst du, Mama? Sollen wir die Kommissare auf Toni Hartwig hinweisen?«

Sie trank ihr Glas leer und stand auf. »Nein. Der ist gestraft genug. Und wenn ich ihm den Diebstahl schon ned zugetraut hab, dann einen Mord noch viel weniger. Im Übrigen liegt ja die Anzeige gegen ihn öffentlich vor, wenn die Polizei ihre Arbeit gut macht, kommen sie von allein auf ihn.«

Das machte Sinn, Klaus nickte sein Einverständnis dazu. »Stimmt. Okay, aber besser mach ich mir ein eigenes Bild von der ganzen Angelegenheit. Hast du etwas dagegen, wenn ich den Hartwig anrufe und selber mit ihm über alles rede?«

»Von mir aus, mach das. Ich muss wieder rüber.«

Sie verließ ihn, und Klaus suchte sich aus der Mappe Toni Hartwigs Handynummer.

***

Nach dem Plausch mit Fischhändler Franz Heilander wanderte Hans gemächlich den Polderdamm weiter Richtung Heimat. Das Intermezzo am Schöpfwerk hatte ihn dermaßen abgelenkt, dass er ganz vergessen hatte, die gebrauchte Rundenzeit zu notieren und mit dem Wanderführer zu vergleichen. Daher hielt er es auch nicht mehr für nötig, zum Ausgangspunkt zurückzukehren, bog auf den Fußweg zum Kurhotel Blattl ab, spazierte weiter zum Schwefelwasserbrunnen. Im Gegensatz zum frühen Mittwochmorgen, als er Blattls Leiche gefunden hatte und ganz allein auf weiter Flur gestanden war, begegneten ihm jetzt am Vormittag zahlreiche Menschen, Kurgäste auf dem Weg von oder zur Rehaklinik, Spaziergänger mit Gehstöcken oder Rollatoren, einige Jogger und eine Walking-Gruppe älterer Damen.

Am römischen Pavillon angekommen, setzte er sich auf die steinerne Bank. Hier im Schatten der Bäume war es angenehm kühl, der Geruch des Stinkerwassers hielt sich in Grenzen. Nachdenklich sah Hans hinüber zur kleinen Wanne, in der er den leblosen Blattl gefunden hatte. Was war hier nur passiert? Warum war Blattl um Mitternacht hier unterwegs gewesen? War er mit jemandem verabredet gewesen, oder hatte er seinen Mörder zufällig getroffen? Dabei fiel ihm ein, dass er eigentlich Silvana nach den Ergebnissen der Obduktion fragen sollte.

Genau in diesem Moment läutete sein Handy, die junge Kommissarin rief an. Hans musste lächeln und meldete sich.

»Guten Morgen, Frau Kasbauer, das war wohl Gedankenübertragung, ich hab gerade an Sie gedacht.«

»Guten Morgen, Herr Moser. Herr Preiss und ich sind in Bad Gögging, genauer gesagt stehen wir direkt vor Ihrem Wohnheim. Sind Sie da? Können wir uns treffen?«

»Nein, ich bin unterwegs, aber treffen können wir uns schon. Ich sitze in dem Pavillon am freigegebenen Tatort. Wenn Sie Ihr Auto diesmal nicht am Hotel parken, sondern oben am Baugebiet, könnten Sie ganz unauffällig herüberkommen.«

»Moment ...« Sie sprach leise mit Kommissar Preiss, dann sagte sie ins Telefon: »Einverstanden, wir kommen zu Ihnen. Bis gleich.«

Hans wunderte sich, dass Hauptkommissar Preiss sie anscheinend begleiten würde. War er auf einmal doch damit einverstanden, dass Moser sich in seine Ermittlungen einmischte? Oder wollte er ihm nur nochmals klarmachen, dass er genau dies künftig zu unterlassen hatte? Na, da bin ich mal gespannt, dachte Hans gleichmütig.

Keine Viertelstunde später kamen die beiden Ermittler über die leicht abschüssige Wiese zu ihm herunter, Hans stand auf und trat ihnen aus dem Pavillon entgegen.

Silvana schüttelte seine Hand. »Herr Moser, grüß Gott.« Sie zwinkerte ihm schnell zu. »Mein Kollege Kriminalhauptkommissar Preiss ist inzwischen darüber informiert, dass Sie uns ein bisserl mit Infos unter die Arme gegriffen haben.«

Um jegliche Diskrepanzen seitens ihres Chefs von vornherein zu vermeiden, hatte sie Preiss gleich formvollendet angekündigt.

»Ah, so? Grüß Gott, Herr Preiss«, drehte Hans sich lächelnd zu ihm um.

Preiss rang sich zu einem einigermaßen freundlichen Gesicht durch und nickte ihm zu. »Herr Moser.« Die Hand reichte er ihm nicht.

»Also«, nahm Silvana das Gespräch erneut auf, »Herr Moser, warum haben Sie vorhin an mich gedacht? Gibt es Neuigkeiten?«

»Na ja, eigentlich nicht, aber ich überlege immer noch, wie ich über den entlassenen Koch denken soll. Diejenigen, mit denen ich mich über ihn unterhalten habe, halten ihn für einen anständigen Mann. Allerdings ist mir heute zu Ohren gekommen, dass er nach der fristlosen Kündigung ziemlich aufgebracht war und wohl auch Drohungen gegen seinen Chef Konrad Blattl ausgestoßen haben soll. Gut, in gewisser Weise verständlich. Ich kenne den jungen Mann nicht, aber vielleicht sollten Sie sich doch näher mit ihm befassen.«

»Das habe ich schon, Herr Moser. Schließlich liegt eine offizielle Anzeige des Mordopfers gegen ihn vor.«

Silvana holte ihr Handy heraus, tippte darauf herum und hielt es dann Hans vors Gesicht. »So sieht er aus. Vielleicht ist er Ihnen doch irgendwie bekannt oder schon mal über den Weg gelaufen?«

Hans zog das Etui mit seiner Lesebrille aus dem Rucksack, setzte sie auf und betrachtete das Bild. »Nein, leider, den kenn ich tatsächlich nicht.«

Dann sah er hinüber zu Preiss, der bisher schwieg. »Eigentlich wollte ich fragen, ob Sie mir die Ergebnisse der KTU und der Gerichtsmedizin mitteilen würden? Ja, klar, ich weiß schon, ich bin nur ein Rentner-Ermittler, aber wissen Sie, wenn ich schon herumfrage, dann wäre es doch sehr hilfreich, wenn ich wüsste, nach *was* ich eigentlich frage.«

Preiss kämpfte mit sich, dann nickte er. »Okay, da haben Sie recht, Herr Moser.« Mit knappen Worten erklärte er, dass ein Raubmord definitiv ausgeschlossen wurde, dass Konrad Blattl vermutlich bei einer Handgreiflichkeit mit dem Hinterkopf gegen das Geländer des Tretbeckens gefallen war und anschließend zum sogenannten Ärmelbad gezerrt wurde, um dort ertränkt zu werden. »Leider gibt es zu viele Fremdspuren hier am Tatort, um irgendwie auf den Täter schließen zu können, was uns bei dieser Frequentierung nicht verwundert.«

Er deutete mit dem Kopf auf ein Seniorenpärchen, das kichernd barfuß und mit aufgekrempelten Hosenbeinen im Tretbecken herumstapfte, dabei mit den Händen am Geländer entlangstreifte. »Aber auch an der Leiche ist nichts zu finden«, fügte er leise hinzu. »Keine Fremd-DNA.«

Hans strich sich mit einer Hand nachdenklich über das Kinn. »Was hat der Konrad Blattl eigentlich zur Tatzeit hier gemacht? Konnten Sie herausfinden, ob er sich mit jemandem treffen wollte?«

»Er hat die Mückenfallen kontrolliert«, informierte ihn Silvana. »Manche wussten, dass er das jede Nacht machte, bevor er zu Bett ging. Also wäre es ein Leichtes für diejenigen gewesen, ihn hier abzupassen.«

»Besonders für einen ehemaligen Angestellten«, entfuhr es Hans, »es könnte ein Mord im Affekt gewesen sein.«

Preiss nickte. »Genau. Also, diesen Koch Hartwig werden wir uns jedenfalls intensiv vornehmen. Frau Kasbauer, langsam müssen wir aber hinüber zur Baustelle, wir haben doch den Termin mit dem Bauleiter Walter Geldmacher. Wissen Sie, Herr Moser, der letzte Anruf, den Konrad Blattl bekam, war am Dienstagabend von diesem Herrn, und die Witwe sagte, dass es wohl um ein Problem auf der Baustelle ging. So wie es aussieht, war Geldmacher der Letzte, der Blattl lebend gesehen hat. Außer seinem Mörder natürlich, sofern Geldmacher unschuldig ist.«

Oha, dachte Hans, langsam taut der Erbsenzähler ja richtig auf. Und kann gleich so mitteilsam werden!

»Den Geldmacher habe ich kennengelernt«, gab Hans bekannt und schilderte das kurze Gespräch mit dem Bauunternehmer, als dieser zusammen mit einem seiner Mitarbeiter vor der abgesperrten Baustelle im Auto gesessen hatte.

»Der war ganz schön wütend auf die Chaoten, die das angerichtet hatten, das kann ich Ihnen sagen«, schloss er.

Preiss nickte. »Gut zu wissen. Worüber die beiden im Auto gesprochen haben, konnten Sie nicht hören?«

Zuerst wollte Hans verneinen, doch dann überlegte er genauer. »Über etwas von einem Kalli haben sie diskutiert, und von der Witwe Blattl und einem Sonderangebot war auch die Rede. Aber mehr hab ich leider nicht verstehen können, tut mir leid.« Nach kurzem Stocken fügte er hinzu: »Ich kann mir darauf keinen Reim machen. Sie etwa?«

Ratlos schüttelten Preiss und Silvana die Köpfe.

»Von einem Kalli hören wir jetzt zum ersten Mal«, meinte der Landshuter Kommissar. »Es könnte eine Abkürzung des Vornamens Karl sein, aber unter allen bisher beteiligten Personen war kein solcher dabei. Keine Ahnung, vielleicht betraf es nur die Baustelle, und es hatte etwas mit einem der Bauarbeiter zu tun.«

Silvana sah auf die Uhr. »Herr Moser, wir müssen los. Bitte seien Sie weiterhin sehr vorsichtig, vor allem, was den Cosmo Sommer angeht. Der war vorher bei der Befragung zwar ruhig und nett, aber irgendwie kommt er mir zu aalglatt vor. Was haben Sie als Nächstes vor?«

Hans dachte daran, dass noch immer Gespräche mit den Anliegern des neuen Hotels anstanden, und auf eine Rückmeldung von Zeitungsredakteur Danner bezüglich der Berufsschüler wartete er auch noch.

Gemächlich schulterte er seinen Rucksack. »Ach, ein paar Eisen habe ich schon noch im Feuer. Ich melde mich dann wieder bei Ihnen.«

Preiss warf ihm einen strengen Blick zu. »Wenn wir auch sehr dankbar dafür sind, dass wir neue Infos von Ihnen bekommen, aber seien Sie um Gottes willen vorsichtig! Wenn Ihnen etwas passiert, sind wir völlig im A… sind wir voll angeschmiert, wollte ich sagen. Also informieren Sie uns bitte rechtzeitig, falls es irgendwie brenzlig für Sie werden sollte!«

»Ihr Vertrauen ehrt mich, Herr Preiss.« Hans konnte nicht verhindern, dass seine Stimme ironisch klang. »Verlassen Sie sich nur auf mich, ich weiß schon, was ich tue.«

»Na, hoffentlich«, knurrte der Hauptkommissar zurück, während sich Silvana ein Auflachen verkniff. Sie ahnte, dass die zwei, trotz aller guten Vorsätze, sicher keine dicken Freunde werden würden.

FÜNFZEHN

Bauunternehmer Walter Geldmacher saß im Bürocontainer und holte die versäumte Kalkulation der Ausfall- und Aufräumkosten nach, die er gestern aufgrund bekannter Umstände nicht mehr zustande gebracht hatte. Seine Versicherungsgesellschaft bestand auf detaillierte Aufstellungen, daher gab er sich besonders viel Mühe. Eine ausführliche Liste aller Schäden sollte ihm Mani nachreichen, der die Aufräumarbeiten und das Beseitigen der Schmierereien überwachte, dazu hatte Walter ihn gleich in der Früh verdonnert. Diese Angaben konnte er dann noch einfügen, sobald sämtliche Arbeiten erledigt waren.

Walters Hände waren schweißnass, mit Verwunderung stellte er fest, dass sie sogar leicht zitterten. Herrschaft, was war denn bloß los mit ihm? Schön langsam wurde er zu einem Nervenbündel, doch wen wunderte es?

Inzwischen hatte er ein weiteres Mal mit Hedwig Blattl telefoniert, die ihm zwar zugesichert hatte, dass der Neubau wie geplant weiterlaufen würde, doch ganz überzeugt war er nicht davon. Mit Konrad hatte er wenigstens einen kompetenten Bauherrn an der Seite gehabt, ob seine Witwe alle anfallenden Fragen und Probleme genauso mit ihm klären konnte, wagte er zu bezweifeln. Und da war immer noch der alte Römer Calli, der ihm schwer im Magen lag.

Hedwig hatte nicht nach der römischen Moorleiche gefragt, also ging Walter davon aus, dass Konrad ihr nichts darüber erzählt hatte, vielleicht, weil er vor seiner Ermordung gar keine Gelegenheit mehr dazu gehabt hatte.

Und nun hatten sich auch noch zwei Kommissare aus Landshut angesagt, die ihn zum Tode von Konrad Blattl befragen wollten. Ausgerechnet ihn! Was zum Henker hatte er mit der ganzen Sache zu tun? Rein gar nix!

Zuvor hatte er versucht, mit Mani darüber zu reden, doch der hatte stur abgeblockt und auf seine Arbeit verwiesen.

Als Walter nachgefragt hatte, weshalb er so schlechter Laune war, sagte Mani nur kurz: »Schwiegermutter«, mit einem Gesicht, das alles erklärte.

Also blieb es an Walter allein hängen, sich von den Kripobeamten ausfragen zu lassen. Und seine Hände zitterten gleich noch mehr.

Eine halbe Stunde später klopfte es an der Containertür, Walter schnaufte einmal tief durch und stand auf.

»Vorsicht da draußen, die Tür klemmt!«, rief er vorsorglich, ehe er sie mit einem gehörigen Nachhelfen seines rechten Fußes nach außen aufstieß.

»Danke für die Warnung, Herr Geldmacher, richtig?« Der bebrillte Mann im feinen Zwirn war gerade noch rechtzeitig zur Seite gesprungen. Neben ihm stand eine hübsche Blondine in Jeans und einer Blümchenbluse.

Verwirrt sah Walter von dem einen zur anderen und nickte. »Walter Geldmacher, ja, bitte, kommen Sie doch herein.«

Die beiden Ermittler stellten sich ordnungsgemäß vor, lehnten den Kaffee ab, den Walter anbot, kamen gleich zur Sache, sobald sie auf den Klappstühlen vor seinem Schreibtisch Platz genommen hatten.

»Sie haben das Opfer Konrad Blattl am Dienstagabend angerufen und zur Baustelle gebeten, Herr Geldmacher«, begann Olaf Preiss. »Das sagt uns die Anrufliste vom Smartphone des Toten sowie die Aussage seiner Frau. Um was ging es bei dem Telefonat genau beziehungsweise weshalb sollte Blattl zu Ihnen kommen? Ihre Baustelle war doch gerade erst eingerichtet worden, recht weit werden Sie baulich bis dahin noch nicht gekommen sein, oder?«

Walter schob beide Hände unter die Achseln, um das Zittern zu verstecken. Verdammt, dass er aber auch überhaupt nicht daran gedacht hatte, dass Mani und er vielleicht die Letzten gewesen waren, die mit dem Hotelier gesprochen hatten!

»Tja, ähm, es gab halt einfach eine Unstimmigkeit, die ich mit ihm abklären wollte«, sagte er vorsichtig.

»Welche Unstimmigkeit?«, wollte Preiss genauer wissen.

Walter begann zu schwitzen. »Na ja, wegen ... wegen der Aufmaße des Grundstücks und der eingezeichneten Gräben für Wasser, Abwasser und Strom. Irgendwie hatte ich geglaubt, dass der Plan der Vermessungsleute von den uns vorliegenden Bauplänen abweicht. Und bevor wir dort aufbaggern, wo wir gar nicht sollten, wollte ich mich mit Konrad, also mit Herrn Blattl, absprechen.«

»Aha. Und das war so dringend, dass er sofort herkommen musste? Wo es schon beinahe dunkel war und Sie bestimmt an Ihren Feierabend dachten? Hätte das nicht Zeit gehabt bis zum nächsten Morgen?«

»Äh ... ja, vielleicht ... vielleicht schon. Aber das hätte uns eben dann am nächsten Tag aufgehalten, verstehen Sie? Was du heute kannst besorgen, verschiebe nicht auf morgen, gell?«, flüchtete er sich hilflos in das bekannte Sprichwort.

Preiss runzelte die Stirn. »Na ja, wenn Sie das sagen. Konnten Sie also die Unstimmigkeit ausräumen?«

»Ja ... ja, sicher. Als Konrad ging, war alles geklärt.«

»Wann war das genau?«, fragte nun die junge Kommissarin.

Walter dachte nach. »Ich hab eigentlich nicht auf die Uhr geschaut, aber ich glaub, es muss so um halb elf, elf herum gewesen sein.«

»Gut.« Sie schrieb etwas auf einen kleinen Notizblock, dann sah sie wieder zu ihm auf. »Hat er irgendwas darüber gesagt, was er als Nächstes vorhatte? Hat er eventuell angedeutet, noch einen Termin oder ein Treffen mit jemandem zu haben?«

»Nein, davon hat er nix gesagt.«

»Sie kannten ihn gut? Immerhin waren Sie anscheinend per Du mit ihm«, stellte sie fest.

Walter hob die Schultern. »Na ja, was heißt jetzt da ›gut‹? Wir kannten uns lange, mindestens fünfzehn Jahre, würde ich sagen, er hatte mir seitdem das eine oder andere Projekt übertragen. Der Neubau hat allerdings ein viel größeres Volumen, da war ich schon dankbar dafür, dass ich den Auftrag von ihm bekommen hab.«

»Gab es irgendwelche Konkurrenten oder Neider, Herr

Geldmacher, jemanden, der auf Sie oder Herrn Blattl eine Wut hatte? Wer, denken Sie, steckt hinter diesem Anschlag auf Ihre Baustelle?«

Ihr aufmerksamer Blick aus den blauen Augen ging Walter durch und durch, er musste schlucken. »Keine Ahnung, ehrlich. Zumindest habe ich keinen Bauunternehmer getroffen, der neidisch auf mich war. Ich weiß eigentlich nur, dass sein Sohn Klaus hier lieber einen Einkaufsmarkt hingestellt hätte. Aber ich weiß auch, dass es dafür schon ein Ausschreibungsverfahren für ein anderes Grundstück in Bad Gögging gibt. Daran hab ich mich allerdings nicht beteiligt, die Dimension des Bauvorhabens würde meine Firma überfordern. Zwei so große Projekte auf einmal wären dann doch zu viel für uns. Und Konrad hat sich mit seinem Sohn anscheinend darauf geeinigt, dass der Markt hier keine Option wäre, und somit wurde für das Wellnesshotel entschieden.«

Silvana Kasbauer nickte. »Über die Meinungsverschiedenheit von Blattl junior und senior sind wir informiert, Herr Geldmacher. Aber zurück zu der Verwüstung der Baustelle. Haben Sie einen Verdacht, wer dahinterstecken könnte?«

Da sich das Gespräch anscheinend immer mehr von ihm als Hauptperson wegentwickelte, hatte sich Walters Herzschlag inzwischen ein wenig beruhigt. Er konnte sie sogar anlächeln.

»Ganz ehrlich? Ich hätte da zwei Möglichkeiten im Angebot: Zum einen die Naturschützer, die sich immer so gegen die Versiegelung der Flächen aussprechen, und zum anderen könnte es einer der Nachbarn getan haben. Die Anlieger dieser Baustelle haben bis zum Schluss versucht, den Neubau zu verhindern. Manche sogar mit rechtlichen Mitteln. Konrad hat mir erzählt, dass einige Nachbarn sich zusammengeschlossen hatten und einen Anwalt beauftragten, der das Bauvorhaben abschlagen sollte. Hat aber wohl nix gebracht, wir haben ja die Genehmigung von Gemeinde und Landratsamt bekommen. Vielleicht ist da einer dabei, der deswegen eine Mordswut auf den Blattl gehabt hat?«

Auch diese Aussage notierte die blonde Kommissarin kommentarlos auf dem Schreibblock, während ihr Kollege Olaf Preiss aufstand. »Gut, Herr Geldmacher, da hätte ich nur noch eine Frage: Wo waren Sie in der Nacht von Dienstag auf Mittwoch zwischen Mitternacht und drei Uhr früh?«

Diese Frage warf Walter erneut aus der Bahn. Der Kommissar fragte nach seinem Alibi? Warum? Laut schnaufend erhob auch er sich vom Stuhl.

»Ich hab den Konrad bestimmt ned umgebracht! Was hätt ich denn davon haben sollen? Ich brauch den doch! Vor allem wegen dem Ca… äh«, er räusperte sich, »wegen dem Auftrag, mein ich!«

Mit leiser Stimme, um den Bauunternehmer zu beruhigen, sagte Silvana Kasbauer beiläufig: »Das sind Routinefragen, Herr Geldmacher. Also, wo waren Sie?«

»Daheim halt, im Bett, Herrschaftszeiten! Fragen Sie meine Frau, wenn Sie mir ned glauben.«

»Das hat nichts mit Glauben zu tun, wie gesagt, wir müssen das prüfen, Herr Geldmacher.« Sie nickte ihm zu. »Vielen Dank, das war es wohl fürs Erste. Es wäre schön, wenn Sie uns für weitere Fragen zur Verfügung bleiben würden.«

Walter schob die Hände in die Hosentaschen und sah von seiner stattlichen Größe auf sie hinunter. »Ja, klar, freilich, kein Problem.«

Die Kommissare verabschiedeten sich, standen schon beinahe an der nur angelehnten Containertür, als sich Hauptkommissar Preiss zu ihm umdrehte.

»Ach, Herr Geldmacher, gerade fällt mir noch was ein. Wir wissen, dass Sie sich mit einem Ihrer Mitarbeiter unterhalten haben, als Sie vor der abgesperrten Baustelle im Auto saßen. Da ging es wohl um einen gewissen Kalli, aber ich muss zugeben, dass ein Name, der zu dieser Abkürzung passen würde, bisher in unseren Ermittlungen noch nicht aufgetaucht ist. Um wen oder was genau ging es denn da? Könnte dieser Kalli vielleicht für den Anschlag auf die Baustelle verantwortlich gemacht werden? Eventuell sogar für den Tod von Konrad Blattl?«

Walter stotterte. »Äh, nein, ich, äh, ich hab keine Ahnung,

woher Sie Ihr Wissen nehmen, Ihr Zeuge muss sich bestimmt verhört haben. Ich sprach mit meinem Kapo bloß über die nächsten anfallenden Arbeiten, sonst nix. Und im Auto hockten wir, weil die Polizei ja abgesperrt hatte. Wo sollten wir sonst hin?«

Es bildeten sich immer mehr Schweißperlen auf seiner Stirn, das Gesicht war inzwischen puterrot angelaufen. Hoffentlich merkten die Beamten nichts von seiner Nervosität!

»Gut, dann nehmen wir das mal so zur Kenntnis.« Endlich drückte Kommissar Preiss die Tür auf, und die Ermittler verließen den Bürocontainer, während Walter wie versteinert stehen blieb und ihnen nachstarrte. Blut und Wasser schwitzte er inzwischen, das Herz raste, und das Zittern hatte sich über seinen gesamten Körper ausgebreitet.

Verdammt, woher wussten diese Beamten, was er und Mani über den ausgegrabenen Römer gesprochen hatten? Außer diesem neugierigen alten Knacker war doch kein Mensch in ihrer Nähe gewesen!

Und dann auch noch die Frage nach seinem Alibi!

Zur Tatzeit hatte Walter nachweislich zu Hause im Ehebett gelegen. Aber sein guter Freund Mani war um diese Zeit unterwegs gewesen, um Calli im Römerkastell zu verstecken.

Walter erinnerte sich daran, dass sein Baggerfahrer angedeutet hatte, irgendetwas in dieser Nacht wäre nicht so glattgelaufen wie erhofft. Auf seine Nachfrage, was vorgefallen war, hatte Mani abgeblockt.

Je länger er darüber nachdachte, umso mehr erkannte er, wie sehr sich sein Freund in die Sache mit Calli hineingesteigert hatte, wie sehr dieser unbedingt wollte, dass ihr gemeinsamer Fund geheim bliebe, und unbedingt davon überzeugt war, dass mit dem alten Römer eine Menge Geld zu verdienen wäre.

Langsam sank Walter zurück auf den Drehstuhl und schlug beide Hände vor das Gesicht.

Mani würde doch nicht wirklich …?

***

Im Laden der Bäckerei Wegner ging es mal wieder zu wie im Taubenschlag. Sobald man das Geschäft betrat, duftete es herrlich nach frischem Brot und süßem Gebäck, weshalb es kein Wunder war, dass man sofort Appetit auf mehr bekam. Hinter der Glasabdeckung der Theke waren zahlreiche Köstlichkeiten aufgebaut, und bei dem beträchtlichen Angebot an verschiedenen Semmeln beziehungsweise Brötchen, wie ein Preuße sie nennen würde, kaufte man meistens mehr, als man zu Hause essen konnte.

Um die Mittagszeit bestand die Schlange wartender Kunden vor Toni Hartwig aus einer Schar Einheimischer, einigen Handwerkern und Kurgästen, sowie noch gut zu Fuß laufenden Rehapatienten, die sich das Fastenessen in den Kliniken ersparen und sich mit knusprigen Backwaren und sonstigen Kalorienbomben versorgen wollten.

Geduldig stand Toni in der Reihe, schließlich hatte er gerade mehr Muße als gewünscht. Normalerweise hätte er um diese Zeit in der Blattl'schen Restaurantküche an den Herden und Öfen gestanden, das Mittagsmenü zubereitet oder zwischendurch Waren von Lieferanten entgegengenommen.

Aber all das war Vergangenheit, denn sein Chef, besser gesagt sein Ex-Chef, hatte ihm fristlos gekündigt. Sogar eine Anzeige gegen ihn hatte der Alte erwirkt. Darüber durfte Toni gar nicht nachdenken, sonst wäre sein Blutdruck gleich wieder auf hundertachtzig.

Jemand hatte Konrad Blattl umgebracht, das wusste Toni aus den allgegenwärtigen Dorfgesprächen. Einerseits bedauerte er das, eine dunklere Seite in ihm wünschte allerdings, dass es der Mörder besser früher getan hätte, noch bevor Konrad Blattl ihn hatte rauswerfen können.

Und noch etwas anderes ging Toni im Kopf um. Schlimme Gedanken, die mit seinem Freund Cosmo Sommer zu tun hatten. Die Erinnerung an die letzte Begegnung mit Cosmo war nicht wirklich dazu angetan, seine erhöhte Herzfrequenz zu senken.

Nachdem die vier Kunden vor ihm abgefertigt waren, kam endlich Toni an die Reihe. Er reichte der Bäckereifachverkäuferin seinen mitgebrachten Leinenbeutel, wie immer darauf bedacht, umweltfreundlich eine Papiertüte zu sparen.

»Ich möchte bitte ein Käsestangerl, zwei Kürbiskernsemmeln, eine Breze und ein Pfund Gögginger Bauernbrot«, gab Toni seine Bestellung auf. Nach Erhalt der gewünschten Ware zahlte Toni und wollte die Bäckerei verlassen, als er in der Person, an der er sich als letzte in der anstehenden Reihe vorbeischlängeln musste, ausgerechnet Cosmo Sommer erkannte. Vor Schreck fiel ihm beinahe die Stofftüte aus der Hand.

Vor knapp einem Jahr hatten sich Toni und Cosmo kennengelernt. Wohl weil Singles, die in Bad Gögging arbeiteten und wohnten, immer wieder an den gleichen Orten zusammentrafen. In einer kleinen Kneipe, die neben dem Abens-Stauwehr im Gebäude der ehemaligen Mühle installiert worden war, hatten sie sich eines Abends in einem unernsten Spiel zusammen am Dartautomaten duelliert, waren dabei näher ins Gespräch gekommen, hatten sich sehr gut verstanden, Telefonnummern getauscht und waren seither zwar nicht die engsten, aber gute Freunde.

Dass Cosmo den Naturschutz sehr ernst nahm, hatte Toni inzwischen mitbekommen, doch als dieser ihn vor einigen Tagen bei einem Treffen in genau dieser Kneipe dazu eingeladen hatte, an der nächtlichen Aktion auf Blattls neuer Baustelle mitzuwirken, war Toni sehr skeptisch gewesen. Zwar hatte Cosmo keine Details erwähnt, aber zumindest gab er Toni einen groben Überblick darüber, was sie geplant hatten. Und das hörte sich nicht gut an.

Toni verstand durchaus Cosmos Motivation, für Klima- und Naturschutz einzutreten, doch mit solch extremen Mitteln wollte er nichts zu tun haben.

Zaghaft versuchte Toni, sich zu entschuldigen. »Da kann ich leider ned mitmachen, aus mehreren Gründen, Cosmo. Als Erstes, ich hab zwar grad auch einen dicken Hals auf den Blattl, weil er mir unberechtigterweise gekündigt hat, wie du ja weißt, aber ich will doch beweisen, dass ich reing'legt wurde und unschuldig bin. Zweitens, wenn es rauskäme, dass ich bei eurer radikalen

Aktion dabei war, ist meine Chance vorbei, irgendwo wieder einen festen Arbeitsplatz zu kriegen. Wer stellt denn schon einen zweimalig Vorbestraften ein, hä? Schließlich ist eure geplante Sache keine Kleinigkeit, sondern eine Straftat, und das will und kann ich ned riskieren. Nix für ungut, Cosmo, aber das alles ist mir zu heiß.«

Cosmo verdrehte die Augen. »Und ich dachte, es wäre gerade für dich die perfekte Gelegenheit, für die ungerechte Behandlung vom Blattl Rache zu nehmen.«

Toni grinste. »Ja, schon, und es hätte mir bestimmt Spaß g'macht, da mit der Spraydose herumzuspringen, aber … Cosmo, ich kann das echt ned machen. Ich hatte schon ein Verfahren wegen meiner besoffenen Autofahrt, und dazu die Anzeige vom Blattl, noch mal vor Gericht kommen will ich nimmer!«

Der Umweltschützer legte einen Arm um seine Schultern. »Tja, zwingen kann ich dich ja nicht, also okay, behalt deine weiße Weste. Aber eines noch …«

Mit strenger Miene sah Cosmo ihn an, presste mit dem Arm in dessen Nacken Tonis Kopf näher an sein Gesicht.

»Ich warne dich«, flüsterte er ihm ins Ohr, »solltest du irgendjemand von unseren Plänen erzählen, bist du fällig, haben wir uns verstanden?«

Dann ließ Cosmo ihn urplötzlich los und lachte. »Und jetzt trinken wir noch einen auf unsere Freundschaft, gell, Toni?«

Von Cosmos Ton und seiner Drohung völlig überrascht, wollte Toni nur noch eines: schnellstens raus hier.

»Versteht sich doch von selbst, Cosmo, ich werd nix sagen, versprochen, du kannst dich auf mich verlassen«, erwiderte er, prostete Cosmo zu und überwand sich sogar zu einem Lächeln. »Aber mir reicht's für heut, ich geh schlafen. Viel Erfolg wünsch ich euch bei … du weißt schon, was.«

Mit einem Zwinkern in Richtung Cosmo stand Toni auf, bezahlte seine Zeche und marschierte zum Ausgang der Kneipe.

Beim Hinausgehen war sein Blick nochmals zurück auf Cosmo gefallen, der ihm scharf hinterhergesehen hatte und mit einem Daumen nach oben eine eindeutige Geste machte. »Schlaf gut!«, hatte er ihm hinterhergerufen, was Toni nur mit einem Kopfnicken beantwortet hatte.

Seitdem hatte Toni Cosmo nicht mehr getroffen, bis sie sich jetzt in der Bäckerei plötzlich gegenüberstanden. Und inzwischen war Konrad Blattl tot, und Toni hatte eine ganze Menge Fragen an seinen Freund. Obwohl sein Herz ängstlich bis zum Hals schlug, begrüßte er ihn mit einem unschuldigen Gesicht.

»Ja, Cosmo, servus, wie geht's?«

»Gut geht's, und dir?«, entgegnete der Altenpfleger bestens gelaunt.

Toni nickte. »Na ja, so weit, so gut. Du, Cosmo, hast du ein bisserl Zeit für mich? Ich muss dringend mit dir reden.«

Cosmo sah auf die Uhr. »Ja, eine halbe Stunde oder so geht schon, ich muss erst wieder um zwei Uhr im Wohnheim anfangen. Was gibt es denn so Wichtiges?«

»Ich wart draußen auf dich«, gab Toni kurz angebunden zurück.

Cosmo nickte verwundert. »Okay, bis gleich.«

Es dauerte keine fünf Minuten, da kam Cosmo auch schon durch die Ladentür ins Freie.

»Komm, lass uns hinüber in den alten Kurpark gehen, da sind wir ungestört«, schlug der Koch Toni seinem Freund vor. Cosmo folgte ihm über die Straße hinein in die kleine Grünanlage, die bei den meisten Einheimischen nur als »Am Gries« bekannt war.

»Was hast du denn so Geheimnisvolles?«, fragte Cosmo neugierig, nachdem sie sich nebeneinander auf eine Parkbank gesetzt hatten.

Toni sah ihn ernst an, seine Stimme klang plötzlich scharf. »Ich will gar ned lang um den heißen Brei herumreden, Cosmo! Sag ehrlich, hast du was mit dem Mord an Konrad Blattl zu tun?«

Die hohe Stirn unter den zurückgebundenen Haaren umwölkte sich, Cosmo verspannte sich merklich. Trotzdem tat er gelangweilt und erwiderte ruhig: »Wieso? Wie kommst du denn jetzt auf diesen Blödsinn?«

Noch bevor Toni antworten konnte, stieß Cosmo leise hervor: »Du weißt ganz genau, dass wir nur die Baustelle verwüstet haben, und du hast versprochen, deswegen dichtzuhalten! Etwas anderes hat dich nichts anzugehen, Toni! Wir verlassen uns darauf, dass du nichts darüber sagst, nachdem du ja selbst nicht radikal werden wolltest, wie du es genannt hast!«

Diesmal ließ Cosmo seine Arme bei sich, würgte ihn nicht wie beim letzten Gespräch, was Toni erleichtert registrierte. Bei einer ernsthaften Rauferei freilich wäre Toni mit knapp zwei Meter Körpergröße und seinem eines Kochs würdigen Umfang körperlich dem schlanken Umweltrevoluzzer durchaus überlegen, doch darauf wollte es Toni nicht ankommen lassen. Mal sehen, ob Cosmo das genauso sah.

Nun brachte Toni sein Problem zur Sprache, das ihm schon seit Tagen Magenschmerzen bereitete.

Ohne Umschweife sagte er: »Cosmo, ich hab dich in der Nacht, als der Blattl ermordet wurde, im Park gesehen.«

Cosmo sprang wie von einer Feder geschnellt hoch. »Spinnst du? Wie kannst du so was sagen?«, platzte er lauter als beabsichtigt heraus. Gedämpfter setzte er hinzu: »Und außerdem, wenn du glaubst, mich gesehen zu haben, dann warst du selbst dort, vielleicht hast ja du ihn umgebracht?«

Toni klopfte auf den Platz neben sich. »Beruhig dich und hock dich wieder her, zum Teufel. Ich kann erklären, warum ich da war.«

Nachdem Toni noch einmal nachdrücklich auf die Bank gedeutet hatte, setzte sich Cosmo wieder. Mit verschränkten Armen lehnte er sich zurück und sah stur geradeaus. »Dann lass mal hören, was du dir da zusammenspinnst, mein Freund.«

An seinem gepressten Tonfall erkannte Toni, dass er es vorsichtig anfangen musste, um Cosmo nicht noch mehr in Rage zu bringen. Diese seit Neuestem aggressive Seite an seinem Freund war Toni fremd, sie gefiel ihm überhaupt nicht.

Langsam und leise sagte er: »Ich wusste ja, dass der Blattl jeden Tag die Mückenfallen kontrolliert, deshalb habe ich auf ihn beim Schwefeltretbecken gewartet. Nachdem er mich so ungerecht behandelt hatte, wollte ich einfach noch mal mit ihm reden, wollte erklären, wie es zu dem Verdacht des Diebstahles gekommen ist. Aber dann war es schon nach Mitternacht, und ich hab ihn immer noch ned gesehen, deshalb bin ich wieder gegangen. Zurück über den Fußweg, der zur Rehaklinik führt. Und da ist mir dein gelbes Fahrrad aufgefallen, das an einem Baum am Wegrand angelehnt war. Es war definitiv deins, weil kein anderes Rad in Bad Gögging gelb ist und rote Felgen hat! Ich dachte mir noch: Das ist doch Cosmos Rad, was macht der denn um diese Zeit hier? Direkt gesehen hab ich dich zwar ned, aber gehört hab ich dich dann. Du musst irgendwo versteckt hinter Sträuchern gestanden haben, denn ich hab deine Stimme erkannt. Hast du telefoniert, oder war noch jemand bei dir?«

»Das geht dich einen Scheißdreck an, Toni.« Endlich wandte sich Cosmo wieder ihm zu und grinste. »Ja, hast schon recht, ich war dort. Aber warum und mit wem, braucht dich nicht zu interessieren.«

»Ich hab aber gehört, dass du fürchterlich auf den Blattl geschimpft und geflucht hast! Mir kannst du doch sagen, ob du tatsächlich auf dem Weg zu ihm warst, um ihm eine Lektion in Naturschutz zu erteilen!«

Allen Mut zusammennehmend fügte er hinzu: »War dann dieses Zusammentreffen vielleicht so heftig, dass es für den Hotelbesitzer tödlich endete?«

Plötzlich packte Cosmo Tonis Unterarm, seine Fingernägel gruben sich so fest ein, dass es schmerzte. »Pass bloß auf, was du sagst! Du kannst doch froh sein, dass der Blattl nimmer lebt! An deiner Stelle würde ich das als Geschenk annehmen und versuchen, das Beste daraus zu machen!«

Toni zog heftig seinen Arm weg. »Aua, Mensch, bist du blöd?«

»Sorry, aber ist doch wahr! Jetzt hast du eine neue Chance, deinen Job wiederzubekommen! Oder waren auch der junge Chef und die Alte vom Blattl gegen dich?«

»Nein, aber –«

Cosmo ließ ihn nicht ausreden. »Eben. Du hattest einen super Job und sogar die Aussicht auf eine Beförderung. Schmeiß das doch nicht weg, Toni, rede mit den Leuten, die beiden hören dir bestimmt besser zu als dein alter Chef, dieser Sturkopf! Ich glaub sowieso nicht, dass du den hättest umstimmen können, selbst wenn du mit Engelszungen auf ihn eingesungen hättest. Also, sei froh, dass er weg ist, und mach was draus!«

»Ja, vielleicht hast du recht.« Toni rieb sich die Druckstelle am Arm und sah Cosmo vorwurfsvoll an. »Du hast mir aber noch immer ned g'sagt, was du in der Nacht im Park gemacht hast!«

Daraufhin stand Cosmo auf und lächelte rätselhaft zu ihm hinunter. »Noch mal, das geht dich nichts an. Vielleicht beruhigt es dich, wenn ich dir sage, dass ich einfach mal wieder in Sachen Naturschutz unterwegs war. Natur im weitesten Sinne, mein Freund. Fauna, Flora und vor allem Homo sapiens, der denkende Mensch, das alles ist es wert, dafür zu kämpfen. Ich muss los. Hat mich gefreut, dich zu treffen, Toni.«

Damit war er so schnell weg, dass keine Antwort mehr möglich war. Und er ließ Toni mit noch mehr Fragen als vorher zurück.

SECHZEHN

Auf dem Rückweg vom Schwefelbrunnen machte Hans Moser den Umweg über die Waldstraße. Auf Blattls Baustelle ging es hoch her, einige Arbeiter waren dabei, die farbenfrohen Statements abzuwaschen und das Chaos zu beseitigen. Andere fuhren mit den Bauarbeiten fort, hier wurden Schalungen auf- oder abgebaut, dort schwenkte ein Kran Bewehrungsmatten durch die Luft. Im Führerhaus eines Baggers erkannte Hans den Mann wieder, der am Vortag mit Geldmacher im Auto gesessen hatte.

Hans hielt sich nicht lange auf und marschierte weiter die Waldstraße entlang. Vom Zeitungsredakteur Danner hatte er gestern Abend tatsächlich noch per E-Mail die Namen und Adressen von drei Anwohnern erhalten, die sich besonders gegen den Neubau gewehrt hatten. Allerdings wusste Hans nicht, wie er es schaffen sollte, mit diesen Personen zu reden, schließlich konnte er schlecht einfach an deren Haustüren klingeln und sie fragen, ob sie mit dem Mord an Blattl oder mit dem Anschlag auf seine Baustelle etwas zu tun hatten.

Als die Straße einen scharfen Knick machte, blieb er auf dem Bürgersteig stehen und tat so, als würde er einen üppig blühenden Schneeballstrauch im Garten eines Bungalows bewundern. Diesmal hatte er tatsächlich Glück, nach einigen Minuten kam ein älterer hagerer Herr mit Glatze und Brille durch den Garten, verließ die Einfahrt und begann keinen Meter von Hans entfernt, abgefallene Blüten mit einem Besen vom Gehweg zu fegen.

»Grüß Gott!« Hans nickte ihm freundlich zu. »Gerade hab ich Ihren prächtigen Schneeball bewundert. Ist es nicht herrlich, wie im Frühsommer alles blüht und leuchtet?«

Der Mann hielt inne. »Grüß Gott. Ja, das warme Wetter macht's aus, auch wenn es fast schon wieder zu warm ist und es nottut, jeden Tag zu gießen.«

»Aber es rentiert sich, wenn ich mir Ihren Garten so anschaue. Wirklich schön haben Sie es hier.«

In diesem Augenblick schien auf der Baustelle hinter ihnen irgendetwas zu Boden gestürzt zu sein, es tat einen gewaltigen Schepperer, der von lauten Flüchen und Rufen der Arbeiter begleitet wurde.

Zornig stieß der Mann mit dem Besen auf. »Es wird bald nicht mehr so schön sein, wenn die da drüben mit ihrem mehrstöckigen Hotel fertig sind! Bin ja bloß gespannt, ob meine Blumen und Sträucher auch noch blühen, wenn sie den ganzen Tag in dessen Schatten stehen müssen. Und Sie hören diesen Lärm grad selbst, da hat man wirklich nicht mehr viel Freude am eigenen Garten oder auf der Terrasse.«

»Ja, das kann ich mir vorstellen. Dass ausgerechnet hier so groß gebaut werden darf?«, wunderte sich Hans laut. Damit hatte er seinen Gesprächspartner in der Tasche, der anscheinend froh war, bei jemandem seinem Ärger Luft machen zu können.

»Ich verstehe das auch nicht. Wir«, er deutete mit dem Besenstiel auf ein paar Häuser in der Nachbarschaft, »haben sogar einen Anwalt beauftragt, der gegen die Genehmigung klagen sollte. Aber irgendwann hat er das Handtuch geworfen. Anscheinend hatte der Blattl tatsächlich alle gesetzlichen Vorgaben eingehalten oder Schlupflöcher genutzt, um dieses Hotel durchzubekommen. Würde mich nicht wundern, wenn er sämtlichen Leuten vom Stadtrat und Landratsamt einen kostenlosen Wellnessurlaub versprochen hätte! Jedenfalls hatten wir mit der Klage keine Chance und müssen uns wohl damit abfinden, ob es uns passt oder nicht.«

»Ich hab gehört, dass der Hotelier Blattl gestorben ist …«

»Ja, aber das ändert ja nichts mehr an der ganzen Situation. Meine Nachbarn und ich werden deshalb kein Freudenfeuer anzünden.« Er schob seine schmalrandige Brille hoch. »Na ja, ich bin ja schon seit einigen Jahren Rentner. Vielleicht verkaufen meine Frau und ich das Haus einfach und ziehen woandershin. Im Bayerischen Wald soll's ja bekanntlich auch schöne Fleckerl geben.« Er lachte mit Galgenhumor.

Hans lachte mit. »So muss man das wohl sehen, da haben Sie recht. Ich wünsch Ihnen trotzdem alles Gute und noch einen schönen Tag.«

Grüßend hob er die Hand und ließ den Rentner weiterarbeiten. Kurz schielte er beim Vorbeigehen nach dessen Hausnummer und nickte zufrieden. Zumindest mit einem der drei Anlieger, die ihm Journalist Danner genannt hatte, hatte er reden können, und inzwischen war er geneigt, die Nachbarn aus seiner internen Verdächtigenliste zu streichen. Ihre Verärgerung war noch zu offensichtlich, was bestimmt nicht der Fall wäre, wenn sie sich durch den Tod Blattls irgendwie gerächt oder erleichtert fühlen würden. Wie dieser Herr sehr treffend erkannt hatte: Es änderte sich nichts an der Situation.

Während Hans langsam weiterspazierte, dachte er darüber nach, dass eigentlich Cosmo und seine Naturschützerfreunde zur gleichen Erkenntnis gelangen mussten. Mit einer Ermordung Blattls hätten auch sie nichts gewonnen. Wenn, dann hätten sie schon die gesamte Familie beseitigen müssen, denn bisher blieben noch genügend Personen übrig, die den Neubau weitermachten.

Aber wenn es niemand von den Nachbarn und keiner der Klimaaktivisten war, wer kam dann noch als Täter in Frage? Vielleicht doch der Sohn? Oder die Ehefrau? Oder der entlassene Koch Toni?

Plötzlich war Hans ganz froh darüber, dass er keine Verantwortung mehr für die exekutive Staatsgewalt trug. Es war doch ziemlich frustrierend, wenn man auf der Suche nach einem Mörder einfach nicht weiterkam.

Das Smartphone vibrierte in seiner Jackentasche.

»Danner hier, guten Tag, Herr Moser«, begrüßte ihn der Redakteur, »störe ich?«

»Keineswegs, grüß Gott, Herr Danner. Ich bin seit dem frühen Morgen unterwegs und konnte schon etwas Neues in Erfahrung bringen.«

»Was Sie mir wahrscheinlich ebenso vorenthalten werden wie alle anderen Ermittlungsergebnisse, stimmt's?«, kam postwendend die ungnädige Antwort.

»Nein, diesmal kann ich es Ihnen tatsächlich sagen, Herr Danner. Es geht um einen entlassenen Koch vom Restaurant Blattl. Jemand hat mir heute erzählt, dass dieser wohl eine Stinkwut auf den Konrad Blattl hatte und ihm bei der fristlosen Kündigung auch gedroht haben soll. Aber diese Info ist noch so frisch, ich würde Ihnen raten, darüber nichts zu veröffentlichen, bevor es nicht von der Pressestelle der Kriminalpolizei bestätigt wurde.«

»Sie sind mir schon ein Kasperl, Herr Moser. Haben Sie vergessen, dass ich noch gar nichts über den Tod vom Blattl schreiben darf? Bisher wurde seitens der Kripo noch nicht mal offiziell sein Tod bestätigt, geschweige denn, ob es Mord, Totschlag oder sonst was war.«

Der Vorwurf des Redakteurs war berechtigt, was Hans durchaus bewusst war. »Ja, ich weiß. Aber Sie können diese Info ja schon mal griffbereit halten, falls es dazu Neuigkeiten gibt. Und wie schaut es bei Ihnen aus? Konnten Sie mit Schülern der Berufsfachschule reden?«

»Ja, das hab ich heute früh gemacht. Ich habe diejenigen abgefangen, die am Friedhofsparkplatz ihre Fahrzeuge abstellen. Ihr Hinweis, dass einige dieser Leute auch bei der Demo auf der Bauausschusssitzung dabei waren, hat mich auf die Idee gebracht. Einer hat mich sofort von damals erkannt, und da war es ein Leichtes, ihn in ein Gespräch zu verwickeln. Besonders traurig über den Tod Blattls schien er nicht zu sein, von der Verwüstung der Baustelle wusste er angeblich gar nix, und dass ihre Klimaschutztruppe in nächster Zeit etwas plane, glaubte er nicht. Aber mit solchen Fragen solle ich mich doch bitte schön an den Cosmo Sommer wenden, weil er für Auskünfte dieser Art nicht zuständig sei.«

»Also Pleite auf der ganzen Linie«, stellte Hans fest.

»So schaut's aus. Ganz ehrlich, Herr Moser, ich seh langsam ein ziemliches Ungleichgewicht zwischen uns«, beschwerte sich der Redakteur. »Bisher haben Sie von mir mehr erfahren als ich von Ihnen. Zumindest irgendeinen Gegenwert für die Namen der prozessierenden Anlieger sollte ich schon von Ihnen bekommen, finden Sie nicht?«

»Doch, unbedingt, Herr Danner. Wie sind Sie eigentlich erreichbar? Ich mein, wie schnell könnten Sie da sein, wenn es tatsächlich etwas Relevantes zu berichten oder zu fotografieren gibt?«

Danner seufzte. »Wenn ich wüsste, dass etwas absolut Gravierendes passieren könnte, würde ich sogar in der Redaktion campen. Haben Sie etwas in dieser Richtung für mich im Angebot, Herr Moser?«

»Nein, leider nicht. Noch nicht. Aber Sie bekommen sofort eine Info von mir, wenn sich daran etwas ändert.«

»Wer's glaubt. Na schön, ich bleib mal auch über das Wochenende in Bereitschaft und hoffe auf eine Exklusivstory von Ihnen.« Sein Sarkasmus war überdeutlich herauszuhören.

»Ich verspreche es Ihnen, Herr Danner. Vielen Dank jedenfalls für Ihre Hilfe.«

»Passt schon. Bis irgendwann also, servus, Herr Moser.«

»Wiederhören!«

Nachdenklich ging Hans weiter. Bevor er jedoch endgültig in Richtung seines Wohnheimes steuerte, zog es ihn mehr zur Dorfmitte, genauer gesagt zur örtlichen Bäckerei. Immer schon hatte er diese Eigenart, dass ihn eine unbändige Lust auf etwas Süßes überfiel, sobald er gestresst war oder angestrengt über etwas nachdenken musste. Selbst im Ruhestand hatte er sich dieses Laster nicht abgewöhnen können, sein nicht weniger werdender Leibesumfang machte ihm allerdings bisher keine allzu großen Sorgen, schließlich hatte er nicht vor, auf Brautschau zu gehen.

Zum Nachmittagskaffee bildete er sich Erdbeertörtchen ein, die der Bäckerei Wegner waren legendär, und er konnte nicht anders, es mussten mindestens fünf Stück sein. Sein schlechtes Gewissen beim Verlassen des Ladens beruhigte er mit dem Gedanken, dass er seit Dienstagmorgen weit mehr Kilometer zu Fuß zurückgelegt hatte als üblich. Der Versuchung, die Papiertüte bereits auf dem Heimweg zu öffnen, widerstand er tapfer.

Voller Vorfreude überquerte er die Straße, als er plötzlich

auf einen lautstarken Wortwechsel aufmerksam wurde, der sich unterhalb des Bürgersteigs im alten Kurpark abspielte. Zwei junge Männer schienen in eine hitzige Diskussion verwickelt zu sein, Hans erkannte die beiden sofort, es waren Cosmo Sommer und der verdächtige Koch Toni Hartwig, den er dank des Fotos auf Silvanas Handy identifizieren konnte.

Leider verstand er kein Wort der lebhaften Unterhaltung, und als der vorher aufgesprungene Cosmo sich scheinbar beruhigt zurück auf die Parkbank setzte, sah Hans zu, dass er weiterkam, ehe der Altenpfleger ihn bemerkte.

Cosmo Sommer und Toni Hartwig kannten sich also, stellte er verblüfft fest, und ihrem Gebaren nach zu urteilen sogar recht gut. War es verwunderlich? Eigentlich nicht, denn weshalb sollten die beiden fast gleichaltrigen Männer nicht bekannt oder befreundet sein?

Sie jedoch bei einem heftigen Disput anzutreffen, zumal jeder von ihnen ein Motiv für Blattls Ermordung haben könnte, war dann doch sehr auffällig.

Langsam wurde es tatsächlich Zeit, ein weiteres Gespräch mit Cosmo zu suchen, beschloss Hans. Irgendwie würde er ihm dabei schon einige interessante Fakten aus der Nase ziehen können.

***

Nach dem bedeutsamen Treffen mit Cosmo war Toni Hartwig zurück in seine kleine Bude gegangen, öffnete eine Cola, aß eine Wurstsemmel und hockte dann mal wieder vor dem Computer, um die Stellenanzeigen zu checken.

Eigentlich hätte er als gelernter Koch keine Probleme, in der Gastronomie wurden immer Fachkräfte gesucht, doch irgendwie widerstrebte es ihm, woanders anzufangen oder aus Bad Gögging wegziehen zu müssen. Die Arbeit bei den Blattls hatte ihm schon gut gefallen, die vorzügliche Küche war bereits mehrfach ausgezeichnet worden, die Kollegen waren nett, okay, jedenfalls die meisten, und sofern man sich nichts zuschulden kommen ließ, war auch Konrad Blattl ein fairer und umgänglicher Arbeitgeber gewesen.

Als Toni allerdings die fristlose Kündigung erhalten hatte, konnte er wirklich nicht begreifen, weshalb sein Chef ihm nicht geglaubt hatte, dass er an den Diebstählen unschuldig gewesen war. Ein Satz von ihm war Toni besonders in Erinnerung geblieben: »Wer mit Leuten wie diesem radikalen Cosmo Sommer befreundet ist, braucht sich nicht wundern, wenn er ebenfalls straffällig wird!«, hatte Konrad Blattl ihm entgegengeworfen.

Irgendwie hatte Blattl es mitbekommen, dass sie befreundet waren und Cosmo und Toni sich öfter trafen. Klar, nach der Demo bei der Stadtratssitzung war Cosmo beim Blattl unten durch gewesen, das konnte Toni auch verstehen. Dass aber dieser ihre Freundschaft zum Vorwand nahm, ihm fristlos zu kündigen, und ihm auch noch eine Anzeige anhängte, fand Toni einfach ungerecht. Er hatte es Cosmo erzählt, aber der war anscheinend resistent gegen irgendwelche Anfeindungen geworden. »Mach dir nix draus, Toni, irgendwann wird er schon merken, dass er seinen besten Mann in der Küche verloren hat, und auf Knien angekrochen kommen, um dich zurückzuholen«, hatte Cosmo lediglich gegrinst.

Toni scrollte am Bildschirm weiter die Stellenanzeigen durch. In diesem Augenblick läutete sein Handy, er musste schlucken, als er die Nummer erkannte.

Das Kurhotel Blattl rief an, und Toni bekam Gänsehaut. Es war, als wäre ein kühler Hauch von Konrad Blattls Geist soeben an ihm vorbeigestrichen.

»Hartwig?«, meldete er sich mit zittriger Stimme.

»Herr Hartwig, hier ist Klaus Blattl. Wie geht es Ihnen?«

»Äh, mir? Ja, na ja, passt schon. Und Ihnen? Mein Beileid, Herr Blattl, ich hab das von Ihrem Vater gehört. Das tut mir echt leid.«

»Danke. Haben Sie eigentlich schon eine neue Stelle bekommen?«

»Hm, nein, bisher noch ned. Aber Bewerbungen laufen«, fügte er schnell hinzu, auch wenn es nicht stimmte.

»Schön. Oder auch nicht. Also, der Grund, warum ich anrufe, ist folgender: Von der ganzen Sache mit dem Diebstahl, Ihrer Entlassung und der Anzeige wusste ich nichts, das müssen Sie mir glauben. Ich habe mir vorhin Ihre Personalakte angesehen und auch mit meiner Mutter darüber gesprochen. Sie glaubt nicht, dass Sie uns bestohlen haben. Und ich glaube das auch nicht. Die Polizei hat ja mit Ihnen geredet, und einige andere aus unserer Küche und dem Servicepersonal wurden ebenfalls vernommen, aber es konnte nicht geklärt werden, wer die Wein- und Schnapsflaschen gemopst hat. Können Sie mir vielleicht einen Hinweis geben, wer von den Kollegen Sie so schamlos beschuldigt hat?«

»Dazu will ich nix sagen, Herr Blattl. Ich hab doch bloß eine Vermutung, beweisen kann ich ja nix.«

»Diese Einstellung ehrt Sie. Aber wenn Sie offen mit mir reden, könnten wir uns denjenigen gemeinsam vorknöpfen. Wie mein Vater deswegen so überreagieren hat können, versteh ich nicht ganz. Gab es vielleicht noch irgendeinen anderen Vorfall, der ihn gegen Sie aufgebracht hatte?«

Noch einmal musste Toni schlucken. »Ja, wahrscheinlich. Ihr Vater hat gemeint, dass jeder, der mit dem Naturschützer Cosmo Sommer befreundet ist, von Haus aus radikal und straffällig ist. Aber das bin ich ganz g'wiss ned, Herr Blattl. Mit den ganzen Aktionen von diesen Leuten hab ich nix zu tun!«

»Verstehe. Okay, Herr Hartwig, falls Sie es sich vorstellen können, wieder bei uns zu arbeiten, würde ich vorschlagen, Sie kommen in der nächsten Stunde hier vorbei, und wir reden noch mal ausführlich. Wir brauchen dringend Unterstützung in der Küche, und Sie wären meine erste Wahl. Also, was meinen Sie?«

Nun schluckte Toni zum dritten Mal. »Ja, freilich, klar, ich komm. Vielen Dank, Herr Blattl.«

»Dann bis gleich. Servus.«

»Bis gleich.«

So schnell war Toni selten in anständige Klamotten gehüpft, gleich darauf spurtete er quer durch Bad Gögging in Richtung seiner alten und vielleicht neuen Arbeitsstätte. Dankbar dachte er an Cosmo, der ihm geraten hatte, es bei den Blattls noch einmal zu probieren. Ohne seine Zusprache hätte er vorhin Klaus Blattls Vorschlag aus Stolz wahrscheinlich rundweg abgelehnt.

Aber für was hatte man schließlich Freunde?

SIEBZEHN

Am späten Freitagnachmittag war auf der Baustelle endlich wieder eine gewisse Ordnung erkennbar. Die letzten Spuren der Schmierereien waren beseitigt, alles stand wieder dort, wo es hingehörte, und wie sich gottlob herausgestellt hatte, waren keine Geräte oder Maschinen beschädigt worden. Die Arbeiten konnten wieder reibungslos weiterlaufen.

Mani hatte am Morgen in gewohnter Manier alles gemanagt, die anwesenden Arbeiter kurz versammelt und deren Aufgaben eingeteilt. Nach dieser Besprechung wusste jeder, was er an diesem Tag zu tun hatte. Es waren ja nicht wenige, die hier am Bau werkelten, und da es oft zuging wie in einem Ameisenhaufen, konnte man schnell den Überblick verlieren.

Nicht so Mani, der sich mit seinem Chef Walter Geldmacher fast blind verstand. Alles Wichtige meldete er an Walter, der ihm meistens freie Hand bei den Entscheidungen ließ. Dann hockte Mani voller Elan in seinem Bagger, steuerte ähnlich einem Orchesterdirigenten, mit Händen und brüllender Stimme und manchmal mit Hilfe der mächtigen Baggerschaufel, seine Bauarbeiter. Er stellte sich dabei bildlich vor, ein grandioses Musikstück zu dirigieren, im Endeffekt hoffte er aber einfach darauf, eine optimal laufende Baustelle zu erhalten. Wenn alle spurten, wie er es anschaffte, dann lief es wie am Schnürchen. So wie heute, als er müde sein Baugerät abstellte und ausstieg.

Ach, was war ich heut wieder gescheit, und das als einfacher Bauarbeiter ohne Studium, sinnierte Mani, als er zufrieden einen Blick rund um die aufgeräumte Baustelle warf. Wenn mich doch bloß meine Schwiegermutter mal so sehen könnt, die alte Schreckschraube.

Gestern, der Abend zu Hause mit ihrer Anwesenheit, hatte ihm schon wieder bis zur Halskrause gereicht, aber er hatte Hilde versprochen, mit seinem guten Benehmen bis Samstagmorgen durchzuhalten. Also hatte er gute Miene zum bösen

Spiel gemacht, sich aber so bald als möglich ins Bett verzogen. Schließlich fand erst heute Abend dieses Event im Römermuseum statt, weswegen sich die Schwiegermutter bei ihnen ungebeten einquartiert hatte.

Als Walter Geldmacher am Vormittag neben seinem Bagger aufgekreuzt war, um ihn über den angekündigten Besuch der Kommissare zu informieren und ihn um Beistand zu bitten, war Mani noch nicht abreagiert genug, um höflich mit ihm oder den Kommissaren reden zu können. Inzwischen hatte er sich beruhigt und fragte sich mit schlechtem Gewissen, wie Walters Gespräch mit den Polizisten wohl gelaufen war.

Um den verlorenen Tag aufzuholen, hatte der Chef verfügt, dass auch am Freitag bis fünf Uhr gearbeitet werden musste, anstatt wie üblich mittags Schluss zu machen. Als die letzten Arbeiter die Baustelle verlassen hatten, kam Mani mit der angeforderten Schadensliste für die Versicherung in Walters Bürocontainer, legte sie vor ihm auf den Tisch und ließ sich kraftlos auf den Stuhl ihm gegenüber fallen.

»Die letzten Berichte, bitte schön. Ich glaub, wir san inzwischen wieder gut im Rennen, Chef. Aber jetzt red scho, wie war's mit den Kommissaren? Du, die Blondine, so ein schmuckes Haserl, ha? Wer glaubt scho, dass des a Kommissarin is?«

Walter war nicht minder erschöpft und hatte an Manis Einschätzung des weiblichen Geschlechts grad gar kein Interesse.

»Wie es war? Blöd, echt blöd. Die Polizei wusste, dass der Blattl, bevor er umbracht worden ist, als Letztes hier auf der Baustelle war, weil sie meinen Anruf auf dem Handy g'sehen haben. Und was hätt ich sagen sollen, als sie einen Grund dafür wissen wollten? Da hätt ich dich echt guad brauchen können, Mani, dich mit deinem vorlauten Mundwerk!«

»Ja, sorry, aber meine Nerven san momentan auch ned aus Stahl! Also, was host denn dann g'sagt, warum der Blattl da war? Vom Calli hoffentlich nix, oder?« Gespannt beugte sich Mani nach vorn.

»Nein, freilich ned, irgendwas wegen Unstimmigkeiten bei den Abwasserkanälen, hab ich g'sagt. Aber beinah wär ich schon so weit gewesen, Mani! Mein Gewissen druckt mich schon seit dem Augenblick, als der Blattl g'meint hat, wir sollen den Calli verschwinden lassen. Jede Nacht kann ich nimmer richtig schlafen und hab Alpträume von dem Kerl! Vorgestern hab ich von meiner Frau beinah eine Trumm Watschen eing'fangt, weil ich im Traum geplärrt hab: Geh weg von mir, du runzliges Ungeheuer! Und sie hat geglaubt, ich mein sie!«

Mit beiden Händen raufte sich Walter die Haare und warf seinem Freund einen verzweifelten Blick zu. »Ganz ehrlich, ich bin fix und fertig, Mani. Lass uns doch einfach zugeben, dass wir den Calli g'funden ham! Die beiden Bullen haben mich übrigens danach g'fragt, also ned speziell nach der Moorleiche, aber irgendjemand hat uns wohl g'hört, als wir über ihn g'sprochen haben. Jedenfalls dachten sie, es wäre jemand mit der Abkürzung Kalli von Karl, und wollten wissen, wer das ist und ob der was mit der Baustelle oder dem Mord zu tun hat. Stell dir des vor, unser Calli – ein Verdächtiger! Ich hab bloß g'sagt, dass sich derjenige wohl verhört haben muss.« Er brach ab, räusperte sich und blickte hilfesuchend zu seinem Spezl. »Aber ich mag nimmer so weitermachen, Mani! Ich kann echt nimmer!«

Mani ließ sich von seiner deprimierten Stimmung nicht anstecken. Mit einem überlegenen Gesichtsausdruck gab er zurück: »Mach mal halblang, Walter. Ich hob noch a Zuckerl für dich, weil du no gar ned woaßt, was ich über den Wert vom Calli herausg'funden hab.«

»Der kann mir gar ned so viel wert sein, dass ich das alles noch weiter durchmach«, winkte Walter entkräftet ab.

»Und wenn ich dir sag, dass allein die Kampfausstattung vom Calli schon um die fünfzigtausend bringen könnt?«, schoss Mani ihm herausfordernd entgegen.

Verblüfft riss Walter die Augen auf. »Das vermoderte Zeug? Wie kommst du jetzt da drauf?«

Nach kurzer Schilderung des Telefonats mit Sebastian, seinem Römerspezialisten, klopfte Mani nachdrücklich mit den Fingerknöcheln auf die Schreibtischplatte. »Ich will unseren Calli weder dem Staat überlassen noch an irgendwen anderes verschenken, Walter! Zumindest der Lohn, den uns der Blattl fürs Verstecken versprochen hat, steht uns doch zu! Also reiß dich g'fälligst am Riemen! Jetzt ham wir uns schon so viel Arbeit g'macht damit, du wirst jetzt bestimmt ned schwach werden, host mi?«

Walter stützte die Ellenbogen auf den Schreibtisch, versenkte den Kopf in den Händen und murmelte: »Womit hab ich das verdient? Womit, zum Teufel, hab ich dich als Freund verdient, Mani?« Langsam rappelte er sich mit einem verzweifelten Seufzer hoch. »Du bringst mich echt noch ins Grab.«

Mani grinste. »Ned mit Absicht.«

Walter stand plötzlich auf. Auf Augenhöhe musterte er seinen langjährigen Mitarbeiter mit einem durchdringenden Blick. »Du hast den Blattl aber ned auf dem Gewissen, oder, Mani? Vielleicht, weil du dir den Calli unbedingt selbst unter den Nagel reißen wolltest?«

Jetzt grinste Mani nicht mehr. »Es langt mir schon, wenn ich *dich* ins Grab bring, Walter.« Er tippte sich an die Stirn. »Du spinnst doch vom Boa weg! Wie lang kennst du mich jetzt? Traust du mir so wos wirklich zu?«

Sofort bekam Walter ein schlechtes Gewissen. »Nein, nein, freilich ned«, beeilte er sich zu versichern. »Entschuldige, Mani.«

Kopfschüttelnd meinte der schmächtige Baggerfahrer: »Du hast doch echt an Schatten. Ja, freilich hätt ich gern das Geld, was der Calli wert ist, aber deswegen bring ich doch niemanden um!«

Walter setzte sich wieder. »Schon klar, ich glaub dir ja, und mehr als entschuldigen kann ich mich ned. Meine Nerven gehen wohl grad durch, ich weiß ehrlich ned, wie lang ich des alles noch durchhalt! Aber was jetzt? Wie machen wir weiter?«

Mani stand mit einem Blick auf seine Armbanduhr auf. »Du gehst auf jeden Fall heim und versuchst, dich zu beruhigen. Und ich räum meine Sachen z'samm und fahr dann auch nach Haus. Ich muss doch so lange die einsamen Stunden genießen, bis Hilde und ihre Mutter ganz beseelt und erfüllt von innerer Ruhe und Ausgeglichenheit von ihrem Event heimkommen.«

Mani wäre nicht er selbst, wenn er nicht schon wieder hätte grinsen können. Die Beschuldigung seines Chefs war bereits vergeben und vergessen.

»Und du darfst ma glauben, Walter, bis dahin bin ich tief und fest eing'schlafen, und morgen bleib ich so lang im Bett liegen, bis die Heimsuchung namens Schwiegermutter endlich wieder weg is!«

ACHTZEHN

Da Cosmo Sommer um die Mittagszeit freihatte, musste er momentan Tagschicht arbeiten, kam es Hans in den Sinn, als er seine Wohnung betrat. Was bedeutete, der Altenpfleger würde bis mindestens achtzehn Uhr Dienst haben.

Zwar wäre es ein Leichtes für Hans gewesen, Cosmo gleich noch beim Zurückkommen ins Wohnheim abzupassen, doch sinnvoll erschien es ihm nicht. So kurz nach der Mittagspause hätte sich der fürsorgliche Heimbetreuer bestimmt keine Zeit für einen Plausch mit ihm genommen.

Also wartete Hans geduldig ab, ließ sich seine Erdbeertörtchen auf dem sonnigen Balkon schmecken, blätterte in der Fernsehzeitung, die er tatsächlich noch in Papierform abonniert hatte, nach einem interessanten Programm für den Abend. Dann begann er, das Kreuzworträtsel zu lösen, lugte dabei jedoch immer wieder vorsichtig über das Geländer.

Er hatte richtig spekuliert, gegen halb fünf trat Cosmo auf den Hof, holte im Gehen die Tabaktüte aus der Hosentasche und hockte sich auf die Bank unter den Bäumen.

Seit geraumer Zeit startklar für diese Gelegenheit, brauchte sich Hans weder für das Anziehen der Straßenschuhe noch für das Überstreifen einer Jacke Zeit zu nehmen, fix und fertig packte er den bereitgelegten Schlüsselbund, warf seine Wohnungstür hinter sich zu und eilte nach unten. Sobald er die Außentür zum Hof erreicht hatte, verlangsamten sich seine Schritte, mit der bekannt gemütlichen Art schlenderte er auf Cosmo zu.

»Hallo, Cosmo, haben Sie noch ein Plätzchen frei für einen alten Mann?«, fragte er liebenswürdig wie immer.

Diesmal jedoch erhielt er keine freundliche Erwiderung. Mit einem finsteren Stirnrunzeln rückte Cosmo zur Seite. »Klar, ich kann es Ihnen ja nicht verbieten, sich hierherzusetzen«, kam es abweisend zurück.

Oha, anscheinend war Cosmo Sommer eine gewaltige Laus

über die Leber gelaufen. Noch dachte sich Hans nichts dabei, mit einem leisen Seufzer ließ er sich nieder.

»Meine Knie wollen einfach nimmer so wie ich«, begann er schwafelnd, rieb demonstrativ mit einer Hand sein rechtes Bein. »Ich bin heute die Goldau-Runde abgelaufen. Kennen Sie die? Da geht es zu den Donau-Auen, man sollte sogar Biber beobachten können. Hab aber leider keinen getroffen. Dafür konnte ich Möwen sehen, sagen Sie, ist das normal hier an der Donau?«

Der Altenpfleger zog an seiner Selbstgedrehten, ohne ihm einen Blick zu schenken. Eine Antwort ersparte er sich.

Langsam kamen Hans Bedenken. Cosmos abweisendes Verhalten passte so gar nicht zu dem jungen Mann, den er bisher kannte.

»Geht es Ihnen nicht gut, Cosmo?«, erkundigte er sich vorsichtig. »Sie wirken ein bisserl gestresst, liegt Ihnen denn, wenn ich fragen darf, irgendetwas auf dem Herzen? Kann ich Ihnen vielleicht irgendwie behilflich sein?«

Cosmo wandte sich ihm mit einem scharfen Blick zu. »Tun Sie doch nicht so scheinheilig, Herr Moser. Sie sind doch auch der Meinung, dass ich als Beschützer unserer Umwelt zu allen möglichen Schandtaten bereit bin. Bestimmt schreiben Sie mir das Chaos auf der Baustelle vom neuen Blattl-Hotel zu, habe ich recht?«

Verdutzt richtete sich Hans auf und tat verwundert. »Welches Chaos?«

Cosmo lachte gezwungen. »Sie wissen genau, was ich meine. Ein guter Bekannter von mir hat Sie gesehen, wie Sie vor der abgeriegelten Baustelle standen und hineingegafft haben.«

Blitzschnell überlegte sich Hans eine unverfängliche Antwort. »Ja, klar, ich war spazieren und sah die Polizeiautos. Natürlich war ich neugierig, was da wohl passiert war! Aber weshalb glauben Sie, ich könnte meinen, Sie wären dafür verantwortlich?«

»Weil Sie meine Ansichten darüber ja vorher schon als Drohung aufgefasst haben. Und nun wurde mein spezieller Freund Konrad Blattl auch noch tot aufgefunden. Anscheinend ermordet, wie man so hört. Das passt doch noch besser in Ihr Bild von mir, oder?«, presste Cosmo hart hervor.

Mit der rechten Hand zerknüllte er die halb gerauchte Zigarette, ohne sie vorher irgendwo auszudrücken. Sein Körper war offenbar so voller Adrenalin, dass er die Glut nicht mehr spürte. Ein beängstigendes Anzeichen, fand Hans, das er, inzwischen gewarnt, mit entsprechender Vorsicht zur Kenntnis nahm.

»Darf ich endlich auch einmal zu Wort kommen, Cosmo?«, schob er behutsam ein.

Cosmo schüttelte den Kopf. »Kommen Sie mir jetzt nicht mit irgendwelchen salbungsvollen Ausreden, Herr Moser! Sie haben Ihre Meinung, ich eine andere. Und hören Sie auf, mir hinterherzuschnüffeln! Halten Sie sich in Zukunft aus meinen Angelegenheiten raus!«

Damit sprang er auf, warf den zerknüllten Zigarettenrest in den Abfallkorb und ging davon.

»Aber Cosmo, wie können Sie …«, versuchte Hans, ihn aufzuhalten, jedoch ohne Erfolg.

Nach ein paar Schritten drehte sich Cosmo um. Sein stechender Blick aus tiefbraunen Augen fuhr Hans durch Mark und Bein. Er ahnte in diesem Moment, dass seine Tarnung als harmloser Rentner irgendwie aufgeflogen war und Cosmo wusste, dass er mit den Kriminalkommissaren gemeinsame Sache machte.

»Herr Moser, wie bereits gesagt, ich arbeite gern hier. Unsere alten Leutchen liegen mir *alle* sehr am Herzen. Sie wollen doch auch, dass es so bleibt, oder?«

Ein letzter scharfer Blick, dann verschwand Cosmo durch die Tür zum Wohnheim.

Überrascht und verdattert blieb Hans zurück. Was hatte er bloß getan, um den jungen Mann so misstrauisch zu machen, ihn dermaßen gegen sich aufzubringen?

Konzentriert ließ Hans die letzten Tage und Stunden Revue passieren, doch er kam nicht darauf. Sie hatten sich weder gesehen noch gesprochen, ein Grund für Cosmos offensichtliche Feindseligkeit, die man beinahe schon als Drohung auffassen könnte, war beim besten Willen nicht zu finden.

Dann erinnerte er sich, dass die beiden Landshuter Kommissare heute Vormittag Cosmo Sommer vernommen hatten. Konnte es daran liegen? Wusste Cosmo, dass Hans ein pensionierter Kriminaler war, und warf alle Personen dieser Berufsgruppe in einen Topf? Könnte er etwa sogar mitbekommen haben, dass Hans versuchte, als geheimer Informant zur Aufklärung von Blattls Ermordung beizutragen? Aber woher? Dass einer der beiden Beamten aus dem Nähkästchen geplaudert hatte, konnte sich Hans beileibe nicht vorstellen.

Mit Herumrätseln kam er allerdings nicht weiter, eigentlich konnte die Sache nur Silvana aufklären, die Hans sowieso über dieses Gespräch in Kenntnis setzen musste. Seufzend erhob er sich und ging zurück in seine Wohnung.

Seit Hans in Bad Gögging wohnte, telefonierte er immer freitags zwischen sechzehn und achtzehn Uhr mit seinem Sohn. Für beide erschien es eine gute Zeit, denn anschließend war der Abend noch jung, und jeder konnte danach ohne Stress tun und lassen, was er wollte. Bisher hatte Hans immer erfreut auf Alexanders Anruf gewartet, doch heute konnte es ihm nicht schnell genug gehen, bis sein Sohn alle Neuigkeiten losgeworden war. Hans hatte ein bestimmtes Problem, und das wollte er schnellstmöglich offenbaren.

»Ja, das Wetter ist hier vermutlich genauso schön wie bei dir, Alex«, entkam es ihm genervt nach längerem Geplauder über seinen Enkel und Freunde des Sohnes. »Aber darf ich endlich auch mal was sagen?«

»Ja, Paps, freilich, was gibt es denn?«

»Ich brauch einen gescheiten Computer, Alex, oder wenigstens ein Laptop mit einem großen Bildschirm und einer vernünftigen Tastatur. Handy und Tablet sind ja gut und schön, aber wenn ich mal schnell was nachschauen oder Dateien abspeichern will, dann dauert das ewig, weil ich ständig die falschen Tasten erwische oder nimmer genau lesen kann, was auf dem Display steht. Diese Fingerwischerei regt mich ordentlich auf. Kannst du dich da mal schlaumachen, was für mich passt und nicht zu teuer ist?«

Von dieser Forderung anscheinend überrascht, erwiderte Alexander neugierig: »Bisher hat es dir fürs Zeitunglesen, zum Nachrichtenschreiben und zum Telefonieren auch gereicht, Paps, oder? Ich kenn dich doch! Wenn dich plötzlich etwas Größeres juckt, um auf dem Laufenden zu bleiben, dann stimmt doch was nicht. Was hast du vor? Mit einer neuen Freundin online chatten und ihr Fotos von dir schicken? Vielleicht ›unten ohne‹ und oben noch weniger?«

»Blödmann.« Hans musste lachen. Als Alexander eine neue Freundin erwähnte, war ihm spontan Silvana Kasbauer in den Sinn gekommen, mit der er unbedingt im Austausch bleiben wollte. Davon abgesehen, dass Hans so etwas eh nie gemacht hätte, war Alexanders Vermutung mit den »Unten ohne«-Bildern dermaßen an der Wirklichkeit vorbei, dass er nicht anders konnte, als zu kichern. »Also echt, was denkst du denn von deinem alten Vater? Nein, es gibt zwar eine neue Freundin, vielmehr eine neue Bekannte, aber die will ganz sicher nix mit mir anfangen. Ich mit ihr übrigens genauso wenig, klar? Sie ist eine Kollegin, Kriminaloberkommissarin genauer gesagt, und sie ermittelt in einem Mordfall hier in Bad Gögging.«

»Aha«, kam es trocken zurück, »daher weht der Wind. Und wegen ihr brauchst du jetzt einen neuen Computer? Warum denn? Du ermittelst doch nicht etwa mit, oder, Paps?« Alexanders Stimme hätte nicht besorgter klingen können.

Hans bekam ein schlechtes Gewissen. »Na ja, nein, eigentlich nicht. Ich helfe ihr halt ein wenig aus, mehr nicht, ehrlich, Alex.«

Das lange Schweigen am anderen Ende der Telefonverbindung machte Hans noch mehr Gewissensbisse. »Du brauchst dich wirklich nicht zu sorgen, die Silvana passt schon auf mich auf«, schob er daher noch schnell nach.

»Silvana also. Paps, ganz ehrlich, du hast doch in deinem aktiven Dienst genug schlimme Dinge gesehen und erlebt, du warst als Ermittler mächtig erfolgreich, was reitet dich denn jetzt bloß, deinen Ruhestand zu vergessen und wieder mitmischen zu wollen?«

Dafür gab es nur eine einzige gute Erklärung. »Ich hab die Leiche gefunden.« Mehr sagte Hans nicht.

Aber es wirkte, denn Alexander schickte keine weiteren Befürchtungen hinterher, sondern schien ernsthaft nachzudenken.

»Was? Das kann doch nicht wahr sein ... Also gut, okay, ich seh ja ein, dass du da involviert bleiben möchtest«, gab sein Sohn seufzend zu. »Aber trotzdem will ich nicht, dass du dich in Gefahr bringst, ist das klar?«

»Völlig klar.«

»Und du willst den Computer für was genau? Um zu recherchieren, was diese Silvana selbst nicht zustande bekommt?«

Hans räusperte sich. »So ungefähr. Du, Alex, sie ist eine gute Ermittlerin, und meine Hilfe bräuchte sie wahrscheinlich gar nicht, aber mit den Infos, die ich als Rentner und neuer Mitbürger hier sammeln kann, kommen sie und ihr Chef halt schneller voran. Und ganz ehrlich jetzt, mich strengt das so an mit den kleinen Bildschirmen von Handy und Tablet, ich kann nicht einmal mehr besonders gut die Zeitungen lesen.«

»In Neustadt gibt es sicher einen Optiker, der dir eine stärkere Brille verpassen kann.«

»Kann der auch meine dicken Finger zum Tippen dünner machen?« Langsam wurde Hans ungeduldig. »Jetzt stell dich nicht so an, ich pass schon auf, mir passiert nix, versprochen. Wirst du mir jetzt mit einem neuen Computer helfen?«

Endlich gab sich sein Sohn geschlagen. »Ja, sicher, ich schau mal, was ich machen kann. Ich versteh ja, dass du bei dieser Sache die Füße nicht stillhalten kannst. Aber versprich mir bitte eins: Keine Alleingänge! Verstanden?«

»Ja, klar, Silvana hab ich das auch schon versprechen müssen«, gab Hans zu.

»Eine kluge Frau. Gut, ich glaube, ich hab schon eine Idee. Unser Fabi braucht eh für die Schule einen besseren, also ich mein einen größeren Computer. Wenn du was zu seinem Geburtstag dazuschießt, dann könntest du seinen alten haben, und ich kauf ihm einen neuen. Für deine Zwecke sollte Fabians alter leicht noch herhalten, das verspreche ich dir.«

Damit gab sich Hans zufrieden, um endlich den Diskussionen zu entkommen.

»Perfekt, das mach ich sehr gern, danke dir, Alex. Wann kannst du ihn mir bringen?«

»Vor dem Wochenende wird es wohl nichts werden. Kannst du deine Silvana bis dahin noch vertrösten?«

Hans streckte ihm die Zunge heraus, was sein Sohn am Telefon glücklicherweise nicht sehen konnte. »Sie und ich werden es überleben, denke ich. Falls es schneller geht, hätte ich aber auch nix dagegen.«

Alexander lachte. »Du bist einfach unmöglich, Paps. Ja, schon gut, ich melde mich bei dir, sobald ich was Neues weiß. Und bis dahin … gibst du auf dich acht, hast du mich verstanden?«

»Mach ich doch immer. Danke noch mal, liebe Grüße an alle! Ade!« Damit legte Hans schnell auf.

Er wollte noch das dringende Telefonat mit Silvana erledigen, bevor sie Feierabend machte. Obwohl, er besaß schließlich ihre Handynummer, und ein guter Ermittler war immer im Dienst, daher verspürte Hans keine Reue, als er den Kontakt antippte.

Schon nach dem zweiten Klingelton ging die junge Kommissarin ran. »Herr Moser, endlich! Ich hab mir schon Sorgen gemacht! Vorhin hab ich es bei Ihnen versucht, aber da waren Sie nicht zu erreichen.«

»Hallo, Silvana, oh, entschuldigen Sie, das ist mir jetzt einfach so rausgerutscht! Frau Kasbauer, da hab ich wohl grad mit meinem Sohn telefoniert.«

Hans war noch so ins Gespräch mit Alexander vertieft gewesen, dass er die höfliche Anrede glatt übergangen hatte.

Die junge Beamtin nahm es nicht krumm und lachte. »Ganz ehrlich? Ich weiß ja, dass es der Anstand vorschreibt, nicht als Jüngere jemandem das Du anzubieten. Aber wenn Sie mich Silvana nennen und Du sagen möchten, hab ich absolut nix dagegen!«

Hans konnte nur nicken. »Dann bin ich aber der Hans für Sie, äh, also für dich! Das freut mich! Also, Silvana, können wir kurz reden, oder stör ich gerade?«

»Du störst nie, Hans. Weshalb rufst du an, hast du was Neues erfahren?«

Worauf Hans zuerst die seltsame Unterhaltung mit dem Altenpfleger Cosmo Sommer zur Sprache brachte.

»So abweisend und aggressiv kenn ich ihn gar nicht«, schloss er seinen Bericht. »Ich kann mir Cosmos Verhalten mir gegenüber ganz ehrlich nicht erklären. War vielleicht bei eurer Befragung heute Vormittag etwas vorgefallen, was ihn dazu bringt? Ihr habt mich doch hoffentlich nicht erwähnt!«

Vehement verneinte Silvana, doch dann meinte sie nachdenklich: »Warte mal, Hans, da fällt mir etwas ein. Als dieser Cosmo den Raum verließ, machte er die Tür hinter sich nicht ganz zu. Das hab ich aber erst bemerkt, als wir ebenfalls hinausgingen. Und Preiss und ich sprachen dadrin noch über das nächste Treffen mit dir. Wenn Sommer ned gleich weggegangen ist, dann könnte es schon sein, dass er etwas mitgehört hat. Mann, sind wir blöd! Zu dir sagen wir, du sollst aufpassen, und wir Deppen bringen dich dann in Gefahr!«

Sie klang so aufgeregt, dass Hans schnell beruhigend eingriff. »Von Gefahr kann doch keine Rede sein, Silvana. Was soll mir denn hier in meiner Wohnung schon passieren? Mach dir mal keine Gedanken, ich kann auf mich aufpassen. Schließlich bin ich ja kein Anfänger mehr.«

»Aber du bleibst doch ned in deinen vier Wänden hocken, Hans! Und sobald du rausgehst ...«

»... dann geh ich halt raus. Was will er denn groß unternehmen? Mich umbringen? So weit wird er nicht gehen, wenn er ein bisserl rational denkt. Selbst mit irgendeiner hinterhältigen Attacke auf mich würde er sich noch verdächtiger machen. Nein, Silvana, so dumm ist der Cosmo nicht. Ganz im Gegenteil. Der denkt pragmatisch und subtil. Wenn wir ihm auf die Schliche kommen wollen, dann müssen wir uns in ihn hineinversetzen.«

Sie schnaubte. »Ganz toller Rat. Ich bin aber kein Psychologe, wie soll denn so was funktionieren?«

Hans schmunzelte. »Das wirst du schon noch lernen, Silvana.

Wenn du mal so viele Fälle wie ich gelöst hast, dann weißt auch du, wie das geht.«

»Ja, danke. Und das bedeutet jetzt was?«

»Das bedeutet abwarten. Nur weil er sich von mir irgendwie bedroht fühlt, heißt das doch noch lange ned, dass er mit dem Tod von Konrad Blattl etwas zu tun hat. Worauf sich seine Äußerungen vorhin bezogen haben, können wir im Augenblick konkret ned einschätzen.«

»Da geb ich dir recht, aber trotzdem …«, wurde er von Silvana unterbrochen. Dessen ungeachtet fuhr Hans gleichmütig fort: »Irgendwann wird er aber sicher etwas tun, was ihn verraten könnte. Und dann müssen wir zur Stelle sein.«

»Gut, aber wollen wir hoffen, dass du dann nicht allein diesem Chaoten gegenübertreten musst.«

»Wenn ich es nicht darauf anlege, bin ich nie allein, Silvana. Mach dir doch ned so viele Gedanken. Ich will ja nicht behaupten, dass der Cosmo harmlos ist, aber so alt und eingerostet, dass ich nimmer weiß, was ich mach, bin ich g'wiss ned.«

Inzwischen hatte sie sich anscheinend beruhigt. »Okay. Zu diesem Thema erzähl ich dir gleich mehr. Vorher wollte ich eigentlich fragen, ob es sonst noch Neuigkeiten deinerseits gibt?«

Worauf Hans bejahte und seine Unterhaltung mit einem seiner ins Visier geratenen Nachbarn des neuen Hotels wiedergab.

»Dieser eine Satz von ihm, nämlich dass sich selbst mit Blattls Tod nichts an der Situation ändern wird, hat mich nachdenklich gemacht. Damit hat er doch absolut recht! Es gewinnen weder die Anlieger der Baustelle damit noch die Naturschützer, denn der Bau geht ja wohl weiter. Falls es nicht doch nur eine Tat im Affekt war, würden damit diese Motive und die Verdächtigen rausfallen. Unser militanter Cosmo Sommer inbegriffen. Wo stehen wir dann, Silvana?«

Hans hatte ihre schnelle Auffassungsgabe nicht unterschätzt. Sie kapierte sofort, worauf er hinauswollte.

»Du meinst damit, das Motiv für Blattls Mord oder Totschlag, wie auch immer, könnte also etwas Persönliches gewesen sein, oder?«

»Genau das will ich damit andeuten«, pflichtete Hans ihr bei. »Für mich bleiben jetzt die Witwe, der Sohn und der entlassene Koch als Verdächtige übrig. Wobei mir übrigens einfällt, dass ich diesen Toni Hartwig und Cosmo heute zusammen gesehen hab. Anscheinend hatten die beiden eine kleine Meinungsverschiedenheit, ich konnte aber leider nicht hören, um was es da ging.«

»Zumindest ist es interessant zu wissen, dass die beiden sich kennen. Zwei aus unserer Verdächtigenliste gemeinsam im Bund, das hat was«, kommentierte Silvana.

»Ja«, gab Hans ihr recht, »den Gedanken hatte ich auch, bringt uns aber im Augenblick ned weiter. Habt ihr übrigens mit dem Bauunternehmer Geldmacher gesprochen? Wie steht denn er zu der ganzen Sache? Warum musste Konrad Blattl an dem Mordabend zu ihm auf die Baustelle kommen?«

»Er hat etwas über Unstimmigkeiten mit den Plänen gesagt. Kann stimmen oder auch ned. Zumindest wirkte er irgendwie schuldbewusst, aber das soll ja nix heißen. Viele werden beim Kontakt mit der Polizei nervös, oder? Als ihn mein Chef, nach deinem Hinweis auf das belauschte Gespräch im Auto, auf eine Person namens Kalli angesprochen hat, wurde er ganz rot im Gesicht und meinte aufgeregt, der Zeuge müsse sich verhört haben. Herr Mo… äh, Hans, dem Gefühl nach würde ich meinen, dass der Geldmacher uns angelogen hat. Dieser Bauunternehmer weiß meiner Meinung nach ganz genau, wer dieser Kalli ist, und verschweigt uns das.«

»Kann gut möglich sein, Silvana. Aber noch ist uns niemand namens Karl untergekommen. Da heißt es dranbleiben. Und was sagt eigentlich der Koch Hartwig? Habt ihr mit ihm sprechen können?«

»Ja und nein. Es gibt dazu schon etwas Neues. Persönlich konnten wir ihn ned antreffen, weil, stell dir vor, er bei Klaus Blattl ein Vorstellungsgespräch hatte. Wir haben ihn angerufen, als er gerade im Hotelbüro saß, und er reichte uns an den Juniorchef weiter, der bestätigte, dass er Toni Hartwig wieder einstellt. Der Strafantrag gegen ihn wird wohl zurückgezogen.«

»Donnerwetter!« Hans schnalzte mit der Zunge. »Aber das macht ihn doch noch verdächtiger, oder ned? Falls er der Täter ist, hat er genau das bekommen, was er mit dem Mord erreichen wollte!«

Silvana seufzte. »Wir können ihm aber leider nix beweisen, Hans. Ohne sein Geständnis haben wir keine Chance, und das wird er uns ned so ohne Weiteres geben.«

»Nein«, musste Hans beipflichten, »da hast du recht. Aber ich werde mich die nächsten Tage an seine Fersen heften. Vielleicht macht er irgendwas, um sich zu verraten. Und was diesen geheimnisvollen Kalli angeht, Silvana, wir sollten diesen Bauleiter Geldmacher auch beschatten lassen.«

Plötzlich wurde Hans bewusst, dass er sich immer mehr in ihre Ermittlungen einmischte, er im Gespräch oft »wir« und »uns« verwendet hatte, dass sein neuer Vorschlag fast schon wie ein Befehl klang, und er entschuldigte sich umgehend.

»Tut mir leid, ich wollte eigentlich bloß sagen, wenn ich du wäre, würde ich ihn observieren lassen. Dass er etwas verheimlicht, vermutest du ja selbst, und ich hab mich bestimmt nicht verhört, als der Geldmacher mit seinem Angestellten über einen Kalli, die Witwe Blattl und einen Sonderpreis für irgendwas sprach. Wir müssen herausbekommen, was dahintersteckt. Wäre halt mein Vorschlag gewesen …«

Silvana bekam plötzlich eine Gänsehaut. Sie stellte sich vor, wie Hans im Eifer des Gefechts auf eigene Faust einen der Verdächtigen verfolgte, ihm viel zu nahe kam und in Gefahr geriet.

Schnell sagte sie: »Ich versteh dich schon. Ich rede morgen Vormittag mit Preiss darüber, mehr kann ich dir ned versprechen, Hans. Wir spekulieren bisher ja nur, ernsthafte Indizien, die eine Überwachung rechtfertigen würden, haben wir ja ned. Und du allein kannst schließlich ned gleichzeitig den Koch Hartwig, Cosmo Sommer und den Bauunternehmer Geldmacher beschatten.«

Von Hans kam sekundenlang keine Antwort, weshalb sie nach kurzer Pause hinterherschob: »Aber ich wollte dir dazu eh noch etwas sagen. Ich glaube, ich sollte mir jetzt am Wochenende privat vielleicht mal etwas Wellness in Bad Gögging gönnen. Kannst du mir vielleicht eine schöne kleine Pension empfehlen, Hans?«

Ihr Hintergedanke dabei war offensichtlich.

»Meinst du das ernst, Silvana?« Moser bemühte sich, erstaunt zu wirken.

»Oh ja, durchaus. Eigentlich habe ich morgen und Sonntag frei, aber ... da kann ich ja tun und lassen, was ich will. Wärst du wohl so lieb, mir für eine Übernachtung irgendwo ein Zimmer zu buchen? Bitte ganz einfach, nix Großartiges, und auf keinen Fall in irgendeinem Hotel.«

Hans schmunzelte und zollte ihr noch mehr Respekt als bisher. »Du bist mir schon eine. Gut, wenn du das echt vorhast, geh ich morgen früh gleich auf die Suche und geb dir dann Bescheid. Bis wann willst du denn hier sein?«

»Ach, wahrscheinlich so gegen zehn, je nachdem. Wir telefonieren dann einfach, einverstanden?«

»Auf jeden Fall! Bis morgen, Frau Kommissarin!«

»Gute Nacht, Herr Kommissar a. D.!« Damit legte sie auf, und Hans grinste breit. Das war ein Mädel und eine Ermittlerin ganz nach seinem Geschmack!

NEUNZEHN

Samstag, 3. Juni 2023

Am Samstagmorgen saß Hedwig Blattl wie gerädert am Küchentresen ihrer Wohnung, eine Tasse Kaffee vor sich, den Kopf in die Hände gestützt, und starrte mit versteinertem Blick auf das Foto ihres Mannes Konrad. Einmal mehr liefen Tränen über ihre Wangen und tropften langsam auf die Tischplatte, wo sie sie nur manchmal geistesabwesend mit der Hand abwischte.

»Warum musste das alles passieren? Warum hat dich jemand umgebracht? Was hast du bloß getan, Konrad?«

Tausend Fragen, doch Antworten erhielt sie darauf keine.

Ein harter Tag stand ihr bevor. Vormittags um neun kam das Bestattungsinstitut, den Termin hatte ihr Sohn Klaus vereinbart, damit die Beerdigung organisiert werden konnte, sobald die Leiche seines Vaters freigegeben wurde.

Unbehagen überkam Hedwig, wenn sie an diese Person dachte. In ihrer Vorstellung war es ein Mann und sah genauso aus wie der Totengräber in einem Western: groß und hager, schmales blasses Gesicht, ein billiger schwarzer Anzug. Ein Schauer lief ihren Rücken hinunter, doch dann riss sie sich zusammen. Was sein musste, musste sein.

Natürlich entsprach der Vertreter des Beerdigungsunternehmens in keiner Weise dem Klischee, er war eher jung, untersetzt, mit dichten blonden Haaren und einem runden Gesicht. Nichtsdestotrotz blieb ihr die Prozedur, die alle Hinterbliebenen bei einem Todesfall durchleiden mussten, nicht erspart.

Ein großer Katalog wurde Hedwig und Klaus vorgelegt, viele Entscheidungen mussten getroffen werden. Soll es denn eine Erd- oder Feuerbestattung sein? Wie sollte der Sarg oder die Urne und deren Ausstattung aussehen, welche Kleidung musste für den Toten hergerichtet werden? Was war mit dem Blumenschmuck?

Er gab ihnen eine vorgedruckte Liste, auf der alle benötigten Papiere aufgezählt waren, reichte ihnen Muster von Sterbebildern und für Traueranzeigen in der Zeitung.

Alles in ihrem Kopf drehte sich, wie ein Orkan brach es über sie herein. Der Herr versuchte, zwar freundlich, aber merkbar, ihre Situation auszunutzen und schien sehr auf seinen eigenen Vorteil bedacht zu sein. Nachdem feststand, dass es eine Erdbestattung werden sollte, riet er hier zu einem besseren Kissen, dort zu einem schöneren und freilich teureren Sarg, und so ging es weiter. Sein Hinweis, dass der Verstorbene doch einen gehobenen Status in der Gesellschaft hatte und dass es deshalb etwas Besonderes sein sollte, tat sein Übriges, um ihr den letzten Nerv zu rauben. Irgendwann schob sie Kopfschmerzen vor, überließ es ihrem Sohn, die übrigen Formalitäten mit dem Bestatter abzuklären, und zog sich mit einer Entschuldigung zurück.

Da sie samstags grundsätzlich keine Arbeitstermine im Wellnessbereich annahm, hatte sie Zeit, um sich noch etwas hinzulegen. An Schlaf war trotzdem nicht zu denken, ihre Gedanken ließen sie nicht zur Ruhe kommen. Wer nur hatte Konrad ermordet und warum?

Nach einer Stunde stand sie erschöpft wieder auf, ging ins Bad und schaute in den Spiegel. »Furchtbar!«, entfuhr es ihr, als sie ihr Gesicht sah. »So kann ich nicht unter die Leute gehen!«

Rot verweinte Augen, fahles Gesicht, Tränensäcke, die sich dunkel unter ihren blaugrauen Augen gebildet hatten, Lippen, die spröde und ausgetrocknet wirkten. »Ich kann mich nicht so gehen lassen und muss mich zusammenreißen«, sprach Hedwig ein Machtwort zu sich selbst. Nach einer ausgiebigen Dusche, etwas Make-up und frischer Kleidung sah sie sich gewappnet, wieder in den Alltag zurückzukehren.

Als sie auf der Suche nach ihrem Sohn sein Büro betrat, saß Klaus am Schreibtisch und telefonierte. Nach Beendigung des Gespräches fragte er seine Mutter: »Na, hast du dich etwas ausruhen können?«

»Es geht schon, aber es ist alles so furchtbar, Klaus. Hast du mit dem Bestatter noch alles fertig machen können? Tut mir leid, dass ich dich im Stich gelassen habe, aber …«

»Das versteh ich doch, Mama.«

Hedwig setzte sich auf die Couch in der Besucherecke. »Gut, dass Papa und ich schon zu Lebzeiten unsere Vorstellungen für unsere Beerdigungen festgelegt haben. Hast du die Liste mit seinen letzten Wünschen so weit abgeklärt?«

Klaus nickte nur.

»Glaubst es«, fuhr sie nachdenklich fort, »ich muss ununterbrochen an deinen Vater denken. Warum jemand ihn umgebracht hat, mein ich. Und die Polizei sagt uns ned mal, wie es genau passiert ist! Hast du schon mal dran gedacht, dass wir die Nächsten sein könnten, Klaus? Das macht mir echt Angst, ich bin völlig fertig. Und manchmal mein ich grad, der Papa kommt jeden Augenblick zur Tür herein.«

In diesem Moment klopfte es, Mutter und Sohn starrten sich erschrocken an. Nachdem sie sich ein wenig gefasst hatten, rief Klaus ein bestimmendes »Herein!«.

Die Tür öffnete sich, und Walter Geldmacher, der Bauleiter ihres neuen Hotels, trat ein.

Ein wenig linkisch nickte er ihnen zu. »Grüß Gott, Frau Blattl, Herr Blattl.«

Die entgeisterten Blicke der beiden ließen ihn sofort beschämt zu einer Entschuldigung kommen. »Tut mir leid, dass ich einfach so hereinplatze. Ich will auch gar ned lang stören, aber wir müssten einige Sachen klären, die keinen Aufschub dulden. Haben Sie denn einen Moment Zeit für mich?«

Klaus stand auf. »Wenn es unbedingt sein muss, Herr Geldmacher. Setzen wir uns doch.« Er deutete auf die Besucherecke und bot Walter einen Sessel an.

Nachdem er Platz genommen hatte, sah Walter zu Hedwig hinüber. »Zuerst möchte ich Ihnen nochmals mein tief empfundenes Beileid ausdrücken. Es ist für uns alle ein herber Verlust.«

»Danke für Ihr Mitgefühl«, erwiderte die Witwe leise und holte ein Taschentuch hervor.

Klaus schien in seiner Trauer etwas abgehärteter zu sein und fragte Walter kühl nach dem Grund seines Besuches. »Was sind das für Sachen, die es zu klären gibt?«

Walter druckste herum. »Na ja, als Erstes wollte ich, äh, mich noch einmal bei Ihnen rückversichern … dass, hm, dass es auf der Baustelle weitergeht wie bisher. Wir hatten zwar schon telefoniert, Frau Blattl, aber erneut nachfragen schadet ja nix, gell?« Walter kratzte sich am Kopf. »Verstehen S' schon, dass mir ein Bauherr wegstirbt, hatte ich eben noch nie, deswegen bin ich zugegeben ein bisserl verunsichert.«

Klaus sah hinüber zu seiner Mutter, die den Blick fragend zurückgab, dann straffte er die Schultern und nickte Walter entschieden zu.

»Es ändert sich überhaupt nichts, Herr Geldmacher. Es wird alles so laufen wie bisher und wie es die Baupläne vorsehen. Mama und ich sind uns einig, der Fortschritt des Projektes ist eh schon zu weit, um es noch stoppen zu können. Als Ansprechpartner müssen Sie jetzt also mit mir vorliebnehmen. Sollte es Probleme geben, die Sie und ich nicht lösen können, halte ich mit meiner Mutter Rücksprache, und wir beide werden dann eine Entscheidung treffen. Meine Eltern hatten genaue Vorstellungen von dem Hotel, und ich mache in Papas Sinne weiter. Reicht Ihnen das als Zusicherung?«

Walter seufzte erleichtert und entspannte sich zusehends. »Ja, freilich, das find ich super. Das gibt mir und meinen Leuten Sicherheit. Ich hoffte darauf, dass ich mich auf Sie verlassen kann.«

»Jederzeit.«

Walter fiel ein Stein vom Herzen. Diese Sorge war er schon einmal los, aber da war noch etwas anderes, was ihm noch mehr unter den Nägeln brannte und der eigentliche Grund seines Besuches war. Er sollte wohl die verbliebenen Blattls endlich über die Existenz von Calli, dem Moorleichenrömer, informieren und über Konrads Wunsch und Vorstellung dazu.

»Da wäre noch etwas, tja, ich weiß jetzt grad gar ned, wie ich anfangen soll«, stotterte Walter.

»Nur heraus mit der Sprache, was ist los? Machen Sie es nicht so spannend«, ermutigte Klaus sein Gegenüber.

Nervös zupfte Walter an seinen Hemdsärmeln herum. »Es ist kompliziert, wie soll ich es Ihnen nur beibringen? Also gut, einmal muss es ja g'sagt werden. Wir, äh, also mein Baggerfahrer und ich, haben eine Leiche auf dem Gelände des neuen Hotels ausgegraben.«

»Was?«, schrien die beiden unisono auf.

Hedwig Blattl sah aus, als würde sie gleich in Ohnmacht fallen, während Klaus nur ungläubig auf Walter starrte, der ein lapidares »Jetzt ist es endlich raus« hinzufügte.

Geschockt von dieser Mitteilung breitete sich einen Augenblick absolute Stille im Büro aus, keiner machte eine Bewegung, kein Wort, kein Laut war zu hören, die Stille war so prägnant, man hätte die sprichwörtliche Stecknadel auf den Boden fallen hören können.

Walter sah sich genötigt, weitere Erklärungen anzufügen, doch gerade als er ansetzte, fragte Klaus krächzend: »Was für eine Leiche denn, um Gottes willen? Herr Geldmacher, was ist denn passiert? Jetzt reden Sie doch endlich!«

Walter nickte und begann etwas kleinlaut, die ganze Geschichte von Beginn an zu erzählen.

Als den Blattls klar wurde, dass es sich bei der Leiche nur um einen alten Römer handelte, ließ ihre Anspannung sichtlich nach, und sie hörten aufmerksam zu. Bei der Erwähnung von Konrads aberwitzigem Vorschlag, den Caligula vorerst zu verstecken, und bei der Schilderung seiner Idee, die Moorleiche im Foyer des neuen Hotels auszustellen, keuchten beide überrascht auf.

»Ja, also, freilich haben wir uns Konrads Wünschen gebeugt«, führte Walter seine Schilderung fort, »der Kunde ist schließlich König, oder? Das wissen Sie wohl besser als ich! Der Mani und ich haben also die Moorleiche ...« Walter beschrieb ausschweifend, welchen Stress und Aufwand die beiden Komplizen bisher mit den diversen Umlagerungen gehabt hatten.

Als er seinen Bericht beendet hatte, stand Klaus auf und sah in die Runde. »Also, jetzt brauch ich unbedingt einen Drink. Sonst noch jemand?« Er steuerte zum mit harten Sachen gut bestückten Servierwagen in der Ecke des Büros und sah nochmals fragend auf seine Mutter und Walter. Der Bauunternehmer nickte, Hedwig schüttelte, noch immer blass und sprachlos, den Kopf.

Klaus füllte zwei Whiskygläser und reichte Walter eines davon. »Mein lieber Schieber, da haben Sie uns ja ein schönes Ei gelegt, Herr Geldmacher!«

»Ich weiß schon, und es tut mir auch leid, aber Ihr Vater hat es doch so angeschafft! Hätten Sie es an meiner Stelle anders g'macht?«, versuchte Walter, sich zu rechtfertigen.

»Keine Ahnung.« Klaus trank einen Schluck, setzte sich wieder und schwieg.

Es dauerte eine Zeit lang, bis sich Hedwig Blattl gefangen hatte. In der Zwischenzeit hatte sie wohl über Walters Geschichte, vor allem aber über die Rolle, die ihr Mann Konrad darin spielte, gründlich nachgedacht.

Bis hierhin hatte sie den Anschein der trauernden, leidenden Witwe erweckt, aber als ob man einen Schalter umgelegt hätte, hatte sie plötzlich die Ausstrahlung einer gefassten, beinahe harten und berechnenden Geschäftsfrau.

»Klaus, wir dürfen uns jetzt nicht verrückt machen. Wir müssen mit klarem Kopf darüber nachdenken«, meinte sie, an ihren Sohn gewandt. »Ich hab keine Ahnung, was sich Papa da zurechtgesponnen hat, aber … was können wir denn jetzt tun? Wie kommen wir aus der ganzen Sache raus?« Plötzlich drehte sie den Kopf in Richtung Walter. »Wo ist er eigentlich momentan?«

»Wer?« Walter hatte immer wieder an seinem Glas genippt und nicht genau zugehört.

»Na, dieser Calli oder wie er heißt, die Römerleiche halt. Bei Ihrer Aufzählung von den vielen Umzügen habe ich glatt den Faden verloren.«

Walter konnte nicht anders, er musste endlich bei jemandem mit seinen Erlebnissen prahlen und gab bereitwillig Auskunft. »Zuletzt hab ich ein schönes Platzerl für unseren Calli im Keller der Limes-Therme gefunden. Einfach ist es ned, aber man kommt vom Betriebshof gut rein. Durch die Doppeltür am Eingang, dann die Treppe runter, den Gang links entlang und gleich noch mal links, und schon steht man in einem Schaltraum. Dadrin auf der rechten Seite ist eine niedrige Tür zu einer Art Rumpelkammer. Und da liegt er grad, der Calli, ich hab ihn dort unter einer Werkbank in der Ecke deponiert, sogar noch einiges an Gerümpel davorgeschoben, da findet ihn so schnell keiner. Super, oder?«, beschrieb Walter haargenau das Versteck, weil er sich von den Anwesenden Anerkennung für seinen genialen Einfall erhoffte.

Hedwig Blattl ging auch sofort darauf ein. »Ausgezeichnet, da wäre ich nie drauf gekommen«, lobte sie, begleitet von einem gequälten Lächeln. »Ich schlage vor, dort kann er erst mal bleiben, bis wir uns klar darüber werden, was wir jetzt tun sollen. Oder, was meinst du, Klaus?«

Klaus Blattl stellte hart das Glas ab. »Ich kenn mich zwar mit der Gesetzeslage bei archäologischen Funden nicht aus, aber irgendwie habe ich das Gefühl, dass es nicht richtig war, den Fund zu verschweigen, mehr noch, ihn aus der Grube zu entfernen. Habe ich recht, Herr Geldmacher?«

Walter nickte ertappt. »Ja, Herr Blattl, ich hab da ein bisserl genauer recherchiert, und wenn ich richtig gelesen hab, gehören solche Funde eigentlich dem Staat. Aber Ihr Vater wollte doch den Calli unbedingt im Foyer ausstellen, und was uns noch wichtiger war: Hätten wir es gleich gemeldet, wäre uns die Baustelle stillgelegt worden! Also fanden wir alle, dass es nix schadet, den Fund erst irgendwann später anzuzeigen.«

»Hm. Ja, verstehe. Da muss uns jetzt was einfallen.« Nachdenklich zog Klaus die Stirn kraus.

Langsam bekam Walter das Gefühl, dass die beiden Blattls Zeit brauchten, um die Neuigkeiten zu verdauen. In einem Zug trank er sein Glas leer und stand auf. Bevor er sich allerdings verabschiedete, hob er die Hand, als wäre ihm noch etwas eingefallen. Allen Mut zusammennehmend sagte er fest: »Ich trau es mir fast ned zu erwähnen, aber wir, also mein Vorarbeiter Mani und ich, hatten mit Konrad einen Deal, der uns für das

Verstecken und die damit einhergehenden Umstände eine entsprechende Prämie zusichert.«

Klaus sah zu ihm auf und wirkte nicht sonderlich überrascht. »Das war mir klar. Um wie viel handelt es sich dabei?«

An sein letztes Gespräch mit Mani denkend, gab Walter schnell eine deutliche Meinung ab. »Also, einen genauen Betrag haben wir zwar nicht ausgemacht, aber in Anbetracht dessen, dass wir wegen dem Römer fast eine eigene Umzugsfirma hätten aufmachen können und wir uns schon dreimal ein anderes Versteck ausdenken mussten, kommt da anständig was z'samm. Ein Gefahrenzuschlag für das Risiko und ein Schmerzensgeld für die Angst, die wir immer ausgestanden haben, muss auch noch drin sein«, stellte Walter nachdrücklich klar.

»Das klingt ja fast schon nach Erpressung, Herr Geldmacher!« Hedwig hatte sich ruckartig aufgesetzt, mit einem Blick, der einem das Blut in den Adern gefrieren lassen konnte.

»Jetzt mal langsam und bitte ohne jede Schärfe«, mischte sich Klaus ein. »Wenn man's genau betrachtet, sitzen wir doch alle im gleichen Boot. Was hilft es, wenn wir uns gegenseitig drohen? Suchen wir lieber nach einer gemeinsamen Lösung, die für beide Seiten passt. Mein Vorschlag wäre, wir machen es so, wie Papa es sich vorgestellt hat. Nach Abschluss der Bauarbeiten holen wir, vielmehr Sie, Herr Geldmacher, den Römer heraus, und Sie bekommen, wie ursprünglich ausgemacht, eine angemessene Summe für den Aufwand. Wir werden uns dabei sicher nicht lumpen lassen, oder, Mama?«

Hedwig nickte, und Klaus fuhr fort: »Wäre das für Sie akzeptabel, Herr Geldmacher?«

Nach kurzer Bedenkzeit stimmte Walter dem Vorschlag zu. Allerdings pochte er darauf, dass diese Vereinbarung genau so, ohne Tricks und doppelten Boden, passieren musste. »Leider hab ich keinen Zeugen dabei, aber ich verlass mich auf Ihr Versprechen, Herr Blattl!«

»Sie können uns voll vertrauen.« Hedwig stand auf, lächelte und hielt ihm ihre rechte Hand entgegen. »Glauben Sie, wir würden Konrads Andenken verraten? Ganz bestimmt nicht. Sie müssen schon uns genauso vertrauen, wie wir Ihnen vertrauen müssen!«

»Ohne Vertrag trau ich grundsätzlich keinem!« Walter konnte nicht anders, sein flaues Gefühl riet ihm zur Vorsicht.

Hedwig Blattls Gesicht fror ein, sie zog die ausgestreckte Hand zurück. »Wenn Sie auf einen schriftlichen Vertrag bestehen, dann bitte, Herr Geldmacher. Aber Sie wissen, dass Sie als Erster das Gesetz gebrochen haben, als Sie die Römerleiche aus der Grube entfernt haben! Wenn Sie uns damit unter Druck setzen wollen, können Sie sofort einpacken!«

Die knallharte Geschäftsfrau kam im vollen Umfang zum Vorschein, was Walter dermaßen überrumpelte, dass er ihr nicht standhalten konnte.

»Entschuldigung, ich hab ja nur gemeint ...« Demütig zog der Bauunternehmer den Kopf ein.

Klaus Blattl stampfte heftig mit dem Fuß auf, um sich Gehör zu verschaffen. Mit scharfer Stimme wies er die zwei Kontrahenten in die Schranken. »Schluss jetzt, ich denke, wir haben Besseres zu tun, als uns Spitzfindigkeiten an den Kopf zu schmeißen! Wir machen alles, wie vorher ausgemacht, und nun Ende der Debatte!«

Hedwig nickte. »Mein Sohn hat recht, Herr Geldmacher, wir sollten uns nicht streiten. Vertrauen Sie uns einfach, und wir vertrauen Ihnen, okay?« Sie hielt ihm erneut die rechte Hand entgegen – und Walter schlug ein.

Beim Verlassen des Hotels hatte Walter trotz des Disputs mit Hedwig Blattl das Gefühl, ein gutes Geschäft gemacht zu haben. Auch ohne Konrad waren die beiden anscheinend bereit, den Lohn für Manis und seine Mühen zu bezahlen. Diese Neuigkeit wollte er sofort seinem Kumpel mitteilen und beschloss spontan, bei ihm vorbeizufahren.

Erst nach zehn Minuten penetranten Läutens, Walter wollte schon fast aufgeben und heimfahren, öffnete Mani im Pyjama die Haustür.

»Mein Gott, Walter, hast du nix Besseres zu tun, als die Leut' aus dem Schlaf zu klingeln?«, war Manis erster Satz, als er aufmachte.

Walter deutete auf seine Armbanduhr. »Es ist nach elf! Herrschaft, warum rennst du no im Schlafanzug rum, du Depp?«

Mani gähnte und ließ ihn ein. »Weil die Heimsuchung vorhin grad erst zur Tür raus is, die Hilde fährt sie zum Bahnhof.«

In karierten Schlappen schlurfte Mani vor Walter in die Küche und fragte: »Magst an Kaffee? Also ich brauch jetzt auf alle Fälle einen.«

»Ja, gern, irgendwie muss ich den Whisky vom Blattl ausm Magen kriegen.«

Zuerst reagierte Mani darauf gar nicht, füllte den Automaten, holte zwei Tassen aus dem Schrank, aber dann erstarrte er sichtlich und drehte sich schnell um. »Was host g'sagt? Den Whisky von wem?«

»Vom Blattl!«

Mit einer gewissen Genugtuung berichtete Walter von seinem Besuch im Kurhotel. »Nachdem du ja unbedingt drauf bestanden hast, dass wir wenigstens das von Konrad versprochene Geld fürs Verstecken vom Calli bekommen, war ich vorhin bei den Blattls und hab die Katze, beziehungsweise den Calli, aus dem Sack gelassen. Ich sag's dir, die haben am Anfang genauso blöd g'schaut wie du jetzt grad! Aber dann haben wir eine Übereinkunft getroffen.«

Lang und breit schilderte er das Gespräch in Klaus Blattls Büro. »Wir holen den Römer erst nach Bauabschluss raus, genau wie damals mit dem Konrad ausg'macht, und dann kriegen wir eine Summe, die wir noch aushandeln müssen.«

Zufrieden schlürfte Walter an seiner Kaffeetasse. »Na, was sagst jetzt zu meiner Glanzleistung?«

Mani hockte sich ihm gegenüber. »So ganz wach bin i wohl noch ned, Walter.« Er rieb sich mit beiden Händen über das Gesicht, klopfte dann mehrmals mit den Handflächen gegen seine Wangen, ehe er die Augen wieder auf seinen Chef richtete. »Auf den ersten Blick hört sich des ja guad an, aber … irgendwas stört mi an der ganzen Sach. Irgendwie hob i so ein komisches Gefühl dabei.«

Nachdenklich strich er sich über den Zweitagebart. »Du hast

ihnen hoffentlich ned verraten, was der Calli eigentlich wert is?«

Walter grinste überlegen. »Meinst du, ich bin blöd? Das ist doch unser heimlicher Trumpf, oder?«

Mani rührte langsam mehr Zucker in die Tasse. »Und host du g'sagt, wo du ihn versteckt host?«

»Freilich hob ich das g'sagt«, gab Walter voller Stolz zu, »die wollten es doch unbedingt wissen, und außerdem sollen die Blattls sehen, was wir zwei bisher für einen Aufwand betrieben ham! Umso mehr springt hinterher für uns raus!«

Zweifelnd sagte Mani: »Den beiden trau ich ned mehr über den Weg, als was Schwarzes unter den Fingernagel passt.«

Geldmacher verschluckte sich am Kaffee und musste husten. »Was willst jetzt damit sagen, Mani?«

Sein Baggerfahrer starrte ihn vorwurfsvoll an. »Ich glaub, dass du an Mordsschmarrn baut host, Walter! Wenn die Blattls wissen, wo der Römer grad liegt, dann werden die sich bestimmt was ausdenken! Wo kein Römer, da kein Kläger beziehungsweis dann keine fällige Prämie für uns, verstehst? Was mach ma denn, wenn die uns den Calli vor der Nase wegschnappen?«

ZWANZIG

Silvana hatte ihren Kollegen Olaf Preiss am Samstagmorgen angerufen und ihn gefragt, ober er eine Möglichkeit sehe, den verdächtigen Koch Toni Hartwig und den Bauleiter Walter Geldmacher überwachen zu lassen.

Der Hauptkommissar äußerte die gleichen Bedenken wie sie. »Die Indizien und die Verdachtsmomente sind viel zu dünn, um beim Staatsanwalt etwas erreichen zu können. Nein, Frau Kasbauer, daraus wird nichts. Da müssen wir am Montag einfach noch mal ran und den Hartwig endlich persönlich befragen. Und dass uns der Geldmacher belogen hat, können wir schon gleich gar nicht beweisen, und das rechtfertigt eine Observierung noch lange nicht.«

»Ich dachte mir schon, dass Sie der gleichen Meinung sind wie ich«, gab Silvana zu.

Sie wollte sich gerade bei ihrem Chef für die Störung am freien Wochenende entschuldigen, als Preiss hinzufügte: »Vielmehr würde ich den Cosmo Sommer im Auge behalten wollen. Falls er und seine Truppe für den Anschlag auf der Baustelle verantwortlich sind, dann könnte sein Motiv durchaus darin bestehen, den Konrad Blattl aus dem Weg zu räumen, um den Neubau zu verhindern. Und wenn er erfährt, dass der Bau unvermindert weitergeht, nimmt er sich vielleicht die nächste Person aus der Familie Blattl vor.«

»Könnten wir eventuell aufgrund dieses Verdachtes eine Wohnungsdurchsuchung bei Sommer beantragen?«, schlug Silvana vor. »Nach den Ergebnissen der Spurensicherung von der Baustelle gab es zwar keine eindeutigen Fingerabrücke oder DNA-Spuren, aber die Kollegen waren sich doch sicher, dass diese Schreckensbilder mit Hilfe von Schablonen aufgesprüht wurden. Könnte man nicht versuchen, wenigstens diese Hilfsmittel und vielleicht die Spraydosen bei Sommer zu finden? Auch wenn eigentlich die Kelheimer Kollegen an diesem Fall dran sind, würde das aber unsere Ermittlungen immens vorantreiben.«

»Das wäre ein Ansatz, ja. Wenn Sie unbedingt Ihre Freizeit opfern wollen, dann dürfen Sie diesen Antrag gern aufsetzen und einreichen.«

Beinahe wäre Silvana damit herausgeplatzt, dass sie heute und morgen bereits anderweitig beschäftigt war und er das bitte schön selber machen solle, doch sie konnte sich rechtzeitig bremsen. Was er zu ihrem Plan gesagt hätte, heute und morgen zusammen mit Moser den Koch Hartwig und Bauunternehmer Geldmacher zu überwachen, mochte sie sich gar nicht ausmalen. Und möglicherweise den Cosmo Sommer gleich noch dazu!

»Ja, ich mach das, kein Problem. Ich lasse Sie in Kenntnis setzen, Herr Preiss, aber dann bin ich für das restliche Wochenende nicht mehr anwesend. Wir sehen ja am Montag, was dabei herausgekommen ist.«

»Genau. Dann erholen Sie sich gut, Frau Kasbauer, schönes Wochenende.« Und schon hatte er aufgelegt.

Silvana war extrem darüber erstaunt, dass er sie wegen der Störung an einem seiner freien Tage nicht angemeckert hatte. Langsam wurde Preiss tatsächlich menschlich.

Notgedrungen fuhr Silvana also vorher noch ins Kommissariat, um den Antrag auf Durchsuchung bei Cosmo Sommer bei der Staatsanwaltschaft einzureichen, ehe sie sich endlich in ihren schnittigen Ford Ka klemmen und nach Bad Gögging düsen konnte.

Eigentlich war sie ja völlig dumm, kam ihr während der Fahrt in den Sinn. Statt sich auf ihr freies Wochenende zu freuen, kurvte sie nur weiterer Arbeit entgegen. Nach langer Zeit endlich mal wieder zwei Tage am Stück nur für sich zu haben wäre schon schön gewesen. Keine Arbeit, kein Stress, keine Überstunden, viel zu selten war dies der Fall. Aber das brachte halt ihr Beruf als Kriminaloberkommissarin mit sich. Zugegeben, sie liebte ihren Job, doch so manches blieb auch deswegen auf der Strecke. Ihre letzte Beziehung war ungefähr zwei Jahre her und genau aufgrund dieser Umstände zerbrochen. Die unregelmäßigen Arbeitszeiten, die Gefahrensituationen und die ewige Abwesenheit hatten dazu beigetragen, dass sie mal wieder sitzen gelassen worden war.

An diesem Wochenende sollte sie eigentlich nicht darüber nachgrübeln, sondern nur mal an sich selbst denken. Einfach genießen, was an Wellness für Körper und Seele geboten wurde, zum Beispiel Massagen, Kräuterbäder, gutes Essen und was sonst noch alles. Doch was tat sie stattdessen? Fuhr in eine der besten Ortschaften der »Gesunden Fünf«, sprich der fünf Kurbäder in Niederbayern, um nebenbei zu ermitteln. Wie doof konnte man eigentlich sein?

Machte sie es, um die Lösung des Falls voranzutreiben? Um vor Preiss gut dazustehen? Oder für Hans Moser, damit er dieses Erlebnis, eine Leiche selbst zu finden und nicht erst hinzugerufen zu werden, verarbeiten konnte? Irgendwie erinnerte Hans sie an ihren Opa, der war genauso untersetzt mit einem kleinen Bäuchlein, konnte eine gemütliche Ruhe ausstrahlen, hatte eine sonore, wohlklingende Stimme. Abgesehen davon war Hans intelligent und sympathisch, einfach ein Mensch, den man mögen musste.

Während der Fahrt nach Bad Gögging dachte Silvana darüber nach, doch sie konnte sich ihre Beweggründe selbst nicht erklären. Und dann war es eh egal, sie war angekommen bei der Pension, die Hans gebucht und deren Details er ihr heute Morgen per Handynachricht mitgeteilt hatte.

Nachdem Silvana eingecheckt und das wenige Gepäck auf ihr Zimmer getragen hatte, öffnete sie die Tür, die auf einen breiten Holzbalkon führte und einen herrlichen Blick auf die Landschaft am Dorfrand von Bad Gögging bot. Ein Blick wie auf einem Gemälde, fast schon kitschig. Unterhalb des Balkons floss die Abens gemächlich dahin, linker Hand ihrer Pension überspannte eine hölzerne Rialtobrücke im Miniformat den schmalen Fluss, die zu einem kleinen Park führte, der das ländliche Idyll vollends abrundete.

Und was noch besser war, das Refugium des Kurhotels Blattl lag keine fünfzig Meter von ihr entfernt. Ob das wohl Absicht war von Hans? Silvana musste grinsen, dem schlitzohrigen Kommissar a. D. traute sie mittlerweile alles zu.

Zufrieden nickte sie, setzte sich in einen der beiden Klappstühle, die neben einem runden Tisch auf dem Balkon standen, wählte die Nummer von Hans, um sich für seine Mühe zu bedanken und ihre Ankunft mitzuteilen.

Moser schien schon auf ihren Anruf gewartet zu haben, bereits nach dem ersten Klingelton meldete er sich.

»Hallo, Hans! Ich bin gut angekommen und hab schon mein Zimmer bezogen. Da hast du es wirklich gut getroffen, so sauber und schön eingerichtet, und erst diese Aussicht vom Balkon, einfach mega!«

»Das freut mich, dass dir meine Wahl gefällt, Silvana!« Hans verschwieg wohlweislich, dass es eines der letzten freien Zimmer gewesen war, das er so kurzfristig hatte ausfindig machen können. Umso mehr freute ihn ihre Begeisterung.

Silvana fragte unschuldig: »Dass die Pension gleich neben Blattls Biergarten liegt, war bestimmt keine Absicht, oder?«

»Tut sie das? Nein, ich hab halt einfach angerufen und das Zimmer gebucht, auf die Anschrift hab ich da echt nicht geschaut«, gab er zerknirscht zurück. »So gut kenn ich mich in Bad Gögging schließlich auch wieder nicht aus.«

Silvana glaubte ihm kein Wort, doch sie sparte sich einen weiteren Kommentar. »Du, Hans, ich muss mich für die Verspätung entschuldigen, ich kam viel später los als geplant, aber Preiss und ich hatten noch ein Gespräch.«

Kurz gab Silvana einen Abriss darüber, was ihr Chef und sie vereinbart hatten. »Wollen wir uns treffen, statt alles Weitere am Telefon zu bereden?«, schlug sie vor.

»Sehr gern. Kennst du das kleine Café neben der Tourist-Info?«

»Ich kenn weder diese Info noch das Café.«

»Wo bist du denn gerade?«

»In der Pension auf dem Balkon«, entgegnete Silvana.

»Okay, dann brauchst du ungefähr zehn Minuten zu Fuß bis zu unserem Treffpunkt. Einfach wieder hoch zur Hauptstraße, dann rechts über die Brücke, an der Kreuzung, wo die Limes-Therme angeschrieben ist, links rüber, dann bist du auch schon da. Und damit du dich nicht so beeilen musst, sagen wir, in einer halben Stunde?«

»Das passt, ich freu mich, bis gleich«, beendete sie das Gespräch.

Ihre paar Klamotten waren schnell ausgepackt, Silvana verließ gut gelaunt die Unterkunft und schlenderte in Richtung Tourist-Information. Dort sah sie sich im Schaufenster die Plakate an, die über Veranstaltungen in und um den Kurort informierten. Gleichzeitig überkam sie Bedauern darüber, dass ihr nur zwei knappe Tage zur Verfügung standen. Einige der angekündigten Events waren verlockend, doch aus Zeitnot würden keine, oder zumindest nicht viele davon, in Frage kommen.

Ein Highlight aber stach ihr sofort in die Augen.

»THERMEN-OPENING«, ein Tag der offenen Tür in der Limes-Therme, und auch noch an diesem Samstag. Das ansprechende Plakat lud alle Interessierten zu vergünstigten Eintrittspreisen ein, die Vorzüge der Therme kennenzulernen; sowohl die In- und Outdoor-Badelandschaften als auch sämtliche Saunen und Spezialbäder, die sonst nur mit Zusatzkosten zu genießen waren. Kostenlose Führungen durch die Betriebsanlagen wurden ebenso angeboten, außerdem wurden Livemusik am Kurplatz und Getränke- und Essensstände angepriesen. »Für das leibliche Wohl ist unter anderem mit Bio-Bratwürsten, Steaks vom heimischen Weiderind, Spargel aus der Region und Käse aus dörflicher Herstellung reichlich gesorgt. Ein gutes Holledauer Bier dazu wird den Genuss abrunden«, versprach das Plakat.

Schon beim Lesen lief Silvana das Wasser im Mund zusammen, und wenn Hans sich die Zeit nehmen würde, sie zu begleiten, wäre es perfekt. Sie beschloss, ihn zu fragen, sobald sie sich gleich trafen.

Eigentlich führten andere Gründe sie hierher, aber das Vergnügen sollte deswegen nicht zu kurz kommen. Nebenbei Recherchieren und Beobachten sollte doch möglich sein, oder?

Im Spiegelbild des Fensters der Tourist-Info zeichnete sich auf der anderen Straßenseite die untersetzte Gestalt Mosers ab, die sich schnellen Schrittes von hinten näherte. Sie drehte sich um.

»Servus, Silvana!« Er reichte ihr die Hand.

»Hallo, Hans«, begrüßte sie ihn lächelnd.

Hans hakte sich ungefragt bei ihr unter und zog sie zur Freifläche des Cafés gleich nebenan, in Richtung eines leeren Tisches, der einigen Abstand zu anderen Tischen bot und für vertrauliche Gespräche prädestiniert schien.

»Schön, dass du da bist, Silvana. Wollen wir uns dahin setzen?«

»Ja, gern.«

Nach der Bestellung ihrer Getränke fragte Hans ungeniert, wie sich Silvana ihren Aufenthalt in Bad Gögging vorgestellt hatte.

»Ich hab ehrlich gesagt noch überhaupt keinen Plan, Hans. Eigentlich könnt ich mir tatsächlich ein paar Stunden Erholung vorstellen, es ist ja schon eine Ewigkeit her, dass ich mal Urlaub hatte. Andererseits wollten wir ja unsere Verdächtigen Hartwig und Geldmacher im Auge behalten. Und nach der Ahnung meines Chefs Preiss und deinem Gespräch von gestern mit ihm am besten auch noch diesen Cosmo Sommer. Können wir das irgendwie vereinbaren, was meinst du?«

»Also, wir sind ja nur zu zweit. Drei Personen zu überwachen wird wohl ein wenig schwierig werden. Zumal der Geldmacher ja nicht in Bad Gögging wohnt, sondern in Minzing, einem Ortsteil von Neustadt einige Kilometer weit weg. Und ich hab kein Auto.«

»Ich hätte eines, das wär kein Problem. Aber es ist doch Wochenende, Hans, glaubst du, dass da viel passiert auf der Baustelle und bei Geldmacher daheim?«

»Eher nicht. Also konzentrieren wir uns auf den Toni und den Cosmo?«

»Das wär für mich auch die beste Option. Weißt du zufällig, ob und wie Cosmo arbeitet an diesem Wochenende?«

Die Bedienung kam und servierte Cappuccino für beide und Käsekuchen, den sich Silvana bestellt hatte.

Als sie weg war, rührte Hans in seiner Tasse. »Freilich weiß ich das, ich hab mich schon ein bisserl schlaugemacht. Cosmo hat heut und Sonntag frei, er muss erst wieder Montagfrüh um fünf in unserem Heim antreten.«

»Aber was er vorhat an diesem Wochenende, weißt du ned? Ob er wegfährt vielleicht oder andere Aktionen plant?«

Hans zuckte die Schultern. »Nein, leider nicht. Nachdem er mir anscheinend nicht mehr wohlgesonnen ist und mir seit Tagen aus dem Weg geht, konnte ich ihn danach auch nicht fragen. Aber einer meiner Informanten hat sich in dieser Aktivistengruppe umgehört und keine neuen Planungen erfahren. Ich glaub, der Cosmo weiß, dass ich ihn auf dem Kieker hab, und weicht mir absichtlich aus. Tut mir leid, Silvana.«

»Braucht es ned, Hans. Ist vielleicht gar ned mal so verkehrt, die Leute ein bisserl aufzuschrecken. Wenn der Durchsuchungsbeschluss für Cosmos Wohnung durchgeht, hat er eh nix mehr zu lachen.« Sie nippte an ihrem Cappuccino.

Nachdenklich lehnte sich Hans ein wenig vor und flüsterte: »Und was machen wir mit Toni Hartwig? Dass er wieder eingestellt wurde, hast du mir erzählt, aber wann beginnt er seinen neuen Dienst? Oder läuft das Arbeitsverhältnis schon?«

Schnell schluckte Silvana ein Stück Kuchen hinunter. »Soweit ich den Klaus Blattl verstanden hab, wird er ab sofort eingestellt. Also sollte er jetzt eigentlich die Mittagsmahlzeiten im Restaurant kochen. Aber das können wir ja leicht überprüfen, sind ja nur zehn Minuten Gehzeit dorthin.«

Hans grinste. »Genau, dann zeigst du deinen Ausweis, und wir marschieren zwecks Befragung in die Hotelküche. Guter Plan.«

Mit einem breiten Lächeln fuchtelte Silvana mit der Kuchengabel herum. »Warum nicht? Die Befragung steht ja eh noch aus, dann sollten wir doch unser Glück versuchen!«

Hans gab sich geschlagen. »Von mir aus, dann halt zurück ins Kurhotel, und wir schauen, ob der Hartwig anwesend ist. Aber wenn nicht?«

Auch darauf fand Silvana eine Antwort. »Dann gehen wir zum ›Thermen-Opening‹, dem Tag der offenen Tür in der Limes-

Therme. Dort am Kurplatz soll es einige Stände mit Leckereien geben.« Mit geschlossenen Augen zählte sie genießerisch auf: »Bratwürstl, Steaks vom Weiderind, Spargel in verschiedenen Variationen und ein gutes Bierchen soll es da auch geben.« Sie lachte ihn an.

Hans stöhnte: »Das werde ich mir dann auch verdient haben, wenn wir jetzt zum Hotel Blattl rennen und dann wieder zurück zum Kurplatz und zur Therme!«

Keine Viertelstunde später hatten sie bezahlt und waren erst wenige Meter zu Fuß unterwegs Richtung Abensbrücke, als just an ihnen ein dunkler Sprinter mit der Aufschrift des besagten Hotels vorbeischoss. Am Steuer saß Toni Hartwig, sowohl Silvana als auch Hans hatten ihn nach dem ihnen vorliegenden Foto gut erkennen können.

Zu Hans' großer Erleichterung konnten sie sich also den weiteren Weg ersparen, prompt drehten Silvana und er schweigend um und marschierten den Bürgersteig nun Richtung Limes-Therme entlang, um das »Thermen-Opening« zu besuchen, wo sie darauf hofften, auf Toni Hartwig zu treffen.

✳ ✳ ✳

Nach Geldmachers Abgang saßen die beiden Blattls noch einige Zeit zusammen und beratschlagten.

Hedwig kam immer mehr in Rage, je mehr sie über Walters Bericht nachdachte. »Eigentlich ist es eine bodenlose Frechheit, was sich dieser blöde Bauunternehmer einbildet! Würde der uns doch glatt erpressen wollen, dabei haben wir viel mehr Anrecht auf die Moorleiche, schließlich lag sie ja auf unserem Grundstück!«

Wie immer blieb Klaus der Vernünftigere und erwiderte mit ruhiger Stimme: »Mama, vergiss nicht, dass Geldmacher zu Recht fordert, für das Verstecken vom Calli Geld zu bekommen. Was er uns erzählt hat, klingt ja schon abenteuerlich, aber wenn Papa ihm zugesagt hat, dass er dafür was bekommt, dann machen wir das auch.«

Seine Mutter schien damit ganz und gar nicht einverstanden zu sein. »Da bin ich anderer Meinung. Weshalb Geld ausgeben für etwas, was uns sowieso gehört?«

Der Juniorchef schüttelte den Kopf. »Mama, ob der Calli uns gehört oder nicht, muss doch erst geklärt werden. Wenn der Geldmacher recht hat, und in diesem Fall kann ich mir das sehr gut vorstellen, dann müssen wir den Römer sowieso an den Staat abgeben, damit er untersucht wird und vielleicht in ein Museum kommen kann.«

»Aber wenn wir den Calli selbst melden würden, könnte ja ein Finderlohn herausspringen! Zumindest würden wir uns die Prämie für den Geldmacher und seinen Handlanger sparen!«, wagte Hedwig einen neuen Vorstoß.

Insgeheim musste Klaus ihr beipflichten, doch er meinte: »Papa hat es ihm doch versprochen, oder?«

»Aber wir beide nicht, Klaus!«

»Okay, aber so gut wie! Du hast ihm die Hand darauf gegeben, Mama!«

Hedwig schnaubte. »Pah, was sagt das schon? Es war gut, dass ich den Dummkopf gefragt hab, wo er die Moorleiche versteckt hat. Was wäre, wenn wir uns den alten Römer einfach holen? Überleg mal, wir hätten den Calli für uns allein, und Geldmacher hat nix mehr in der Hand!«, steigerte sie sich in die Idee hinein.

Unruhig stand Klaus auf und wanderte im Büro umher. »Ich weiß ned, Mama, dabei ist mir gar ned wohl.«

»Aber bei dem Gedanken, den Geldmacher auszuzahlen, schon, oder wie? Was bist denn du für ein Geschäftsmann?«, spottete sie ungehalten.

Das saß. Klaus fühlte sich in seinem Ego angegriffen, und schließlich, weshalb sollte er ausbaden, was sein Vater ihnen eingebrockt hatte? Hatte denn er immer Rücksicht auf seinen Sohn genommen? Ganz sicher nicht!

»Nein, Mama, du hast recht. Der Geldmacher hat bestimmt weniger Anrecht auf den Fund als wir. Und wenn wir uns den Calli holen, wird er uns wohl kaum wegen Diebstahls anzeigen können. Was schlägst du also vor?«

Hedwig überlegte. »Heute haben wir doch den Verpflegungsstand am Kurplatz, du weißt schon, der Tag der offenen Tür in der Therme.«

»Ja, ich hab den Toni und noch zwei unserer Mädels hingeschickt, um dort zu kochen und zu verkaufen. Aber worauf willst du hinaus?«

»Es wird nicht auffallen, wenn wir dort nach dem Rechten sehen. Wir wollen ja nicht mitfeiern und Rambazamba machen, aber es kann uns niemand verübeln, wenn wir uns in der Öffentlichkeit dort sehen lassen. Die meisten Besucher und Arbeiter werden sich eh am Kurplatz und in der Therme aufhalten, im Betriebshof und im Keller wird heut ganz sicher niemand sein. Wir müssten einfach schnell sein. Sobald dort die Luft rein ist, den Calli herausholen und wieder verschwinden.«

Nachdenklich klopfte sich Klaus mit einem Fingernagel gegen die Zähne. »Das könnte tatsächlich funktionieren. Und was machen wir dann mit ihm?«

Auch darauf hatte Hedwig eine Antwort. »Ich dachte, unser Weinkeller wäre ein gutes Versteck. In dem alten Rotweinfass in der Nische mit dem Kerzenständer. Papa hat es zur Dekoration vor vielen Jahren in Neustadt an der Weinstraße gekauft und hierherbringen lassen, kannst dich dran erinnern? Beim Abladen ist das Fass vom Anhänger gerutscht, und ein paar Dauben sind gebrochen. Zum Wegwerfen war es ihm dann doch zu schade, weil von vorn sieht man nichts, aber von hinten war ein ganz schönes Loch drin. Dieses Fass ist riesig, da müsste so eine verschrumpelte Leiche leicht reinpassen.«

Klaus nickte ihr anerkennend zu. »Gute Idee. Von mir aus, dann probieren wir es halt. Wir haben ja nix zu verlieren!«

EINUNDZWANZIG

Der Samstag schien mit Sonnenschein und sommerlichen Temperaturen ein idealer Tag für das »Thermen-Opening« zu sein. Seit dem frühen Vormittag liefen die Vorbereitungen auf Hochtouren. Auf dem Kurplatz wurden kleine Hütten aufgestellt, die aussahen wie Gartenhäuschen und die zahlreichen Verpflegungsstände beherbergen sollten. Biertischgarnituren, Sonnenschirme, Abfalltonnen und viele andere Sachen wurden bereitgestellt, von Mitarbeitern des Gemeindebauhofs Stromkabel, Wasserzulauf- und Abflussleitungen verlegt.

Toni Hartwig freute sich darauf, endlich wieder als Teammitglied des Blattl-Restaurants dabei sein zu können. Sein neuer Chef hatte ihm freie Hand gelassen bei der Auswahl der Gerichte, die er anbieten und frisch am Stand zubereiten wollte. Da Saison war, boten sich allerhand vegane Sachen mit Spargel an, aber auch herkömmliche Grillspezialitäten wollte er mit einem gewissen Pfiff auf die Karte setzen. Die ganze Nacht hatte er sich raffinierte Rezepte überlegt, seit dem frühen Morgen alle notwendigen Zutaten in Kühlboxen verpackt, die Outdoor-Küchengeräte und -utensilien im Sprinter gestapelt.

Um vierzehn Uhr sollte das Spektakel beginnen, um kurz nach Mittag lenkte Toni den Lieferwagen langsam über die hintere Zufahrt, vorbei an See und Kurkirche, bis hinauf zum Kurplatz. Seine beiden Gehilfinnen, die eine sonst als Bedienung angestellt, die andere als Koch-Azubine, waren mit Fahrrädern vorausgefahren und hatten bereits begonnen, Geschirr, Besteck, Servietten, Soßen- und Gewürzbehälter auf der Theke anzurichten. Die Veranstalter hatten ihnen einen geräumigen Kühlschrank zur Verfügung gestellt, gemeinsam entluden sie nun das Auto, räumten die vakuumierten Fleisch- und Gemüsebeutel in den Kühlschrank, bauten Grill, Kochplatten und Wärmebehälter an der Rückwand auf, stellten Pfannen, Töpfe und Spülwannen bereit. Marlies, die Bedienung, bemalte in Schönschrift kleine Tafeln mit Tonis vielversprechenden Spezialitäten und die knapp kalkulierten Preise dahinter. Toni versprach sich eine Menge von dieser Verkaufsmöglichkeit, er wollte den Blattls unbedingt beweisen, dass er der perfekte Mann für eine preisgekrönte Küche war und entsprechend Werbung dafür machen konnte.

Kurz darauf war Tonis Stand startklar, als auch schon die ersten Besucher auftauchten. Natürlich wollten sie zuerst zur Thermenbesichtigung, daher rechnete er nicht vor halb drei mit hungrigen Gästen, doch langsam legte er Hand an, und bald duftete es herrlich nach gegrillten Steaks und gebräunten Zwiebeln, der Spargel zog im warmen Wasser, gekochte Kartoffeln und eine vegane Sauce hollandaise ohne Butter, dafür mit Sojasahne angerührt, standen im Wärmebehälter. Der Ansturm konnte beginnen.

***

Hans Moser war trotz seiner kleinen, dicklichen Figur überraschend flott unterwegs, stellte Kommissarin Silvana Kasbauer fest. Auch schien er kaum außer Atem zu kommen, und die Sonnenwärme gab ihm anscheinend weitere Energie, denn er plapperte während ihres Marsches zur Therme fröhlich über seinen Enkel, dessen Computer er bald erben würde, während sie langsam ins Schwitzen kam. Gerade wollte sie danach fragen, woher er seine Fitness nahm, als ihr Handy klingelte.

»Oh, das ist Preiss, Hans, da muss ich drangehen. Herr Preiss, hallo, was gibt es denn?«

»Frau Kasbauer, Sie wollten doch informiert werden, falls sich etwas Neues ergibt. Der Durchsuchungsbeschluss für Cosmo Sommer ist genehmigt, einige Beamte sind schon auf dem Weg zu seinem Appartement und einer ins Seniorenheim, um dort seinen Spind zu inspizieren.«

Unwillkürlich musste Silvana lächeln. »Das ist ja prima. Leider wissen wir ned, wo sich der Cosmo zurzeit aufhält, aber …«

Vor lauter Euphorie wäre sie beinahe damit herausgeplatzt, dass sie sich in Bad Gögging befand und nach ihm Ausschau halten würde, doch sie konnte sich rechtzeitig bremsen.

»Aber was?«, kam es ungeduldig von Preiss zurück.

»Na ja, äh, eigentlich nichts. Dann warten wir halt mal ab, was die Kollegen finden, oder auch nicht, wollte ich sagen.«

Nach kurzem Zögern sagte Preiss: »Sie klingen so komisch, ist alles in Ordnung bei Ihnen?«

Diese Frage brachte Silvana in die Bredouille. Sollte sie ihr gerade so gut laufendes Verhältnis zu ihrem Chef aufs Spiel setzen, indem sie ihm verschwieg, wo sie war und was sie tat? Mit einem kurzen Blick auf Moser, der einige Meter weiter stand und vorgab, er würde beiläufig die Gegend betrachten, entschied sie sich. Nein, sie würde nichts riskieren, schon aus Vorsicht, Eigenschutz und Rücksicht auf Hans durfte sie Preiss nicht anlügen.

»Herr Preiss, ich muss Ihnen was gestehen …«

»Frau Kasbauer, geständige Verbrecher waren mir schon immer am liebsten.« Ein meckerndes Lachen folgte, bevor er fortfuhr: »Ich weiß schon, dass Sie in Bad Gögging sind. Sie hätten heute Morgen bei den Kollegen vom KDD nicht so freudestrahlend Ihr Wellnesswochenende ankündigen dürfen, das hat sich herumgesprochen, wissen Sie? Und vermutlich schippern Sie gerade irgendwo auf Spurensuche mit dem Moser herum, richtig?«

»Ja«, gab sie kleinlaut zurück, »wir sind auf dem Weg zur Limes-Therme, da ist heute Tag der offenen Tür. Wir hatten gehofft, dort den Koch Toni Hartwig anzutreffen und ihn befragen zu können, was uns beiden gestern ja nicht mehr gelungen ist.«

»Tsts, und das ohne mich. Sie trauen sich was, Frau Kollegin! Gut, wir wollen den Fall ja irgendwann ad acta legen, also machen Sie weiter. Sollten die Kollegen bei Cosmo Sommer auf tatrelevante Indizien stoßen, setze ich mich ins Auto und komme nach. Ich gebe Bescheid, sobald ich Näheres weiß. Aber bitte seien Sie bloß vorsichtig! Eine bessere Kollegin werde ich auf die Schnelle wohl nicht bekommen.«

War das nun als Lob gemeint oder als Kritik? Bei Preiss

konnte man sich da nie so sicher sein. »Wir passen schon auf, Herr Preiss. Aber danke für Ihre Fürsorge. Ich melde mich sofort, wenn es etwas Neues gibt.«

»Das rate ich Ihnen auch. Schöne Grüße an Herrn Moser, er soll sich nicht überanstrengen. Tschüss.« Und weg war er.

Man glaubt es kaum! Verwirrt versenkte Silvana das Handy in ihrer großen Handtasche, sah hinüber zu Hans und schüttelte benommen den Kopf.

»Er meint, wir sollen so weitermachen. Und falls bei der Durchsuchung bei Cosmo etwas gefunden wird, dann will er selbst herkommen. Ich fass es ned! Es ist Samstag und unser freies Wochenende!«

Hans trat neben sie und tätschelte ihre Schulter. »Jaja, so sind sie, die Preißen, immer für eine Überraschung gut. Ein ganz so großer Depp, wie ich ursprünglich gemeint hab, ist dein Chef anscheinend doch nicht. An deiner Stelle würde ich mir den warmhalten.«

Silvana musste lachen. »Oder er will mir bloß den Erfolg einer Verhaftung ned allein gönnen. Aber egal, lass uns weitergehen, das ›Thermen-Opening‹ fängt ja gleich an!«

✳ ✳ ✳

Am frühen Samstagnachmittag trafen sich Bauunternehmer Walter Geldmacher und Baggerfahrer Mani Schuster auf der Baustelle. Mani hatte Walter letztendlich davon überzeugen können, dass es sicherer wäre, den Calli ein viertes Mal umzulagern, bevor ihn die Blattls würden entführen können.

Walter parkte vor dem Bürocontainer und stieg aus dem Pick-up. Gleich darauf bretterte sein Spezl heran und stellte das Auto auf dem Seitenstreifen der Zufahrt ab. Ungeduldig trat Walter auf der Stelle, bis Mani endlich bei ihm ankam, wobei er immer wieder seine Jeans hochziehen musste, die ihm unerklärlicherweise seit ein paar Tagen zu locker um die Hüften saß.

»Servus, Mani«, begrüßte er seinen Vorarbeiter, »da bist ja endlich. Wie genau hast du dir jetzt die Sache vorg'stellt?«

»Salve, Walter.« Der kleine Bauarbeiter grinste zu ihm hinauf.
»*Du* hast den Calli doch dort versteckt, dann musst du doch
auch am besten wissen, wie wir ihn wieder rausbekommen!«

»Klar weiß ich das, aber grad heute könnte das schon schwierig werden«, gab Walter zu bedenken.

Mani widersprach. »Gerade bei dem Betrieb heut in der
Therme beim Tag der offenen Tür müsste es ein Leichtes sein,
den Römer aus dem Keller zu holen. Wir dürfen keine Zeit mehr
verlieren, Walter, eine bessere Gelegenheit wird so schnell ned
wiederkommen!«, mahnte er.

»Ich weiß echt nicht, ob das so klug ist. Bei den ganzen Leuten, die da heute herumwuseln!«

»Ach geh, jetzt fahr ma einfach mal hin, und dann schaun ma
weiter. Vielleicht ist es grad deshalb heut einfacher, meinst ned?
Wer wird denn heut schon da unten im Keller rumlaufen, wenn
es oben so vui zum Sehen gibt?«

Walter hob ratlos die Schultern. »Schon möglich, ja, okay,
von mir aus. Aber was machen wir dann anschließend mit dem
Calli? Also, in meine Gefriertruhe kommt der ganz sicher ned!
Vielleicht in deine?«

Mani zeigte ihm einen Vogel. »Spinnst du? Auf gar keinen
Fall dürfen wir den Römer eing'frieren, da könnt doch beim
Auftauen ein immenser Schaden entstehen! Stell dir vor, seine
Kampfausrüstung würde deswegen auseinanderbröckeln, dann
wär's vorbei mit unserem heimlichen Trumpf! Nix da, kühl und
trocken gelagert wie bisher, so bleibt er uns am besten erhalten,
unser Freund.«

»Und wo, du Schlaumeier?« Walter wurde schon wieder flau
im Magen, wenn er daran dachte, die beiden Säcke ein weiteres
Mal durch die Gegend zu kutschieren.

»Weiß ich noch ned. Oder doch, halt, ich hab eine Idee.
Jetzt, wo der Bau vom Hotel läuft und alle Baggerarbeiten
außen herum vorerst beendet san, könnten wir ihn doch wieder eingraben, Walter? Vielleicht ein bisserl weiter hinten als
da, wo wir ihn g'funden ham, mehr in Richtung Wald. Da hat
er seine Heimaterde wieder, und wos noch besser ist, dort wird

erst wieder gebuddelt, wenn der Bau komplett fertig is und die Landschaftsbauer die Grünflächen anlegen wollen. Du, wer sich zweitausend Jahr lang in dieser Moorerde so gut g'halten hat, der hält auch noch ein oder zwei weitere Jahre dort aus, meinst ned auch?«

Der Vorschlag hatte etwas für sich, der Gedanke gefiel Walter sogar ganz gut. Somit ständen sie am Status quo, so, als wäre nie etwas passiert, und sie würden später getrost mit Callis offizieller Ausgrabung von vorn anfangen können.

»Quasi *back to the roots*, Mani? Zurück zu seinen Wurzeln? Find ich ned schlecht. Und heut ist Samstag, wir arbeiten zwar offiziell ned, aber es kann auch niemand was dagegen haben, wenn du hernach, sobald wir mit dem Calli wieder da sind, für eine Viertelstunde deinen Bagger bewegst. Falls jemand fragt, dann haben wir eben einen Defekt behoben und müssen ausprobieren, ob die Baumaschine wieder einwandfrei läuft.«

Mani hob den gestreckten Daumen. »Chef, i merk scho, du lernst dazu. Auf geht's zur Limes-Therme, und heut Abend werden wir Callis neues Begräbnis gebührend begießen!«

✳✳✳

Toni Hartwigs Geschäft lief sehr gut, in kurzer Zeit hatte sich eine lange Schlange an seinem Stand gebildet. Obwohl er nur eine begrenzte Auswahl anbot, kam er bei dem Andrang ganz schön ins Schwitzen. Seine beiden Mädels halfen tatkräftig mit, und bisher klappte alles perfekt.

»Bitte einmal Spargel mit Kartoffeln, Tofu-Schinken und viel Soße«, bestellte soeben eine Person in seinem Rücken, die er sofort an der Stimme erkannte. Ein Schauder überlief Toni, doch dann drehte er sich um und lächelte.

»Mensch, Cosmo, servus! Was machst du denn hier?«

»Hi, Toni. Na, wieder mal im Einsatz für die Blattls?«

»Ja, Gott sei Dank wieder.« Toni drehte sich zur Kochstelle und rührte fleißig um. »Hast du heut frei?«, fragte er über die Schulter.

»Schon. Ich wollte mich mal umschauen, was so geboten wird. Die Blattls lassen sich hier an deinem Stand wahrlich nicht lumpen, gerade billig ist das fleischlose Zeugs bei euch ja ned.«

»Ich hab die Preise selbst kalkuliert, und das eh sehr knapp.« Mit erhobenem Pfannenwender drehte er sich zu seinem Naturschützerfreund um. »Sei ned immer so negativ! Irgendwann bringen dich deine Einstellung und dein Aktionismus mal in Teufels Küche.«

»Was du nicht sagst. Aber das ist mir egal. Mir ist überhaupt alles egal.« Cosmo legte seine Unterarme auf die Holztheke und beugte sich vor. »Schön langsam zweifle ich eh an allem, Toni. Man kann sich anstrengen, wie man will, die Reichen bekommen sowieso immer alles.«

Cosmos Stimme klang irgendwie anders als sonst, weniger bestimmend, weniger provozierend, vielmehr resigniert, was Toni regelrecht alarmierte.

»Wart mal kurz.« Schnell machte er Cosmos Bestellung fertig, knallte den Teller vor ihm auf die Theke, schob ein in eine Papierserviette gewickeltes Besteckpaket daneben und raunte ihm zu: »Da, nimm dein Essen mit und warte dahinten auf mich. Ein paar Minuten kann ich mich schon ausklinken, dann können wir uns unterhalten. Ich bring auch zwei Bier mit.«

»Aber bitte vegan«, witzelte Cosmo, packte seinen Teller und steuerte einen Stehtisch an, der etwas abseits aller anderen stand. Kurz darauf war auch Toni bei ihm und stellte zwei Flaschen Bier hin.

»Du bist ja ganz schön deprimiert, Cosmo, was liegt dir denn so schwer im Magen?«, wollte er neugierig wissen.

Der schlaksige Altenpfleger zuckte die Schultern. »Ach, es ist einfach nur zum Kotzen. Keine unserer Aktionen hatte bisher nennenswerten Erfolg. Das neue Hotel Blattls wird munter weitergebaut, ein Supermarkt in Bad Gögging wurde vom Stadtrat inzwischen auch genehmigt. Und wer weiß, was als Nächstes kommt. Den Blattl hatte ich übrigens auf den Einkaufsmarkt auch angesprochen, er stritt jedoch ab, dass er seine Finger da drin hatte, aber geglaubt habe ich ihm kein Wort! Mit der unberechtigten Entlassung von dir hat er mir das Kraut sowieso ausgeschüttet, aber auch dazu wollte er mir nicht zuhören.«

Toni war für die Probleme seines Freundes ganz Ohr, dennoch konnte er dem wirren Wortschwall nicht ganz folgen.

»Wart mal, wann hast du denn mit dem Blattl über den Supermarkt gesprochen? Und über mich und die Kündigung?«

Diesmal war es Toni, der Cosmos Unterarm hart packte und zudrückte. »Doch ned etwa in dieser Nacht, als ich dich im Park g'sehen hab?«

Als wäre Tonis Hand eine lästige Fliege, schüttelte Cosmo sie ab. »Irgendwann halt mal, was geht es dich an? Leck mich doch mit deinen Fragen!«

»Fängst du jetzt schon wieder mit diesem aggressiven Ton an? Cosmo! Du sagst mir jetzt auf der Stelle, was du in dieser Nacht in Blattls Park gemacht hast, verdammt noch mal!«

Mit der Gabel rührte Cosmo in seinem Teller herum, doch bevor er antworten konnte, kam eine Stimme von hinten.

»Toni Hartwig?«

Überrascht drehte sich der Angesprochene um, sah eine hübsche Blondine und einen alten Knacker vor sich. »Ja?«

»Kasbauer, Kripo Landshut, grüß Gott.« Kurz schwenkte Silvana ihren Dienstausweis, drehte dann den Kopf und lächelte strahlend. »Herr Sommer, wie nett, Sie wiederzusehen. Können wir uns alle zusammen mal ausführlich unterhalten?«

※※※

Dezent in gedeckten Farben bekleidet fuhren Klaus und Hedwig Blattl in ihrem Mercedes zur Limes-Therme. Klaus parkte in einer der letzten freien Parkbuchten des kostenpflichtigen offiziellen Parkplatzes unterhalb des Betriebshofes. Er hatte sich nicht getraut, das Auto in Sichtweite der Hausmeister direkt im Betriebshof abzustellen, zumal er diesen Bereich nie zuvor betreten hatte und die Risiken nicht abschätzen konnte. Seine Mutter hatte zwar gemosert, doch als Klaus darauf bestand, hielt sie den Mund.

»Sei froh, wenn wir den Römer überhaupt finden und aus dem Keller bekommen, Mama!«, hatte er geschimpft. »Die paar Meter weiter werden wir das Zeugs schon schleppen können, oder? Zumindest haben wir von hier schneller einen Fluchtweg, falls uns jemand auf den Fersen wäre.«

Was er dabei nicht bedachte, war die Tatsache, dass ein Parkschein am Automaten vor Öffnung der Schranken zu bezahlen war. Falls er nicht wie ein Rowdy die Sperrbarke durchbrechen wollte, war dieser Parkplatz die schlechteste aller Alternativen. Doch in ihrer Aufregung dachten weder Klaus noch seine Mutter an solche Details.

Hedwig sah den Einwand ihres Sohnes ein und stieg schweigend aus, ordnete die Falten ihres schwarzen Dirndls und nickte. »Gut, dann gehen wir jetzt zu unserem Stand und reden alibimäßig mit Toni, dann schauen wir uns um, wie wir am besten hinunter in den Keller der Therme kommen.«

Als die beiden jedoch an den Verkaufshütten am Kurplatz ankamen und gerade zum Stand des Restaurants Blattl in Richtung Toni Hartwig steuern wollten, sahen sie, dass Kommissarin Kasbauer und ein älterer Herr ihren alten und zugleich neuen Koch in Beschlag genommen hatten.

»Nein, der Kasbauer will ich jetzt wirklich nicht begegnen!«, stieß Hedwig leise hervor. »Gehen wir lieber außen herum.«

»Okay.« Klaus folgte seiner Mutter, die möglichst viele Menschen zwischen sich und die Kommissarin bringen wollte.

Grüßend nickten ihnen viele Einheimische zu, manche blieben stehen und sprachen ihr Beileid aus. Souverän nahm Hedwig diese Bekundungen an, schob sich dabei jedoch unauffällig weiter durch den Besucherstrom. Kurz vor dem Eingang der Therme blieb sie schließlich stehen, deutete auf eine aufgestellte Tafel.

»Schau, Klaus, die machen auch Führungen durch die Betriebsanlagen. So könnten wir doch unauffällig in den Keller reinkommen, oder?«

Ihr Sohn verstand den Sinn nicht ganz. »Was hilft es, wenn wir mit einer Horde Leute da unten herumrennen?«

Hedwig hob eine Augenbraue. »In einem unbeobachteten Augenblick könnten wir uns von der Gruppe trennen und irgendwo verstecken, bis die Luft rein ist. Dann holen wir den Calli aus dem Versteck und ab durch die Mitte!«

So weit ihre Theorie, der Klaus, mangels eigener Ideen, schließlich zustimmen musste.

Eine fünfzehnköpfige Gruppe hatte sich gebildet, die auf die Führung durch die unterirdischen Betriebsanlagen wartete, der sich Klaus und Hedwig anschlossen.

Gleich darauf erschien ein Angestellter der Therme, erkennbar an seinem blauen T-Shirt mit dem Firmenlogo. Er stellte sich als Willi Fuchs vor, begann mit einer kurzen Begrüßung und gab einige Verhaltensvorschriften bekannt.

»Achten Sie bitte unbedingt auf die Durchgangshöhe, meine Damen und Herren, manche Rohrleitungen verlaufen ziemlich tief, und wir wollen doch keine Beulen riskieren, weder an den Rohren noch an Ihren Köpfen«, mahnte er eindringlich. »Außer Sie sind nicht größer als ich, dann müssen Sie die Köpfe nicht einziehen, denn die Anlagen wurden genau darauf zugeschnitten, dass ich überall durchkomm, ohne mich bücken zu müssen.« Was man bei seiner untersetzten Gestalt und dem schelmischen Grinsen beinahe glauben konnte.

Mit einigen Lachern aus den Reihen fühlte sich Willi Fuchs erleichtert und gewappnet, die Führung zu starten, wobei sein Blick flüchtig über die Leute streifte. Plötzlich erkannte er darunter die beiden Blattls. Natürlich wusste Willi um den aktuellen Dorftratsch, der Tod des Hoteliers war seit Tagen in aller Munde.

Was taten die beiden also hier? Nach kurzer Überlegung kam er zum Entschluss, dass es ihn nichts anging, in die Welt der Großkopferten würde er eh nie hineinschauen können.

Aber höflich sollte er trotzdem bleiben, befand er, daher meinte er kurz: »Wie ich sehe, haben wir auch prominente Begleitung. Herzlich willkommen, Frau Blattl, Herr Blattl!« Er nickte den beiden lächelnd zu, die unangenehm berührt diese Aufmerksamkeit erwiderten. Dann forderte er die Gruppe auf, ihm zu folgen.

Im Gänsemarsch trabten die nun insgesamt siebzehn Personen, geübt hatte Willi vor dem Start schnell durchgezählt, ihm hinterher. Es ging über das äußere Treppenhaus, durch das man auch zur Tiefgarage gelangte, hinunter in den Keller.

Er erklärte ausführlich eine Station nach der anderen, erzählte ein paar spaßige Anekdoten und ging lebhaft auf die Fragen der Besucher ein, was wiederum Hedwig und Klaus Blattl, die sich immer weiter zurückfallen ließen, herzlich wenig interessierte.

Wo mochte bloß dieses verdammte Versteck von Calli liegen? Bisher hatten sie keinen Bereich betreten, der auch nur annähernd der von Geldmacher beschriebenen Örtlichkeit entsprach.

Mit wachsender Ungeduld folgten Hedwig und Klaus in immer größerem Abstand der Gruppe.

※※※

Das Schiebetor zum Betriebshof stand wie üblich offen, als Walter den Pick-up dort abstellte. Diesmal waren mehrere Kombis und kleine Lastwagen in einer Reihe dort geparkt, die sowohl zur Therme als auch zum Bauhof der Gemeinde gehörten, was es erleichterte, ihren Wagen dazwischen zu verbergen.

»Das passt ja perfekt«, freute sich Mani, öffnete die Beifahrertür und hüpfte hinaus. »Wohin müssen wir jetzt?«

Walter deutete auf die zweiflügelige Eingangstür zum Keller. »Da runter. Komm mit, ich geh voraus.«

Hintereinander schlichen sie die Treppe hinunter, Walter wollte sich soeben zum Gang nach links wenden, als er eine laute Stimme und Schritte hörte, die sich von rechts näherten. »Verdammt, da kommt jemand!«, zischte er. »Zurück, Mani, schnell! Wieder raus zum Auto!«

Auf Zehenspitzen hasteten sie zurück in den Hof, sprangen in den Pick-up und duckten sich, um nicht entdeckt zu werden.

Gerade noch rechtzeitig, denn eine größere Gruppe Leute marschierte einem der Hausmeister im blauen T-Shirt hinterher, der sie durch das Tor anscheinend über den Außenweg in Richtung Kurplatz zurückführte.

Als sie außer Sichtweite waren, schnaubte Walter. »Pfff, gerade noch mal gut gegangen. Auf zum zweiten Versuch, Mani!«

Und sie tappten erneut in den Keller, aufmerksam nach allen Richtungen lauschend. Diesmal schafften sie es tatsächlich bis zum Schaltraum, in dessen Nebenkammer der alte Römer seiner nächsten Abholung harrte, doch dann näherten sich schon wieder Schritte, und sie flitzten schnell ums Eck hinter die hohen, summenden Schaltschränke, duckten sich und warteten atemlos ab.

ZWEIUNDZWANZIG

Der Altenpfleger und Naturschützer Cosmo Sommer war blass geworden, als er Kommissarin Kasbauer und Kommissar a. D. Moser gewahr wurde, die plötzlich neben dem Stehtisch aufgetaucht waren.

Spontan erwog er, einfach abzuhauen, doch wohin? Dieser blöde Toni! Was musste er auch so laut in der Gegend herumbrüllen?

Seine Worte »Du sagst mir jetzt auf der Stelle, was du in dieser Nacht in Blattls Park gemacht hast« waren ziemlich laut gewesen. Was hatte die Kommissarin davon mitbekommen?

Wie sich herausstellte, mehr als genug.

Silvana kam ganz nah an seine Seite. »Herr Sommer, wir haben einen Durchsuchungsbeschluss für Ihre Wohnung und Ihren Arbeitsplatz, aber das erledigen gerade die Kelheimer Kollegen. Falls wir Nachweise finden für den Anschlag auf die Baustelle, sind Sie sowieso dran. Was mich dafür viel mehr interessiert, ist, weshalb Sie uns belogen haben. Warum Sie uns verschwiegen haben, dass Sie zum Tatzeitpunkt in der Nähe des Schwefelbeckens waren.«

»Das stimmt ja auch nicht«, versuchte sich der Altenpfleger herauszureden. »Gell, Toni, du hast ja nur Quatsch gemacht?«

Ehe Toni antworten konnte, sah ihn Silvana streng an. »Herr Hartwig, ich muss Sie darauf hinweisen, dass Sie gerade von mir als Zeuge befragt werden und keine falschen Angaben machen dürfen. Sie können schweigen, wenn Sie sich selbst belasten würden. Oder einen Anwalt hinzuziehen. Möchten Sie das?«

Toni erschrak angesichts ihres strengen Tons. Verdattert starrte er von einem zum anderen. »Was, wie? Nein, weshalb denn einen Anwalt? Ich hab doch nix gemacht!«

Silvana nickte. »Gut. Dann beantworten Sie meine Frage bitte wahrheitsgemäß! Können Sie bezeugen, dass Herr Sommer sich in der Nacht von Dienstag auf Mittwoch, als Herr Blattl den gewaltsamen Tod fand, in der Nähe des Tatortes im Hotelpark aufgehalten hat?«

»Halt bloß das Maul, Toni!«, drohte Cosmo und wollte einen Schritt zurücktreten, doch da stand plötzlich der kleine Hans Moser hinter ihm und zwängte ihn somit zwischen sich und dem Stehtisch ein.

»Na, na, Cosmo, nicht davonlaufen. Das bringt doch nix«, meinte er beschwichtigend und legte ihm wie freundschaftlich eine Hand zwischen die Schultern.

Diese Berührung versetzte Cosmo in Panik. Mit einem heftigen Ruck drehte er sich um und stieß Hans gegen die Brust.

»Du verdammter alter Schnüffler, hätt ich dich doch gleich gestern noch in Grund und Boden gerammt!«, schrie er aufgebracht, schob den eh schon taumelnden Hans brutal zur Seite und wollte das Weite suchen.

Überrascht von diesem Angriff, kamen plötzlich all die als Polizist antrainierten, in Haut und Haar übergegangenen Reflexe bei Hans zum Vorschein. Noch im Fallen hob er das rechte Bein ausgestreckt in die Luft, ehe er sich auf die Seite warf, um die Landung auf dem Pflaster mit der linken Schulter und dem linken Oberarm abzufedern.

Als Cosmo gegen Hans' Schienbein knallte, fuhr ein heftiger Schmerz durch Hans' Körper, doch das war es wert, denn der schlanke Pfleger hatte nicht mit der Blockade gerechnet und schlug der Länge nach hin. Benommen blieb er liegen.

Endlich kam auch Leben in die kurzfristig erstarrte Silvana. Sie sprang hinzu und packte Cosmo am rechten Arm, mit dem sie ihm, hinter seinem Rücken abgewinkelt und bis zu den Schulterblättern hochgezogen, wieder auf die Beine half.

Cosmo jaulte vor Schmerz auf, doch dann blieb er brav stehen, während sie betroffen zu Hans hinübersah, dem gerade von Toni Hartwig aufgeholfen wurde.

»Lieber Himmel, alles okay bei dir, Hans?«

Moser grinste tapfer und rieb sich das Schienbein. »Schon. Und jetzt weiß ich endlich auch, wozu dieses Aquacycling gut ist. An den Haxen fehlt mir jedenfalls nix!«

Cosmo versuchte nicht länger, sich zu wehren, blieb einfach stehen und ließ den Kopf hängen. Silvana war trotzdem auf der Hut und hielt ihn weiterhin fest in ihrem unbeugsamen Griff.

Dank des ganzen Aufruhrs hatte keiner der Besucher dieses Intermezzo mitbekommen; einige hatten zwar neugierig geguckt, doch nachdem die beiden Niedergestreckten relativ schnell wieder gestanden hatten und es offensichtlich keine Verletzten gab, war das allgemeine Interesse schnell erloschen.

Silvanas Blick glitt zu Toni. »Ich hatte Ihnen eine Frage gestellt, Herr Hartwig! Also, können Sie bezeugen, dass Herr Sommer zur Tatzeit im Kurhotelpark war?«

Toni sah auf den gesenkten Scheitel seines Freundes. »Tja, also, ja, es stimmt schon. Ich hab den Cosmo zwar nicht gesehen, aber ich hab ihn reden hören, und sein Fahrrad habe ich auf jeden Fall dort stehen sehen. Aber er sagt mir ums Verrecken ned, was er dort gemacht hat!«

»Wegen dir war ich da, du Depp!«, fauchte Cosmo plötzlich los. »Hast es noch immer nicht kapiert? Du warst doch auch dort, weil du mit dem Blattl noch mal reden wolltest, aber du hast es ja nicht abwarten können, bis er am Tretbecken auftaucht! Ich schon, weil ich unbedingt wollte, dass er dich wieder einstellt, dieser ungerechte alte Narr!«

»Und was geschah dann, Herr Sommer?«, hakte Silvana sanft nach.

»Ja, was wohl? Ausgelacht hat er mich, mich als radikalen Umweltdeppen beschimpft, der eigentlich eingesperrt werden sollte! Da hat's mir gereicht, ich habe ihn ein Arschloch genannt und ihm einen Stoß gegeben. Aber ich wollt doch nicht, dass er sich verletzt oder gar stirbt! Hingefallen ist er, hat sich dabei den Kopf angeschlagen und sich dann nicht mehr bewegt. Ich habe ihn zu der kleinen Schwefelwasserwanne gezogen, weil ich gemeint hab, in dem kalten Wasser kommt er wieder zu sich, hab seinen Kopf ein paarmal untergetaucht, aber irgendwann hat er nicht einmal mehr geatmet. Da habe ich Panik bekommen und bin abgehauen.«

»Und das alles nur, weil du wolltest, dass er mich wieder

nimmt? Oh mei, Cosmo!« Totenbleich im Gesicht raufte Toni sich die Haare.

Cosmo schüttelte trotzig den Kopf. »Nein, nicht bloß wegen dir, sondern auch, weil mir sein neues Hotel so gestunken hat. Irgendwie wollte ich ein Statement setzen.«

»Und das haben Sie dann mit dem Anschlag auf die Baustelle deutlich gemacht?« Moser sprach ihn leise von hinten an.

Cosmo nickte, wollte sich zu ihm umdrehen, aber Silvanas harter Griff ließ es nicht zu. »Ja, das war doch sowieso geplant. Hätte ich die Aktion abgesagt wegen diesem Vorfall, wären die anderen bestimmt misstrauisch geworden.«

Dass sein Freund den Tod Blattls als »Vorfall« deklassierte, erschütterte Toni beinahe mehr als sein Geständnis vorher. Wie wenig hatte er diesen Menschen doch gekannt!

Marlies, seine Verkaufshilfe, kam durch die herumstehenden weiteren Gäste zu seinem Stehtisch geschlängelt und zupfte an seiner Kochjacke. »Mensch, Toni, kommst du endlich? Wir brauchen dich, die Leut' rennen uns die Bude ein!«

Fragend sah er hinüber zur Kommissarin.

Silvana nickte ihm zu. »Gehen Sie ruhig. Wegen der schriftlichen Aufnahme Ihrer Aussage melden wir uns morgen bei Ihnen.«

Mit einem letzten wortlosen Blick auf Cosmo, der ihn finster anstarrte, ging Toni langsam zurück zum Stand.

Leise meinte Silvana: »Herr Sommer, wir sollten hier ebenfalls verschwinden. Bitte gehen Sie ohne Aufstand mit uns. Dass Sie hiermit vorläufig festgenommen sind, haben Sie verstanden, ja?«

Mangels Handschellen verhakte Silvana sicherheitshalber eine Hand unauffällig in einer von Cosmos Gürtelschlaufen. Begleitet von einem leicht hinkenden Hans Moser an dessen linker Seite, führte sie Cosmo hinunter in Richtung des Parkplatzes. Mit der freien Hand holte sie ihr Smartphone heraus und forderte Verstärkung an.

Als die drei eine der hinteren Eingangstüren zur Therme erreicht hatten, wo sich im Augenblick keine anderen Personen weit und breit aufhielten, blieb sie stehen.

»Hier warten wir auf die Kollegen«, entschied sie. »Hans, bitte behalt unseren Kandidaten gut im Blick, bis die Kollegen kommen, um ihn abzuholen. Ich möchte schnell Preiss informieren.«

Cosmo hockte sich mit angezogenen Knien nieder und lehnte den Rücken an die Mauer. Stoisch sah er zu ihr auf. »Ich lauf Ihnen schon nicht mehr weg, Frau Kommissarin. Wohin sollte ich auch? Ich habe doch nix anderes ...«

***

Beinahe hatten die beiden Blattls die Hoffnung aufgegeben, bei dieser Führung das Versteck des Römers ausfindig machen zu können, als Hausmeister Willi Fuchs ankündigte, es wäre nun das andere Ende der unterirdischen Anlagen erreicht, und sie würden über den Betriebshof außen herum zurück zum Kurplatz gehen.

In diesem letzten Raum, in dem alle Gruppenteilnehmer erneut aufgrund tief an der Decke verlaufender Abluftrohre die Köpfe einziehen mussten, kamen sie an die Doppeltür zum Hof, auch eine Gitterrosttreppe war vorhanden, wie Geldmacher beschrieben hatte, ebenso der schmale Gang, der die metallenen Röhren entlanglief und anscheinend zu einem weiteren Schaltraum führte.

Aufgeregt wechselten sie einen Blick, während Willi Fuchs und die ersten Besucher bereits die Gitterroststufen erklommen und das Gebäude verließen.

»Das muss es sein, Klaus!«, flüsterte Hedwig ihm zu, packte seine Hand und zog ihn einige Meter zurück, um noch mehr Abstand zur Gruppe zu gewinnen. »Hopp, da rüber in diese Ecke, da warten wir, bis alle weg sind!«

Gehorsam folgte Klaus und zwängte sich neben sie in eine schmale dunkle Nische. »Hoffentlich hast du recht, Mama! Langsam hängt mir die Herumrennerei zum Hals raus.«

»Psst! Wir haben's ja bald geschafft.«

Kurz vor Erreichen des belebten Kurplatzes bedankte sich

Willi Fuchs bei der Gruppe und verabschiedete sich, wobei er allen freundlich zulächelte und nebenbei unauffällig durchzählte. Schließlich sollte er genauso viele Leute wieder an die Oberfläche bringen, wie er vor mehr als einer halben Stunde in den Keller geführt hatte.

Mit Erschrecken stellte er fest, dass zwei Personen fehlten, und ihm fiel auch sofort auf, wer: die beiden Blattls.

Eben hatte er sie noch gesehen, da war er sich sicher, zwar ziemlich weit am Ende der Gruppe, aber sie waren dabei. Und nun waren sie weg. Das konnte doch nicht wahr sein!

Die Gruppe bedankte sich für seine kompetente Führung, der eine oder andere kleine Geldschein wechselte den Besitzer, dann waren sie fort.

Was sollte er nun tun? Zurückgehen und suchen? Das würde alleine wenig Sinn ergeben, dazu bräuchte er einige Leute mehr.

Der Thermenleiter, Herr Sauer, musste jedenfalls sofort informiert werden. Willi Fuchs ging schnell in Richtung Büro des Betriebsleiters. Etwas abseits des Nebeneingangs stand eine hübsche Blondine und telefonierte, ein junger Mann hockte, angelehnt an der Mauer, auf dem Boden, einen Meter entfernt schritt ein älterer Herr auf und ab.

Zögernd blieb Willi stehen. »Gibt's ein Problem? Kann ich irgendwie helfen?«

Der ältere Mann schüttelte den Kopf. »Nein, alles gut. Wir warten hier nur auf jemanden.«

»Ach so, okay. Dann noch einen schönen Tag.«

Willi öffnete die Eingangstür und stolperte die Treppe hoch, ohne zu bemerken, dass die Tür nicht wie üblich automatisch zurück ins Schloss gezogen wurde, anscheinend war die Feder des Mechanismus kaputt.

So konnte Hans Moser gut hören, wie der Mitarbeiter sich mit einem anderen Mann ziemlich lautstark unterhielt.

»Herr Sauer, mir sind bei der Führung im Keller zwei Leute abhandengekommen. Und ausgerechnet die Blattls!«

Eine dunkle Stimme antwortete: »Wie, die Blattls? Meinen Sie Angestellte vom Hotel, Herr Fuchs?«

Hans spitzte die Ohren. Ungeduld war aus der Stimme des Angestellten zu hören. »Nein, ich mein die Blattls, also die Hedwig und den Junior, den Klaus! Die waren bei der Führung dabei, aber als ich vorhin durchgezählt hab, waren sie weg. Die sind mit uns nicht aus dem Keller raus, da bin ich sicher! Wir müssen sie suchen, Herr Sauer, vielleicht kann ich mir einen oder zwei Kollegen schnappen und mit hinunter in den Keller nehmen, wir müssen doch schauen, ob ihnen was passiert ist!«

»Ja, machen Sie das, Herr Fuchs. Und rufen Sie mich bitte sofort an, sobald Sie Genaueres wissen.«

»Klar doch.«

Hans erwartete, dass der Hausmeister durch die Glastür zurückkommen würde, doch anscheinend nahm er nun einen anderen Weg innerhalb des Gebäudes.

Hans sah zu Cosmo hinunter. Zwar nicht gerade wie ein Häufchen Elend, doch sichtlich resigniert harrte dieser seines weiteren Schicksals.

»Cosmo, hat es denn tatsächlich so weit kommen müssen?«, meinte Hans leise. »Wenn es stimmt, wie Sie den Hergang in der Tatnacht geschildert haben, dann können Sie vielleicht auf fahrlässige Körperverletzung mit Todesfolge plädieren. Ein verständnisvoller Richter würde dafür bestimmt ein mildes Strafmaß verhängen. Aber nach Ihren diversen Verurteilungen als Klimaschützer brauchen Sie dazu einen sehr guten Anwalt, der das für Sie regelt. Warum haben Sie um Himmels willen nicht gleich die Polizei gerufen?«

Müde hob Cosmo den Kopf. »Hätte mir denn jemand geglaubt, dass es keine Absicht war? Ich habe den Mann ertränkt, verdammt noch mal, auch wenn ich das nie im Leben gewollt habe! Vor lauter Panik rannte ich weg, ja, aber dann kam mir in den Sinn, dass es für Toni doch nur von Vorteil wäre, wenn der alte Sturkopf nimmer lebt. Irgendwie habe ich mir eingeredet, dass es im Endeffekt eine gute Tat sei.« Er grinste schief. »Tja, Herr Moser, ob Sie es glauben oder nicht, im Grunde bin ich ein positiver Mensch, und mein Optimismus, dass für Toni doch noch alles gut werden könnte, hat in diesem Augenblick wohl überhandgenommen.« Ratlos drehte er die Hände nach oben. »Ein typischer Fall von dumm gelaufen würde ich sagen.«

»Wenn Sie das Ihrem Freund Toni genau so erklären, kann er Sie vielleicht verstehen.«

»Sofern er irgendwann mal wieder mit mir redet«, kam es verbittert zurück.

»Geben Sie die Hoffnung nicht auf. Ich glaub schon, dass es ihm nicht egal ist, was aus Ihnen wird. Dazu wirkte er vorhin zu ungläubig und erschüttert. Versuchen Sie Ihr Glück!«

Inzwischen hatte Silvana ihr Telefonat mit Hauptkommissar Preiss beendet.

»Er ließ es sich tatsächlich ned nehmen, bei uns vor Ort zu sein, und ist schon unterwegs nach Bad Gögging«, berichtete sie kopfschüttelnd, als sie zu Hans zurückkam. »Er meint, dass er wohl in zehn Minuten ungefähr da sein wird.«

Mit einem prüfenden Blick auf Cosmo, der nach wie vor an der Hauswand hockte, zog Hans sie ein wenig zur Seite. »Silvana, ich hab soeben mitgekriegt, dass Hedwig Blattl und ihr Sohn abgängig sind. Anscheinend waren sie bei einer der Führungen durch die im Keller liegenden Betriebsanlagen dabei, sind aber mit der Besuchergruppe nicht wieder herausgekommen. Einige Mitarbeiter wollen sie jetzt suchen.«

Auf der Stelle drehte sich die Kommissarin zu Cosmo um. »Herr Sommer, Frau Blattl und ihr Sohn sind hier auf dem Gelände irgendwo verschollen. Haben Sie damit etwas zu tun?«

Desinteressiert hob Cosmo den Kopf. »Wie sollte ich denn? Sie haben mich doch die ganze Zeit in den Griffeln. Aber schauen Sie in meinen Hosentaschen nach, vielleicht habe ich sie ja da versteckt.«

»Das Herumalbern wird Ihnen noch vergehen, Herr Sommer. Wenn nicht Sie, könnten dann vielleicht andere aus Ihrer Umweltschutzgruppe dafür verantwortlich sein?«, bohrte Silvana nach.

»Sie können mich mal.«

In diesem Moment näherten sich zwei uniformierte Kollegen. Nach dem Austausch der Formalitäten übergab Silvana erleichtert den Verhafteten und sah ihnen kurz nach, wie sie Cosmo Sommer in Handschellen hinunter zum Parkplatz führten, ehe sie sich zu Hans umdrehte.

»Auf geht's, gehen wir die Blattls suchen!«, schlug sie vor, womit sie Moser zuvorkam, der gerade das Gleiche hatte sagen wollen.

»Genau, bloß noch einen kurzen Moment, ich muss schnell jemanden anrufen.« Er wählte die Nummer von Reporter Joachim Danner. Womit er sein Versprechen eingelöst und die liebe Seele hoffentlich ihre Ruhe hatte.

Kurz darauf folgte das so unterschiedliche Ermittlerduo dem Weg zurück, den der aufgeregte Hausmeister Fuchs zuvor genommen hatte, sie gingen schnell außen vorbei an der Thermenanlage, bis sie das Einfahrtstor zum Betriebsgelände erreichten.

***

Nachdem es einige Minuten still um sie herum geworden war, wagten sich Hedwig und Klaus Blattl aus der Nische heraus und schlichen in die Richtung der Kammer, in der sie den alten Römer vermuteten. Hedwig war froh, dass die Absätze ihrer flachen Trachtenschuhe, die sie zu dem dunklen Dirndl trug, nicht klapperten. So konnte sie sich beinahe lautlos dem Raum nähern, aus dem das elektrische Summen ertönte. Plötzlich knallte es dumpf hinter ihr, erschrocken fuhr sie herum. Klaus rieb sich die Stirn, mit der er eine der Abluftröhren touchiert hatte.

»Du Blödel, kannst du nicht aufpassen«, fuhr sie ihren Sohn an.

»Was kann denn ich dafür, wenn hier alles so niedrig ist. Aua, so ein Mist, das wird eine schöne Beule geben.«

»Hör auf zu jammern! Mach schnell, wir müssen aus dem Keller raus sein, bevor die nächste Besuchergruppe auftaucht! Da vorne müsste der Eingang zu dieser Abstellkammer sein.«

***

In der etwa anderthalb Meter breiten Nische hinter den Schalt-schränken, die wohl zur besseren Belüftung der Geräte so großzügig angelegt war, kauerten Walter Geldmacher und sein Baggerfahrer.

Mani stieß ihn leicht an und flüsterte ihm ins Ohr: »Mich laust der Affe, hab ich es dir ned g'sagt? Das sind die Blattls, die wollen tatsächlich unseren Calli entführen!«

Walter stieß mit dem Ellbogen zurück. »Halt die Klappe! Wir warten, bis die ihn haben, dann stellen wir sie!«

Lange mussten sie nicht warten. Nachdem Walter so explizit geschildert hatte, wo und wie er die beiden Säcke verstaut hatte, dauerte es keine fünf Minuten, bis Hedwig und Klaus keuchend jeweils eine der blauen Abfalltüten durch die halbhohe Tür schoben, hinter sich das Licht ausmachten, sorgfältig die Klappe schlossen und sich aus dem Staub machen wollten.

Ihren Auftritt durchaus genießend, traten der Bauunternehmer und sein Gehilfe hinter den Schaltschränken hervor und verstellten ihnen den Weg. Hedwig und Klaus, die sich gebückt mit den Säcken abmühten, erstarrten.

»Ja, wen haben wir denn da?« Süffisant blickte Walter auf die beiden hinunter. »Da schau her, das Komitee Blattl höchst-persönlich!«

Mani stellte sich provozierend mit verschränkten Armen in den Türrahmen zum Gang. »Wollten Sie dem Calli mal Grüß Gott sagen? Da freut er sich ganz bestimmt!«

Hedwig hätte dem kleinen Baggerfahrer sein spöttisches Grinsen aus dem Gesicht schlagen mögen, doch sie beherrschte sich.

Mit einem kleinen Schmerzenslaut richtete sie sich auf und rieb sich das Kreuz. »Ich könnte Sie genauso fragen, was Sie hier tun, Herr Geldmacher«, fauchte sie. »Schaut so Ihr Vertrauen aus?«

»Oder das Ihre?«, konterte Walter gelassen. »Geben Sie es doch zu, den Calli wollten Sie für sich allein haben. Ich könnt mich in den A… Allerwertesten beißen, dass ich Ihnen überhaupt g'sagt hab, wo wir ihn versteckt haben.«

Klaus ließ die Schlaufe seines Sackes los und trat einen Schritt auf Walter zu.

»Wollen wir uns jetzt noch länger streiten, oder möchten Sie darauf warten, dass die nächste Besuchergruppe hier vorbeikommt und der Hausmeister uns fragt, was wir da zu suchen haben? Wir sollten besser schauen, dass wir wegkommen, diskutieren können wir später woanders noch genauso!«

Womit er zweifellos recht hatte.

»Gut«, zeigte sich Walter einverstanden, »aber Sie verschwinden nicht mit *beiden* Säcken, klar? Den einen nehmen wir, den anderen Sie. Und nein, ich weiß ned, wo der Calli drin ist oder sein Helm und Schwert. Das Risiko müssen Sie schon eingehen!«

Aus einiger Entfernung waren Stimmen zu hören, was beide Parteien gleichermaßen in Panik versetzte.

»Jetzt pressiert's! Ja, schon gut, hier, nehmen Sie den da.« Klaus Blattl drückte Mani eine seiner eigengeknoteten Spezialschlaufen in die Hand, schulterte den anderen Sack und wetzte los.

»Wir treffen uns in einer Viertelstunde auf dem Parkplatz hinter unserem Hotel! Und kein Versuch, mit Ihrem Teil zu verduften, haben wir uns verstanden?« Klaus und Hedwig rannten im Schweinsgalopp den Gang entlang, gefolgt von Mani und Walter, die den zweiten Sack zwischen sich trugen. Sie sprangen die Gitterrosttreppe hinauf, sogar Hedwig zeigte eine bewundernswerte Fitness dabei, stürmten hinaus auf den Betriebshof und verteilten sich jeweils in Richtung ihrer Autos.

Da Walters Pick-up direkt am Parkplatz stand, war der WGM-Baustellentrupp mit dem Verladen seines Sackes schneller fertig und saß schon im Wagen, während das Hotel-Blattl-Duo mit seinem Sack noch weiter hinunter zum öffentlichen Parkplatz hetzen musste. Allerdings kamen sie nicht weit, denn eine harsche Stimme gebot ihnen lautstark Einhalt.

DREIUNDZWANZIG

Hauptkommissar Preiss hatte sein Auto zufällig in der Nähe des Blattl'schen Mercedes geparkt. Da er wusste, dass Kollegin Kasbauer und Hans Moser irgendwo im abgelegenen Außenbereich der Therme auf die uniformierte Verstärkung warteten, ging er nicht den beschilderten Weg hinauf zum belebten Kurplatz, sondern in die gegensätzliche Richtung, entlang eines Wohnmobilstellplatzes, und kam dabei am Schiebetor des Betriebshofes vorbei.

Er wollte schon weiter, als ihm zwei verdächtig wirkende Gestalten auffielen, die sich zwischen den geparkten Autos durchschlängelten und gebückt zu einer offen stehenden Eingangstür schlichen. Einer der Männer kam ihm durchaus bekannt vor: Walter Geldmacher, der Bauunternehmer.

Olaf Preiss war unschlüssig, was er tun sollte. Diesen beiden Herren folgen oder zuerst Silvana Kasbauer ausfindig machen?

Die Entscheidung wurde ihm abgenommen, denn seine Kollegin und Hans Moser kamen ihm just in diesem Augenblick entgegen.

Er legte den Zeigefinger an die Lippen, winkte sie heran und deutete in den Betriebshof.

»Ich habe gerade Walter Geldmacher und noch eine Person da hineinschleichen sehen, und die benahmen sich ziemlich verdächtig!«, flüsterte er ihnen zu.

Leise berichtete Silvana ihm, was sich seit ihrem letzten Telefonat getan hatte. »Die beiden Blattls waren auch in diesem Keller, als sie verschwunden sind. Oder sich dadrin versteckt haben. Ob das ein Zufall ist?«

Preiss hob die Schultern. »Das werden wir gleich herausfinden. Los, hinterher! Herr Moser, Sie bleiben aber gefälligst hinter uns, verstanden?«

Froh darüber, zumindest nicht ganz ins Abseits geschoben zu werden, nickte Hans. »Selbstverständlich.« Angesichts seines lädierten Schienbeines bot er großzügig an: »Ich kann aber auch hier draußen auf Sie warten und Rückendeckung geben.«

»Gute Idee. Also los, Frau Kasbauer …« Weiter kam Preiss nicht, denn sowohl Geldmacher und sein Gehilfe als auch die beiden verschollenen Blattls tauchten plötzlich wieder auf, jedes der beiden Gespanne mit einem blauen Abfallsack beschwert. Sie hasteten in verschiedene Richtungen davon. Der Bauunternehmer lud seine Last auf die Ladefläche eines Pick-ups, die beiden Hotelbesitzer waren dabei, durch das Einfahrtstor ums Eck zu verschwinden.

Kurz entschlossen, und ohne sich vorher abgesprochen zu haben, traten Olaf Preiss, Silvana Kasbauer und Hans Moser ihnen gemeinsam in den Weg.

»Mal langsam, die Herrschaften! Stehen bleiben! Und Sie da im Auto steigen wohl besser auch gleich wieder aus!« Preiss zeigte mit dem Finger auf Walter, der den Geländewagen rückwärts aus der Parklücke gestoßen hatte und auf sie zusteuerte.

»Herr Geldmacher, anhalten und aussteigen, aber dalli!«, brüllte Preiss und griff warnend an sein Pistolenhalfter.

Das zeigte Wirkung. Der Pick-up wurde abgewürgt, Walter und Mani kletterten heraus, gesellten sich notgedrungen zu Hedwig und Klaus Blattl, die stehen geblieben waren. Den blauen Abfallsack hatte Klaus zu seinen Füßen abgelegt.

Mit durchdringendem Blick musterte Hauptkommissar Preiss die vor ihm stehende Gesellschaft. »Würde uns bitte jemand aufklären, was Sie hier veranstalten? Was ist dadrin?« Er deutete auf den Sack.

Alle vier wechselten Blicke, schüttelten den Kopf und schwiegen eisern.

Wie bei einem Westernduell traten die drei Kommissare ein paar Schritte näher, blieben in einer Linie vor den vier Verschwörern stehen.

Hans Moser hinkte noch einen Fußbreit weiter, stützte die Arme in die Hüften und sagte langsam und deutlich: »Dürfen wir erfahren, was oder wer sich hinter dem geheimnisvollen Kalli verbirgt?«

Preiss fuhr herum. »Wie kommen Sie denn jetzt auf den?«
Hans grinste und hob entschuldigend die Schultern. »Eingebung. Bauchgefühl, Herr Preiss.«

Mit strengem Blick sah er wieder nach vorn. »Also, Herr Geldmacher, wie schaut es aus mit dem Kalli? Geht es ihm gut?«

Zielgerichtet hatte Hans sich genau die Person ausgesucht, die ihm als das schwächste Glied der Kette erschien. Das rot angelaufene, schweißbedeckte Gesicht, sein stoßweises Atmen hatte ihn den Bauunternehmer nicht willkürlich herauspicken lassen.

Womit er Erfolg hatte, denn Walter knickte ein.

»Verdammt, mir reicht es! Macht doch mit eurem scheiß Römer, was ihr wollt!« Ehe ihn jemand aufhalten konnte, rannte er zum Geländewagen, zerrte den zweiten Sack hervor und legte ihn nicht gerade sanft zum anderen.

»Da habt ihr euren Calli, werdet glücklich damit! Ich kann diese verdammte Leiche nimmer sehen!«

Hedwig schlug die Hände vor dem Gesicht zusammen. »Sind Sie deppert? Wie gehen Sie denn mit unserem Caligula um?«

»Schluss jetzt!« Preiss trat entschieden dazwischen. »Also, was ist in diesen Säcken? Wirklich eine Leiche? Herr Moser, wissen Sie es?«

Hans wehrte schnell ab. »Nein, keine Ahnung. Aber dass es etwas mit diesem mysteriösen Kalli zu tun haben muss, hab ich vermutet, seit ich diese Bagage zusammen gesehen hab.«

Plötzlich kam seine Autorität als ehemaliger Ermittler zutage, Hans' Stimme klang nicht mehr wohlwollend oder sanft, sondern hart und bestimmend. »Würden Sie bitte die Frage des Herrn Hauptkommissars endlich mal beantworten? Was ist dadrin?«

Reporter Joachim Danner gesellte sich unerwartet mit gezückter Kamera zu den drei Kommissaren. »Da bin ich ebenfalls gespannt!«, konnte er sich nicht verkneifen zu sagen. Kurz hob er winkend die Hand. »Grüß Sie, Herr Moser!«

Hans nickte ihm kurz zu, ließ sich aber nicht ablenken. Er sah scharf zurück auf die vier festgesetzten Personen. »Wird's bald? Heraus mit der Sprache!«

Obwohl Silvana Kasbauer und Olaf Preiss mehr als verdutzt dreinschauten, ließen sie ihn und den Reporter gewähren, schließlich gab es im Moment keinen Grund, offiziell einzuschreiten.

Mani Schuster trat schließlich, sich sichtlich überwindend, vor. »Ich mach die Säcke auf, dann sehen Sie es selber. Außer mir kann die Knoten ja eh keiner ohne Messer öffnen.«

Wenige Minuten später lag er entblößt auf dem geteerten Betriebshof der Limes-Therme, der Gaius Stultus, der unter dem Spitznamen Calli als Abkürzung von Caligula nach zweitausend Jahren plötzlich zu neuen Ehren gekommen war. Hätte er damals geahnt, dass er nicht nur zu einem Decurio, sondern gleich zu einem römischen Kaiser erhoben werden würde, wäre er vielleicht sogar leichter gestorben.

Nachdem nun alles Römische vor der Polizei sprichwörtlich ausgebreitet lag, beschuldigten sich die vier Beteiligten gegenseitig.

»Ihr habt ihn ausgegraben und versteckt!«

»Der Konrad wollt uns bezahlen und deswegen!«

»Ich geh ned in den Knast wegen dem depperten Römer!«

»Dem Staat schenken wollten wir ihn auch nicht!«

Als Kommissar Preiss das wirre Gerede zu viel wurde, brüllte er: »Ruhe jetzt! Wer redet hier von einem Geschenk an den Staat? Wo wurde der Römer denn gefunden?«

Mani gab kleinlaut zu: »Auf der Baustelle der Blattls. Aber ich hab ihn ausgegraben, und der Walter und ich haben ihn versteckt, weil der Konrad Blattl des so wollte.«

Silvana sah, dass sich Olaf Preiss und Hans Moser ansahen und unerwartet anfingen zu lachen. Nein, sie lachten nicht nur, sie brüllten vor Vergnügen und mussten sich die Tränen aus den Augen wischen.

Verständnislos starrte sie die beiden an. »Hat der Fluch des Römers euch erwischt? Hat ein Virus euch das Gehirn beschädigt? Was gibt es denn zu lachen, bitte schön?«

Hedwig Blattl nickte erbost. »Das würde mich auch interessieren!«

»Mich auch!« Danner hatte nebenbei unbemerkt einige Fotos geschossen.

Olaf Preiss streckte die Hand in Richtung Hans Moser aus. »Das wäre dann wohl Ihr Auftritt, Herr Kollege!«

Hans musste nach dem Lachanfall nach Atem ringen, doch dann hatte er sich gefasst. Ernst sah er die vier Dilettanten an. »Wer hat Ihnen denn gesagt, dass der alte Römer dem Staat gehört?«

Alle Blicke richteten sich auf Walter Geldmacher.

Der stotterte verlegen: »Na ja, das stand so im Internet. Alle bedeutenden archäologischen Funde gehören dem Staat, und –«

Hans ließ ihn nicht ausreden. »Das stimmt, aber nicht in Bayern, Herr Geldmacher. Da gibt es kein Schatzregal, zumindest bisher noch nicht, hier bei uns gilt eine Ausnahmeregelung. So ein Fund gehört in Bayern zur Hälfte dem Finder und zur anderen dem Eigentümer des Grundstücks. Freilich sollte es gemeldet werden, aus geschichtsrelevanten Gründen, aber was Sie mit Ihrem Fund machen, bleibt letztendlich Ihnen selbst überlassen. Und wenn Sie den Calli in die eigene Gefriertruhe gesteckt hätten, damit hätten Sie sich nicht strafbar gemacht.«

Mosers Worte, die durch Preiss' Kopfnicken bestätigt wurden, kamen langsam bei den Blattls und bei Walter und Mani an.

Hedwig fragte vorsichtig nach: »Heißt das, wir können die beiden Säcke wieder einpacken und fahren? Und wir bekommen keine Anzeige?«

Preiss nickte. »Genau das heißt es, ja.«

Mani hob spontan die Hand und hieb seinem Chef Walter von hinten über den Kopf. »Entschuldige, aber das hat es jetzt braucht! Kannst du ned mal g'scheit im Internet recherchieren, du Aff'? Dann wäre uns so vui erspart bliem!«

»Hallo, wir sind auch noch da!« Klaus Blattl mischte sich lautstark ein. »Also, treffen wir uns jetzt bei uns im Hotel? Es gibt einiges zu bereden!«

Acht Hände griffen eiligst nach den beiden Säcken, stopften unbarmherzig den armen Calli und seine Militärausrüstung darin zurück und schnürten sie zu.

»Den nehm ich!« Klaus griff nach einer Schlaufe.

»Nix da, das war unserer! Finger weg!«

Doch keiner wollte sich vor den Augen der Obrigkeit zu weiteren Entgleisungen hinreißen lassen, ohne große Diskussionen entschwand das Quartett wenige Minuten später ihren Augen.

Hans Moser, Silvana Kasbauer und Olaf Preiss verfolgten das Schauspiel, ohne sich einzumischen.

Joachim Danner bekam den Finger nicht mehr vom Auslöser seiner Kamera. Zwischendurch bedankte er sich bei Hans Moser mit einem Zuruf. »Herzlichen Dank dafür! Wir reden später weiter!«

Erst als Walter Geldmacher, sein Baggerfahrer und die beiden Blattls den Betriebshof endgültig verlassen hatten, mit Blitzlichtgewitter verfolgt vom rasenden Reporter Danner, sahen sich die Beamten grinsend an.

Hans seufzte. »Da geht er hin, der letzte Tote vom Limes. Konrad Blattl würde sich vermutlich im Grab umdrehen, wenn er wüsste, was er mit seinem Vorhaben mit dem alten Römer alles losgetreten hat. Der arme alte Calli, in seiner Haut möchte ich jetzt echt ned stecken.«

Allgemeines Kopfnicken folgte, nur Silvana konnte sich einen boshaften Kommentar nicht verkneifen. »Tja, Hans, in Callis Haut könnte dir auch keine noch so teure Faltencreme mehr helfen!«

Danksagung

Unser größter Dank geht natürlich an den Tourismusverband Bad Gögging, insbesondere an Melanie Huber und Margit Zettl-Feldmann, die uns quasi zu diesem Auftragsmord angestiftet haben.

Für ihre großartige Unterstützung bedanken wir uns bei Kirchenpfleger Gerhard Karrer, der uns umfangreiche Einblicke ins Museum gestattete, beim Leiter der Limes-Therme Franz Bauer für seine Bereitschaft, uns einen passenden Schauplatz suchen zu lassen, und beim traurigerweise zwischenzeitlich verstorbenen Walter Wolf für die hochinteressante Führung durch die Betriebsanlagen.

Für seine profunden Kenntnisse über die alten Römer, seine Tipps zur Ausstattung und dem Wert von Callis Ausrüstung bedanken wir uns herzlichst beim Verein »Legio III Italica-Concors«, speziell bei Gerhard Protz, der sich sehr viel Mühe damit gemacht hat.

Für das Angebot, den Krimi im jeweils möglichen Rahmen abzunehmen, bedanken wir uns bei Thomas Memmel, Bürgermeister der Stadt Neustadt a. d. Donau, sowie beim Tourismusverband und der Limes-Therme Bad Gögging.

Ein ganz dickes Dankeschön gilt dem Emons Verlag für die Zusage, diesen doch sehr regionalen Krimi zu verlegen, hier im Speziellen Stefanie Rahnfeld, die sich engagiert dafür eingesetzt hat, sowie unserer Lektorin Christiane Geldmacher (nicht verwandt und nicht verschwägert mit Walter Geldmacher), die dem Text gekonnt und akribisch den letzten Schliff gab.

Für die zahlreichen Tipps zur Handlung und für den seelischen Beistand während des Schreibens bedanken wir uns bei unseren besseren Hälften Erika Barth und Ha-Jü Haslauer, die immer für uns da sind.

Tessy Haslauer
NEBEL ÜBER DEM BAYERWALD
Broschur, 256 Seiten
ISBN 978-3-95451-375-8

Ein Totenkopf im Wald, eine Leiche am Donauufer: Der Straubinger Kommissar Zinnari kann sich über Arbeitsmangel nicht beklagen. Dann soll er auch noch in einem bereits dreißig Jahre alten Mordfall ermitteln. Hinweise ergeben, dass die beiden Mordfälle zusammenhängen könnten. Bald muss Zinnari erkennen, dass ein Mord seinen Anfang nicht mit dem Tod nimmt, sondern schon lange Zeit zuvor ...

»Spannung bis zur letzten Seite.«   Mittelbayerische Zeitung

Tessy Haslauer
TOD IM BAYERISCHEN WALD
Broschur, 272 Seiten
ISBN 978-3-7408-0306-3

Das beschauliche Bodenmais wird von zwei rätselhaften Morden erschüttert. Kurz zuvor wurde die Weiße Frau gesichtet, deren Erscheinen einer Sage nach Unglück bringt. Kommissar Mike Zinnari dringt bei den Ermittlungen zu den dunkelsten Geheimnissen des Ortes vor – und dann scheint die Geisterfrau ein neues Opfer gefunden zu haben ...

www.emons-verlag.de

Tessy Haslauer
AUSG'SPUIT IM BAYERWALD
Broschur, 336 Seiten
ISBN 978-3-7408-1124-2

Der Mord an einem ehemaligen Landwirt gibt Kommissar Mike
Zinnari Rätsel auf: Die Ermittlungen führen zum letzten Wohnsitz
des Mannes – einer exklusiven Seniorenresidenz in Straubing, wo
es augenscheinlich nicht mit rechten Dingen zugeht. Als einer seiner
Verdächtigen unter merkwürdigen Umständen zu Tode kommt,
muss sich Mike in einem ihm nur allzu vertrauten Dorf im Bayerischen Wald der Vergangenheit stellen.

www.emons-verlag.de